フォレスト、ジェイド、ヘイヴン、ジェリー、
そして、トラックの荷台にのっていたみんなに捧ぐ

エレナーとパーク

エレナーを呼びもどそうとするのはやめた。

エレナーは気がむいたときだけ、もどってきた。夢や、ウソや、粉々になったデジャヴの中で。例えば、車でバイト先にいく途中、街中で赤毛の女の子を見かけることがあった。とたんに息が詰まりそうになり、エレナーにちがいないと思う。

それから、気づく。その子の髪は、赤毛というよりブロンドだって。

それに、タバコを持っている……〈セックス・ピストルズ〉のTシャツを着てる。

エレナーは〈セックス・ピストルズ〉が大嫌いだった。

エレナー……。

うしろに立っているのに、ふりむくといなくなる。となりに寝ているのに、目覚めるといなくなる。ほかの子はみんな、くすんで、薄っぺらに見えて、いいと思えない。

エレナーのせいで、ぜんぶめちゃくちゃだ。

エレナーがいなくなったから。

パークは、エレナーを呼びもどそうとするのはやめた。

1986年8月

第一章　パーク

〈XTC〉の曲じゃ、スクールバスのうしろで騒いでるやつらの声はかき消せない。

パークは両耳にヘッドホンを押しあてた。

明日は〈スキニー・パピー〉か〈ミスフィッツ〉にしよう。でなきゃ、これでもかってくらい絶叫しまくってる曲だけ集めたバス用テープでも作るか。

どうせ十一月にはニューウェーブ系にもどれる。免許を取れれば。母親の乗ってるインパラをもらう約束だ。新しいテープ・デッキを買う金も、ちゃんと貯めてる。車で学校にいくようになれば、好きな曲を聴ける。なにも聴かないのだってありだし、あと二十分よけいに寝てられる。

「そんなの、ねえよ」バスのうしろで、だれかがデカい声で言った。

「あるんだよ、バーカ」スティーヴがどなりかえした。「酔っぱらったサルの技ってのが。マジ、スゲーんだぜ。それで人を殺せんだから……」

「デタラメ言ってんじゃねーよ」

「デタラメはそっちだろ」スティーヴがどなった。「パーク！　おい、パーク」

パークは聞こえていたが、答えなかった。たまに一分くらい無視してると、スティーヴは次の標的に移る。スティーヴ・マーフィーみたいなやつが近所に住んでる場合、この技を知っていれば、八割の確率で生き残れる。あとの二割は、ひたすら目立たないよう頭を下げて……。

ってことを、一瞬忘れてた。で、後頭部に丸めた紙があたった。

「それ、あたしの発育発達論のノートなんだけど。ほんと、あんたってクソ」ティナが言った。

「わりぃーな。けど、ヒトの発育と発達についてなら、おれがたっぷり教えてやるよ。なにから知りたい？」

「酔っぱらったサルの技を教えてやれよ！」だれかがさけぶ。

「パーク！」スティーヴがまたどなる。

パークはヘッドホンを外して、ふりかえった。スティーヴは後部座席で仲間をはべらせていた。すわってても、頭が天井につきそうだ。スティーヴはいつもドールハウスの家具に囲まれてるみたいに見える。七年生のときから大人みたいだったし、しばらくして、ひげも生えはじめた。しばらくどころか、すぐあとだったかも。

スティーヴがティナと付き合いだしたのは、ティナといればますますデカく見えるからじゃないかって勘ぐりたくなる。団地の女の子は背の低い子が多いけど、特にティナは百五十センチあるかないかだ。てっぺんを思いきり膨らませてる髪を足しても。

前に、そう去年くらい、くだらない冗談を言ったやつがいた。「ティナを妊娠させんなよ、赤ん坊がデカすぎて、ティナが死んじまうぜ。エイリアンみたいに腹から飛び出したりして」スティーヴはそいつの顔を殴って、自分の小指の骨を折った。

「マーフィーのところの子には、だれかがげんこつの握り方を教えてやらないとな」それを聞いたパークの父親は言った。やめてくれよ、とパークは思った。スティーヴに殴られたやつは一週間、目が開かなかったんだから。

パークがくしゃくしゃに丸められた宿題を放りかえすと、ティナは受け止めた。

「パーク」スティーヴが言う。「マイキーに酔っぱらったサルのカラテのこと、教えてやれよ」

「そんなの知らないよ」パークは肩をすくめた。

「だけど、実際、あるんだろ？」

「聞いたことある気はするけど」

「ほらな」スティーヴはマイキーに投げつけるものを探したが、見つからないので、代わりに指を向けた。「言ったとおりだろ」

「どうしてシェリダンにカンフーがわかるんだよ？」マイキーが言った。

「だからてめえは足りねえんだよ」スティーヴが言う。「やつの母親は中国人だろ」

マイキーはパークの顔をじろじろ見た。パークは笑って、目を細めてみせた。「そっか、わかる気がする」マイキーが言う。「ずっとメキシコ人かと思ってた」

「てめえはほんと、クソだな。人種差別主義者かよ」

「中国人じゃないし」ティナが言った。「韓国人よ」

「だれが？」

「パークのお母さん」

ティナは小学校のときからずっと、パークの母親に髪を切ってもらっていた。ふたりとも、まったく同じ髪型をしてる。スパイラルパーマをかけたロングヘアに、軽くした短い前髪。

「パークのおふくろって、イケてるよな」スティーヴが大笑いした。「怒んなよ、パーク」

パークはなんとかもう一度笑顔を作ると、そっと前をむいた。ヘッドホンを耳にもどし、一気にボリュームをあげる。それでもまだ、四列うしろのスティーヴとマイキーの声が聞こえた。

「で、なにが言いたいんだよ？」マイキーがきいている。

「おまえ、酔っぱらったサルと戦いたいか？　やつら、超デカいんだぜ。『ダーティファイター』って映画、観たことねえのかよ。やつらがキレたら、すごいことになるぜ」

パークが見たことのない女の子に気づいたのは、みんなと同時だった。その子は、バスに乗って最初にすわれそうな席の横に立っていた。

そこには、男子がひとりですわってた。一年生だ。一年生はとなりの空いてる席にかばんを置くと、顔をそむけた。すると、前からうしろまで、ひとりですわってる生徒がいっせいに座席の通路側にずれた。ティナのクスクス笑いが聞こえた。こういうシチュエーションが大好きなのだ。

転入生の女の子は深く息を吸いこむと、通路を歩きはじめた。だれもそっちを見ようとしない。パークも見ないようにしたけど、だめだ、列車事故か、月蝕《げっしょく》かって感じ。目が引きつけられる。

転入生は、まさにこういう目にあいそうなタイプだった。

転入生ってだけじゃない、大柄だし、ぶかっこうだし、髪は真っ赤なうえにひどいくせっ毛だ。おまけに服は……あれじゃ、見てくれって言ってるようなもんだ。それとも、自分がどんなにひどいか、わかってないとか？　はおってるチェックのシャツは男物だし、へんなネックレスをジャラジャラ何本もつけて、手首にはスカーフをぐるぐる巻きにしてる。あれじゃ、カカシか、母親がおまじないだとか言って鏡台にしまってるウォーリードールだ。とてもじゃないけど、この弱肉強食の世界じゃ生きていけない。

バスがまた止まって、生徒たちが乗ってきた。そして転入生にぶつかって、押しのけるようにして、自分の席についた。

つまり、そういうことだ。バス通学の子はみんな、もう席が決まってる。学校の始まった日に、どこかひとつ確保するのだ。パークみたいに二席分をひとりで使えるラッキーなやつは、今さらぜったい譲ったりしない。特に、こんな子が相手じゃ。

パークが目をあげると、転入生がいた。パークのところまできていたのだ。

「ほら、そこの子、すわって！」バスの運転手が大声で言った。

転入生はバスのうしろへむかって歩きはじめた。あれじゃ、獣の口に飛びこむことになる。

（おい、止まれ。引きかえせ）パークは心の中で念じた。スティーヴとマイキーが舌なめずりしているのが伝わってくる。パークはそっちを見まいとした。

転入生は、パークの席から通路をはさんだ反対側の席が空いているのに気づいた。ほっとしたように顔がぱっと明るくなり、急いですわろうとした。

「ちょっと」ティナがするどい声で言った。

転入生はそのまますわろうとしている。

「ちょっと。そこのデカ女」

スティーヴが笑いだした。数秒遅れで、やつの友だちが続く。

「そこはだめ」ティナが言う。「ミケイラの席なんだから」

女の子は足を止めて、ティナのほうを見た。それからまた、空いてる席のほうを見た。

「すわって」運転手が前からどなった。

「どこかにすわらないとならないから」転入生は落ち着いた声できっぱりと言った。

「あたしにはカンケーないわ」ティナはぴしゃりと言った。バスがガタンと揺れ、転入生は転ばないようにからだをかたむけてバランスをとった。パークはウォークマンのボリュームをあげようとしたけど、すでに最大だった。もう一度、転入生を見る。今にも泣きそうに見えた。

考えるより先に、パークは窓側へ移動していた。

「すわって」パークは言った。まるで怒ってるみたいになってしまった。転入生はパークのほうをふりかえった。こいつもいやなやつかどうか、決めかねてるって感じだ。「ああ、クソッ《ファック》」パークは小声で言って、となりの空いてる席にむかってあごをしゃくった。「いいからすわれって」

転入生はすわった。なにも言わずに。助かった、礼なんて言われないで。それに、パークとのあいだを、たっぷり十五センチはとってる。

パークはアクリルの窓のほうをむき、面倒なことになるのを覚悟した。

第二章　エレナー

エレナーはどんな選択肢があるか、考えた。

1 学校から歩いて帰る。〈いい点〉運動になる。顔色が良くなる。自分だけの時間が持てる。〈問題点〉まだ新しい住所を覚えてない。そもそも、どっちの方向へ歩き出せばいいかすらわからない。

2 母親に電話して、迎えにきてもらう。〈いい点〉多数。〈問題点〉エレナーの母親は電話を持っていない。そもそも車もない。

3 父親に電話する。ありえないし。

4　おばあちゃんに電話する。で、「元気？」ってきくとか？

エレナーは学校の正面のコンクリートの階段にすわって、帰りの黄色いバスの列を眺めていた。エレナーのバスもすぐそこに止まってる。６６６番だ。

今、バスに乗らずにすんだとしても、そう、妖精がカボチャの馬車を持って現われたとしても、どうせ明日の朝はまた、どうやって学校にいくか考えなきゃならない。

バスに乗ってた悪魔《デビル》たちが、明日は地獄のベッドでご機嫌よく目を覚ましてくれるなんて保証はない。デビルっていうのは、ジョークじゃない。次回、カアッと大口開けて、あごの骨外して迫ってきたとしても、ああやっぱりねって感じ。ウォッシュ加工のジャケットを着てたブロンド女とか、あの前髪に角が隠れてるのが見えそうだったし。それに、彼氏のほうなんて、巨人《ネピリム》の一族とか？

あの女――ほかの子も――まともに見もしないうちから、あたしを嫌ってた。前世であたしを殺せって命令されてたわけ？

最後に席にすわらせてくれたあのアジア系の男子が、デビルたちの仲間かどうかはわからない。単なるバカって可能性もある（まあ、落ちこぼれ的バカではないけど。ふたつの上級クラスで、いっしょだったから）。

エレナーの母親は、エレナーを上級クラスに入れるよう、新しい学校にかけあった。九年生のときのひどい成績を見て、仰天したらしい。「あなたに驚く資格はないと思いますけどね、ダグラスさん」カウンセラーは言っていた。笑える。もっと驚いたほうがいいことが、ほかにいくらでもあるっていうのに。

ま、どうでもいい。上級クラスでも別に雲を眺めていられる。教室の窓の数がちがうわけじゃないし。

また明日も学校《ここ》にこられたらの話だけど。

その前に、家に帰れたら、か。

どっちにしろ、母親にバスのことは話せない。バスに乗らなくていいと言われているからだ。昨日の夜、エレナーの荷物をほどくのを手伝ってるときに……。

「リッチーが、送ってくれるって」母親は言った。「仕事にいくついでに」

「あのトラックのうしろに乗れってこと？」

「仲良くやろうとしてるのよ。あなたも努力するって約束したでしょ」

「あたしは、距離を保ってたほうが、仲良くしやすいの」

「リッチーには、エレナーはちゃんと家族の一員になろうとしているって言ってあるのよ」

「あたしはもともと家族の一員よ。それどころか、創立メンバーだし」

「エレナー」母親は言った。「お願いだから」

「バスに乗っていくから」エレナーはそう言ったのだった。「たいしたことじゃない。ほかの子とも仲良くなれるし」

笑える。エレナーは思った。超、超、笑える。

もう少しでエレナーの乗るバスが出てしまう。すでに出ているバスもある。だれかが階段を駆けおりてきて、横を通ったときに、エレナーのかばんにつまずいた。かばんをどけて、謝ろうとした――ら、あのアジア系の男子だった。むこうも気づくと、顔をしかめた。エレナーも顔をしかめかえした。彼は走っていってしまった。

いいわ、乗る。エレナーは思った。地獄のデビルたちの餌《えさ》になってやるわよ。

第三章　パーク

帰りのバスで、彼女は一言も話しかけてこなかった。

パークは一日じゅう、どうやって新しく入ってきたあの子から逃げようか、そればかり考えていた。席を替わる。それしかない。でも、どの席に替わるんだ？　力ずくってのは趣味じゃない。だいたい、席を替わろうとするだけで、スティーヴになにか言われるに決まってる。

そもそもあの子を横にすわらせた時点で、なにか言ってくると思ってた。でも、スティーヴはすぐにまたカンフーの話にもどった。ちなみに、パークはカンフーにはくわしい。別に、母親が韓国人だからじゃない。父親が筋金入りの武道好きなのだ。パークと弟のジョシュは歩けるようになったころから、テコンドーを習っていた。

どうやって席を替わろう……。

前の、一年生たちがすわってるへんなら、席が見つかるかもしれないが、それじゃ、小心者だって宣伝するようなものだ。それに、変わり者の転入生をひとりで後部座席に残していくのも、気が引けた。

こんなことを考えてる自分がいやになる。

こんなことを考えてるって父親にばれたら、女々《めめ》しいって言われる。口には出さないけど、ふだんからそう思われてるのはわかってる。おばあちゃんにばれたら、後頭部をぴしゃっとやられるだろう。**それがあんたのやり方かい？　それが運に恵まれない子に対する態度なのかい？**

　だけど、パークだって運に恵まれちゃいない。それをいうなら、地位にだって恵まれてない。あんなさえない赤毛の子にわけてやるぶんなんてないのだ。自分がトラブルに巻きこまれないようにするだけで、せいいっぱいなのに。最低なのはわかってたけど、ああいう女の子が存在することに、ある意味感謝してた。なぜなら、この世にはスティーヴやマイキーやティナみたいな子も存在してて、そういうやつらには餌をやらなきゃならない。あの赤毛の子じゃなければ、ほかの子になる。ほかの子じゃなければ、パークになるかもしれない。

　今朝はスティーヴもスルーしたかもしれないけど、ずっとそうとはかぎらない……。

　またおばあちゃんの声が聞こえた。**じゃあ、あんたはみんなが見ている前でいいことをしたから、腹痛を起こしてるってわけかい？**

　いや、それならまだマシだ。たしかにあの女の子をすわらせたかもしれないけど、ああクソとか言ってしまったし、そのあと、午後の英語のクラスにあの子が現われたとき、まず取り憑《つ》かれてるって思ったんだから……。

「エレナーか」英語のステッスマン先生は言った。「力のある名前だ。王妃の名前だね」

「『歌うシマリス3兄弟』ん中のデブの名前だろ」パークのうしろのやつがささやいた。だれかが笑った。

　ステッスマン先生は前のほうの空いている席をさした。

「エレナー、今日は詩の朗読なんだ。ディキンソンだよ。きみからお願いしていいかな」

　先生は彼女の教科書を開いて、そのページを指さした。「ここだ。はっきりと大きな声でな。

わたしがいいというところまで」

彼女は、どうか冗談でありますようにって顔でステッスマン先生を見た。でも、そうじゃないとわかると（ステッスマン先生は冗談なんてほとんど言ったことがない）、読みはじめた。

「わたしはずっと飢えていた」何人かが笑った。初日から太った女の子に食い物の詩を読ませるか⁉　パークは心の中で先生をののしった。

「エレナー、続けて」ステッスマン先生は言った。

彼女はまた最初から読みはじめた。二度も読まなくていいのに。

「わたしはずっと飢えていた」さっきより大きな声で、彼女は朗読した。

昼がきて、食事になる
わたしは震えながら、テーブルを引き寄せ
ものめずらしいワインに触れる
わたしが目にしてきたのと同じテーブル
飢え、ひとりで、ふりかえり
窓のなかを見つめ求めていた、富を
手にすることは望めなかったから

ステッスマン先生が止めないので、彼女は最後まで読んだ。冷ややかな、挑戦的な声で。ティナに言いかえしたときと同じ声だった。

「すばらしい」読み終わると、ステッスマン先生はそう言って、顔を輝かせた。「じつにすばらしい。きみがずっとこのクラスにいてくれるといいんだがね。少なくとも『メデイア』の校内劇をするときまで。エウリピデス作の悲劇だ。まさしく竜のひく戦車に乗って、やってくる声だな」

彼女が歴史のクラスに現われたときは、サンダーホフ先生はそういったことはやらかさなかったけど、彼女が提出物を出したときに「ほう、アキテーヌのエレナー王妃と同じ名前だね」と言った。彼女はパークの数列前にすわり、パークが見るかぎり、授業中ずっと太陽を眺めていた。

けっきょく、彼女を追い払う方法は思いつかなかった。自分が別の場所に移る方法もない。だから、パークは彼女がすわる前に、ヘッドホンをつけ、ボリュームをめいっぱいあげた。

助かった。彼女は話しかけてこなかった。

第四章　エレナー

その日の午後、エレナーは弟妹たちが帰ってくる前に家に着いた。よかった。まだあの子たちに会う気分になれない。昨日の夜、初めてうちに入っていったときはまるで見せ物小屋にでも入っていく気分だった……。

家を離れているあいだずっと、家に帰ったらどんなだろうと、そのことばかり考えていた。みんなに会いたくてたまらない。紙吹雪の歓迎を想像してた。ハグの嵐を期待してた。

でも実際は、エレナーが入っていっても、妹や弟たちはだれだかわからないみたいだった。

ベンはちらりとこちらを見ただけだった。そして、メイジーは――メイジーは、リッチーのひざにすわってた。エレナーはその場で吐きたい衝動に駆られた。でも、母親にこれから一生、行儀よくすると約束していた。

　マウスだけが走ってきて、エレナーに抱きついた。エレナーは感謝の気持ちでいっぱいになって、マウスを抱きあげた。マウスは五歳で、体重も重くなっていた。

「ただいま、マウス」エレナーは言った。赤ん坊のときから、そう呼ばれているのだ。理由は思い出せなかった。赤ん坊っていうより、汚れた大きな子犬みたいだ。いつも興奮していて、いつもひざに飛びのろうとしてくる。

「ねえ、パパ、エレナーだよ」マウスは言って、飛びおりた。「エレナーのこと、知ってる？」

　リッチーは聞こえないふりをした。メイジーはこっちをじっと見て、親指をしゃぶっている。何年も前から、指をしゃぶってるのなんて、見たことがなかったのに。今では八歳だけど、指をしゃぶっていると、赤ん坊みたいに見えた。

　本当の赤ん坊のほうは、エレナーのことはまったく覚えていなかった。まだ二歳なのだ。床の上にベンとすわっている。ベンは十一歳だった。テレビのうしろの壁をじっと見つめてる。

　母親が、エレナーの荷物の入ったダッフルバッグをリビングから子ども部屋へ運んでいったので、エレナーもあとについていった。部屋はひどく狭くて、ようやく鏡台と二段ベッドが入るくらいだ。マウスが走って追いかけてきた。「上の段のベッドを使って。ベンはぼくと床で寝なきゃならないんだ。ママがもう話したんだよ。そしたら、ベンは泣きだしたんだ」

「大丈夫」母親は小さな声で言った。「これから調整するから」

　調整するスペースなんて、この部屋にはなかった（でも、口に出すのはやめておいた）。エレナーはできるだけ急いでベッドに入った。リビングにはもどりたくなかったから。

真夜中に目が覚めた。弟たちは三人とも床の上で寝ていた。だれも踏まずに起きるなんて、不可能だ。そもそも洗面所の場所も知らない……。

でも、見つかった。家には五部屋しかなかった。洗面所もむりやり一部屋に数えれば、の話だ。洗面所は台所にくっついていた。文字どおりくっついている。ドアすらない。なにこれ、こびとが設計したとか？　冷蔵庫とトイレのあいだに花柄のシーツがかけてあるだけだ。たぶん母親だろう。

学校からもどると、エレナーは新しくもらった鍵で家に入った。昼間の光で見ると、よけいみじめたらしかった。ぼろぼろで、家具もろくになくて——でも、少なくとも自分の家だ。自分の母親がいる。

家に帰って、母親がいるというのは、変な感じだった。台所に……そう、ふつうに立ってる。母親がタマネギを刻んで、スープを作っているのを見て、エレナーは泣きそうになった。

「学校はどうだった？」母親がきいた。

「別に」

「学校一日目は楽しかった？」

「うん。ていうか、ふつう。学校だし」

「いろいろ追いつくのは大変そう？」

「でもない」

母親はジーンズのおしりで手を拭くと、髪を耳にかけた。エレナーはハッとした。何千回目だろう。母親のきれいさに息を呑むのは。

小さいころ、母親のことを女王さまみたいだと思っていた。おとぎ話の主役みたいだって。

お姫さまじゃない。お姫さまはかわいいだけだから。エレナーの母親は美しかった。背が高くて、堂々としていて、肩幅は広く、腰の線は優雅だ。ほかの人とちがって、からだじゅうの骨がすべて、目的を持って存在してるって感じがする。ただからだを支えるためだけじゃなくて、それぞれが主張してるっていうか。

しっかりした鼻に、とがったあご、頬骨は高くて広い。エレナーの母親を見たら、どこかのバイキング船のへさきについてる彫像を思い浮かべるかもしれない。じゃなきゃ、飛行機の機体に描かれてる絵か……。

エレナーも母親に似ているところがたくさんある。たくさんあるけど、足りない。

エレナーは、水槽越しに見た母親、という感じだった。母親よりまるくて、たるんだ感じがする。ぼやけてるのだ。母親がゆるぎない感じだとすれば、エレナーはどっしりとしてる。母親が精巧に描かれてるとすれば、エレナーはぼかしてある。

五人の子どもを産んだというのに、母親の胸とお尻はタバコの広告に出てくる女の人みたいだ。かたやエレナーは、十六歳だというのに、すでに中世のパブの女主人みたいな体型をしてる。どこもありすぎるのに、それを隠す身長がない。胸はあごのすぐ下から出てるし、お尻は……胸のへたくそなパロディって感じ。髪も、母親の褐色のウェーブのかかったロングヘアを正統とすれば、エレナーの真っ赤な縮れ毛はパロディだ。

エレナーは引け目を感じて、つい手を頭にやった。

「見せたいものがあるの」母親はスープ鍋にふたをして言った。「でも、チビちゃんたちの前では見せたくなかったから。こっちよ、きて」

エレナーは母親のあとについて、子ども部屋にいった。母親はクローゼットを開けて、重ねてあるタオルと、靴下の入った洗濯かごを外へ出した。

「引っ越しのとき、あなたのものは、ぜんぶは持ってこられなかったの。前の家と同じで、今度の家も場所がないことはわかってたから……」母親はクローゼットの中から黒いゴミ袋を引っぱり出した。「でも、できるだけ持ってきたのよ」

母親はエレナーに袋をわたした。「あとのものは持ってこられなかった。ごめんなさい」

一年前のあのとき、リッチーが捨てたにちがいない。エレナーを追い出した十秒後に。エレナーは袋を抱えて言った。「しかたないから。ありがとう」

母親は手を伸ばして、エレナーの肩に触れた。ほんの一瞬だけ。「あと二十分くらいで、チビちゃんたちも帰ってくるから。食事は四時半ごろよ。リッチーが帰ってくるまでに、ぜんぶ片付けておきたいから」

エレナーはうなずいた。そして、母親が出ていくとすぐに、袋を開いた。なにが残ってるか知りたい……。

最初に見えたのは、紙人形だった。袋にそのまま入っていたので、シワくちゃになっている。クレヨンの跡がついてるものもある。遊んでいたのはずっと前だけど、まだ残っていたのはうれしかった。シワを伸ばして、ていねいに重ねる。

人形の下には本が入っていた。十冊かそこらで、母親が適当につめこんだにちがいない。エレナーが好きな本なんて、知ってるはずないから。よかった、『ガープの世界』と『ウォーターシップ・ダウンのうさぎたち』がある。でも、『続　ある愛の詩』が残ってて、『ある愛の詩』がないのはどうなの？　『第三若草物語』はあったけど、『若草物語』も『第四若草物語』もない。

ほかにも紙類がたくさん入ってた。エレナーの前の部屋には、ファイル棚があったから、母親はそこからフォルダーをごっそり持ってきたんだろう。エレナーはぜんぶきれいに重ねようとした。これまでの成績表や、学校で描いた絵、ペンフレンドたちからの手紙もある。

あとのものはどうなったんだろう？　エレナーのものだけじゃない。みんなのは？　家具とかおもちゃとか、母親の育てていた植物とか絵とか。おばあちゃんのデンマーク製のウエディング・プレートも……シンクの上にいつもかかってた、北欧の赤い馬の柄の。別の場所にしまってあるのかもしれない。母親も、このこびとの家は仮住まいだと思ってるのかもしれない。

リッチーも仮であってほしい。エレナーは今もまだ、そう願っていた。

黒いゴミ袋のいちばん底には、箱が入っていた。それを見たとき、エレナーの心臓は小さく跳ねた。ミネソタ州にいるおじさんは、毎年クリスマスに、一年分のフルーツ便をプレゼントしてくれた。毎月、果物が届くたびに、エレナーと弟妹たちはいつも、果物が入っている箱を取り合った。バカみたいだけど、その箱は本当にすてきだった。しっかりしていて、しゃれたふたがついていて。袋に入っていたのは、グレープフルーツの箱で、角がすり切れて弱くなっていた。

そっとふたを開いた。中のものはぜんぶ、そのままだった。文房具、色鉛筆、プリズマカラーのマーカー（これも、おじさんからのクリスマスプレゼントだった）。ショッピングモールで配ってる宣伝用カードの束は、まだ高級な香水の香りがする。ウォークマンもあった。触られたようすはない。電池は入っていないけど、でも、ちゃんとあった。ウォークマンがあるということは、音楽を聴ける可能性があるってことだ。

袋の口に頭を入れてみる。シャネルの5番と鉛筆の削りカスのにおいがする。エレナーはため息をついた。

　中身は調べたものの、それをどうすることもできなかった。自分の服をしまう場所すらないのだ。しかたがないので、箱と本だけ出して、あとのものはていねいにゴミ袋にもどした。それから、クローゼットのいちばん高い棚のできるだけ奥の、タオルと加湿器のうしろに押しこんだ。

　二段ベッドの上にのぼると、もじゃもじゃの毛のネコが昼寝をしていた。「シッシッ」エレナーはネコをぐいと押した。ネコは床に飛びおりると、子ども部屋のドアから出ていった。

第五章　パーク

　ステッスマン先生は全員に詩を暗記させた。詩は、好きに選んでよかった。まあ、好きに選ぶっていうのは、好きな詩を選ぶのと、必ずしも同じじゃないけど。

「わたしの教えたことはぜんぶ忘れるだろう」ステッスマン先生は口ひげを撫でながら言った。「すべてね。まあ、もしかしたら、ベオウルフが怪物と戦ったことは覚えているかもしれない。〝生きるべきか、死ぬべきか〟がマクベスではなくて、ハムレットだということくらいは、忘れないかもしれない……。でも、ほかのことは？　まあ、忘れてくれていい」

　先生は机のあいだをゆっくりと行き来していた。こういうのが好きなのだ、円形劇場型授業ってやつが。先生はパークの横で立ち止まると、椅子の背になにげなく手を置いて、パークの机をのぞきこんだ。パークは絵を描くのをやめて、背をピンと伸ばした。どっちにしろ、絵なんて描けない。

「だから、詩を暗記してもらう」先生はいったん言葉をとぎらせると、『夢のチョコレート工場』のジーン・ワイルダーみたいにパークにむかってにんまり笑った。

「脳は詩が好きなんだ。詩っていうのは粘着性がある。この詩を覚えておけば、今から五年後にファミレスで会ったときに、きみらはこう言うだろう──ステッスマン先生、まだあの『選ばれざる道』の詩を覚えてるんですよ！　聞いてください……〝黄色く染まった森の中、道がふたつに分かれていた……〟」

先生は次の机へいった。パークはほっとした。

「『選ばれざる道』にしろという意味じゃない。ロバート・フロストはいいかげん、飽き飽きだからな。シェル・シルヴァスタインもやめてくれ。偉大な人物だが、そろそろ卒業だろう。ここにいる者たちはみんな、大人なんだからな。大人の詩を選んでほしい……。恋愛の詩を選ぶといい。わたしの意見だ。将来、いちばん役に立つだろうからね」

ステッスマン先生は転入生の横へいった。でも、彼女は窓のほうを見たままだった。

「もちろん、選ぶのはきみたちだ。ハーレム・ルネッサンスの指導者、ラングストン・ヒューズの『叶わぬ夢のモンタージュ』でもいいんだ。エレナー？」エレナーはぼんやりとしたまま、ふりかえった。ステッスマン先生は身を乗り出した。「それでもいいんだよ、エレナー。痛烈な真実の詩だ。だが今後、何度あの詩を取り出すことになるかな？　取り出すことはないだろう。もっと自分に語りかけてくる詩を選ぶんだ。ほかのだれかに話しかけたくなるような詩を」

パークは韻《いん》を踏んでいる詩を選ぶつもりだった。暗記しやすいからだ。ステッスマン先生のことは嫌いじゃない。むしろ好きだけど、ちょっとテンションが高すぎだ。こういうことをやりだすと、こっちが恥ずかしくなる。

「明日は図書室で授業をする」ステッスマン先生は、教壇にもどると言った。「明日、バラのつぼみを集めよう」

ベルが鳴った。ぴったりのタイミングで。

第六章　エレナー

「じゃまよ、ナプキン頭」ティナはエレナーを乱暴に押しのけて、バスに乗りこんだ。

ティナのせいで体育のクラスでデカ女って呼ばれるようになったのに、当のティナは、今はナプキン頭かブラッディ《血まみれ》・メアリーがお気に入りみたいだった。「頭が生理中みたいだからよ」今日、ロッカールームでティナはそう言った。

ティナが同じ体育のクラスにいたのは、ある意味、やっぱりって感じだった。体育の授業は地獄の延長線だし、ティナは悪魔だから。でも、イヌと同じで小型版。ミニチュアデーモンとか、トイデーモンとか、チワワデーモンなんていいかも。同じ体育着を着た悪魔の手下を従えてる。

まあ、クラス全員、同じ体育着だけど。

前の学校では、短パンをはかなきゃならなくて、それだけでもエレナーは苦痛だった（自分のからだのパーツはぜんぶ嫌いだったし、特に脚は大嫌いだった）。でも、ノース校では、ぴったりしたトレーニングウェアを着なきゃならない。ポリエステル製の上下一体型で、下は赤、上は赤と白のストライプ。前のファスナーで閉めるようになっている。

「赤は似合わないみたいね、「デカ女」初めてエレナーが体育着を着たとき、ティナは言った。ほかの女子もどっと笑った。ティナのことを嫌ってるはずの黒人の子たちまで。エレナーを笑い者にしたおかげで、キング牧師もまっさおの白人黒人同盟ができたらしい。

ティナに押しのけられたあと、エレナーはわざとゆっくりバスに乗った。それでも、席に着くのが、あのバカなアジア系の男子より先になってしまった。つまり、彼を窓側にすわらせるために、立たなきゃならないってこと。かなり気まずい。ほかにも、気まずいことだらけ。バスがガタンと揺れるたびに、彼のひざに倒れこみそうになることとか。

バスに乗ってるだれかが、退学になるか死んでくれれば、この席から逃げられるのに。

話しかけてこないのがせめてもの救い。そもそもこっちを見もしない。

正確には、見てないと、エレナーが思ってるだけだけど。エレナーも彼のほうを見ないから確かめられない。

彼の靴を見ることはある。けっこういい靴。それから、彼が読んでるものを見ることもある……。

いつもコミック。

エレナーは、バスの中で読むものを持っていくことはなかった。下をむいてるすきに、ティナたちにつけ入れられたくないから。

パーク

毎日、となりにすわってるのに、話しかけないなんて、よくないことに思えた。いくら相手が変わってるとしても。（かなりへんだ。今日はクリスマスツリーみたいなかっこうをしてきた服のあちこちに、安全ピンでいろんな形の布きれとかリボンをくっつけてたんだから）。帰りのバスがひどく長く感じる。パークは一刻も早く彼女から、みんなから、逃れたかった。

「兄ちゃん、テコンドー着はどうしたんだよ？」

自分の部屋でひとりで食べようと思ってたのに、弟にじゃまされた。ジョシュはすでにテコンドー着を着て、チキンの脚を食べながら部屋の入り口に立っていた。

「パパが帰ってくるよ。もうすぐだって」ジョシュはチキンをくわえたまま言った。「まだ用意ができてなかったら、クソ怒るよ」

うしろから母親がきて、ジョシュの頭をひっぱたいた。「クソなんて言うんじゃないの」母親は背伸びしなければならなかった。ジョシュは父親のほうに似て、すでに母親より二十センチ近く高い。で、パークよりも八センチ高い。

最低だ。

パークはジョシュを押しのけ、ドアをバタンと閉めた。身長差にかかわらず兄としてのメンツを保つには、まだおまえに一発かませるんだぞってとこを見せとかなきゃならない。

実際、テコンドーならジョシュを負かせた。でもそれは、からだの大きさがそこまで有利に働かないスポーツで、そういうスポーツではジョシュがすぐにキレるってだけの話だ。高校のアメフトのコーチはすでに、ジョシュのジュニアの試合を見にきている。

パークはテコンドー着に着がえながら、ジョシュのお下がりを着るようになるのももうすぐなんじゃないかと思った。ネブラスカ大学のアメフトチーム〈ＨＵＳＫＥＲＳ《ハスカーズ》〉のＴシャツとか？

そしたら〈ハスカーデュー〉にかき直してバンドTシャツにリメイクしてやる。ま、そもそも問題にすらならないか。百六十三センチより伸びなきゃ、今の服をずっと着られるんだから。

　コンバース・オールスターを履くと、皿をキッチンまで持っていって、カウンターで食べた。母親が、ジョシュの白い上着についた肉汁をふきんでとろうとしている。

「ミンディ？」

　パークの父親は毎晩帰ってくると、母親を呼ぶ。『アイ・ラブ・ルーシー』みたいなホームコメディに出てくるマイホームパパを地でいってる（「ルーシー？」ってやつ）。すると、母親はどこにいようと答える。「ここよ！」

　ただ、実際は「ここぉよぉ！」って言う。昨日韓国からきましたって感じの発音を直そうとしないからだ。パークはときどき、わざとじゃないかと思うことがある。父親がそれを気に入ってるからだ。でも、それ以外のことでは、母親は必死で溶けこもうとしてるし……。このへんで育ったような発音でしゃべれるなら、そうするだろう。

　父親は台所に突進してくると、母親を抱きあげた。これも、毎晩のことだ。常に愛情全開って感じ。だれがそばにいようと、おかまいなしだ。伝説の大男ポール・バニヤンが〈イッツ・ア・スモールワールド〉の人形といちゃついてるみたいだ。

　パークは弟の袖をつかんだ。「ほら、いくぞ」インパラの車内で待てばいい。父親もすぐにくるだろう。特大のテコンドー着に着がえて。

エレナー

エレナーはまだ、こんな早い時間に夕食をとるのに慣れなかった。

いつからこうなったんだろう？　前の家では、全員いっしょに食べていた。リッチーもだ。もちろん、リッチーといっしょに食べられなくて残念とかじゃない……でも、これじゃ、リッチーが帰ってくる前に子どもたちは出てけってこと？

おまけに、母親は食事まで別々に作っていた。子どもたちがグリルドチーズ・サンドイッチのときは、リッチーはステーキ、というふうに。グリルドチーズがいやなわけでもない。豆のスープと豆ライスとか、煮豆のスクランブルエッグ《ウエボ・イ・フリホーレス》とか、豆づくしのメニューから、ちょっとした気分転換になるっていえばなるし……。

食事のあと、エレナーはたいてい、部屋に引きこもって本を読んでいた。でも、妹と弟たちは外で遊ぶ。寒くなってきたら、どうするんだろう？　日が短くなったら？　全員子ども部屋で息をひそめてろってこと？　ぜったいむり。アンネの日記級の**むり**。

エレナーは二段ベッドの上にあがって、グレープフルーツの箱を取り出した。またいつものバカな灰色のネコが寝ている。ベッドからネコを追い払う。

箱を開けて、なかをあさった。前の学校の友だちに手紙を書こう、書こうと思ってまだ書いていない。だれにもさよならも言わないで、こっちへきてしまった。母親はいきなりやってきて、エレナーを教室から引っぱり出し、「荷物をまとめて。家に帰るわよ」とだけ言ったのだ。

母親はすごくうれしそうだった。

エレナーもすごくうれしかった。

ふたりはまっすぐノース校へいって、入学手続きをし、新しい家にいく途中にある〈バーガーキング〉に寄った。母親は何度もエレナーの手をぎゅっと握った。エレナーは、母親の手首にあるあざに気づかないふりをした。

　子ども部屋のドアが開いて、妹がネコを抱えて入ってきた。

「ママがドアを開けときなさいって。風が入るように」メイジーは言った。窓はぜんぶ開いてるけど、風が入ってくるようすなんてないのに。ドアを開けると、リッチーがソファーにすわっているのが見える。エレナーはリッチーが見えないところまで、ベッドの上を移動した。

「なにしてんの？」メイジーがきいた。

「手紙を書いてるの」

「だれに？」

「まだ決めてない」

「そこにいってもいい？」

「だめ」箱を隠さないと。そのことだけで頭がいっぱいだった。メイジーに色鉛筆やきれいな紙を見られたくない。それに、心のどこかで、リッチーのひざにのっていたメイジーを罰してやりたい気がしていた。

　前はぜったいそんなことはなかった。

　リッチーがエレナーを追い出す前は、子どもたち全員で団結して、リッチーに反抗していた。たしかに、エレナーがいちばんリッチーを嫌っていたかもしれない。いちばんあからさまだった――けど、全員、ベンもメイジーも、マウスでさえ、エレナーの味方だった。マウスはしょっちゅうリッチーのタバコを盗んでは、隠していた。ベッドのスプリングがきしむ音がすると、母親の部屋をノックしにいかされるのも、マウスだった……。

　スプリングがきしむよりもっとひどいことになって、どなり声とか泣き声が聞こえはじめると、五人の子どもたちはエレナーのベッドの上で身を寄せあった（前の家では、全員、自分のベッドがあった）。

そういうとき、メイジーはエレナーの右側にすわった。マウスが泣きだし、ベンの顔から表情が消えてぼうっとしだすと、メイジーとエレナーはそっと視線を交わした。

「あいつ、大嫌い」エレナーが言う。

「ほんと、嫌い。死んじゃえばいいのに」メイジーが答える。

「仕事中にはしごから落ちればいい」

「トラックにひかれればいいんだ」

「ゴミトラックにね」

「そうそう」メイジーは歯を食いしばる。「で、死体がゴミに埋もれちゃえばいい」

「その上から、バスがさらにひくの」

「いいね」

「そのバスに乗っていたい」


メイジーは、エレナーのベッドにネコをもどした。「この子はそこで寝るのが好きなの」

「あんたもパパって呼んでるの？」エレナーはたずねた。

「今はパパだからね」メイジーは答えた。

真夜中に目が覚めた。リッチーはテレビをつけたまま、リビングで寝てしまっていた。息を殺して、洗面所へいく。怖くてトイレは流せなかった。部屋にもどると、ドアを閉めた。風がなん

だっていうのよ⁉

第七章　パーク

「キムを誘ってみる」カルが言った。

「やめとけ」パークは言った。

「なんでだよ？」ふたりは図書室にすわっていた。詩を探してることになっている。カルはすでに短いのを見つけていた。ジュリアって女の子と「服の液状化」って言葉が出てくる詩らしい。

（「また下ネタかよ」「ちがうって。三百年前の詩なんだから」）

「キムだからだよ」パークは言った。「むりだって。見ろよ」

キムは、となりの机にいかにもお嬢さまって感じの女子ふたりとすわっていた。

「見ろよ」カルはくりかえした。「キムはベティだな」

「なんだよ、それ。バカっぽい」

「いいじゃんか。そうだろ？　ベティってのは、超イケてる子って意味なんだ」

「どうせスケボーかなんかの雑誌で見たんだろ？　『スラッシャー』とか」

「そうやって人は新しい言葉を覚えるんだよ、パークくん」カルは詩集をトントンとたたいた。

「読書でな」

「おまえはいちいちやり過ぎなんだよ」

「キムはベティだ」カルはキムのほうにあごをしゃくり、バックパックから、〈スリムジム〉とかいうドライソーセージを出した。

パークはもう一度キムを見た。ブロンドの髪はボブで、前髪はしっかりカールさせている。この学校で〈スウォッチ〉を持ってるのは、彼女だけだ。年取ってもシワひとつないっていうタイプ。カルとは目を合わせようともしない。目が合ったら、汚れがつくとでも思ってるのかも。

「今年はおれ大躍進の年なんだ」カルは言った。「今年こそは彼女を作る」

「たぶんキムじゃないけどな」

「どうしてだよ？　もっと下のレベルを狙えってか？」

パークは顔をあげた。カルは別に見た目が悪いわけじゃない。『原始家族フリントストーン』に出てくるバーニー・ラブルの背を高くした感じ……スリムジムを前歯でかじってるとこなんか。

「別の子を狙えよ」パークは言った。

「やだね。おれは頂点から始めるんだ。ついでに、おまえにも彼女を作ってやる」

「ありがたいけど遠慮しとく」

「ダブルデートだ」

「断る」

「おまえのインパラで」

「期待すんなよ」パークの父親は、パークの運転免許に関しては、暴君を決めこむことにしたらしく、昨日の夜、インパラをやるのはマニュアル車の運転を覚えてからだと言いだしたのだ。パークは別の詩集を開いた。戦争の詩ばかりだ。パークは本を閉じた。

「おまえに魅力を感じる女もいるみたいだぞ。ほら、ジャングル熱にかかったみたいな顔してる」カルが言った。

「それって、差別的だし、そもそも使い方がまちがってる」パークは言いながら、顔をあげた。カルが、図書室の反対の隅のほうへあごをしゃくった。例の転入生がすわって、まっすぐこっちを見ていた。

「まあたしかにちょっとデカいが、インパラは車内が広いしな」カルは言った。

「おれを見てんじゃないよ。ぼーっとしてんだ。いつもそうなんだよ。ほら」パークは手をふったが、転入生はまばたきひとつしなかった。

バスの最初の日以来、彼女とは一度しか目が合ってない。先週の歴史の授業のときだ。彼女の視線で、比喩じゃなく、目をえぐり出されそうな気がした。

人に見られたくないなら、髪に釣り用のルアーなんかつけてくんなよとパークは思った。彼女のアクセサリー箱は、がらくた用のひきだしみたいにちがいない。でも、つけてくるものがぜんぶヘンってわけじゃない……。

彼女の履いてる〈ヴァンズ〉のスニーカーは好きだった。苺模様のやつだ。それに、グリーンの光沢のあるシャークスキンのブレザーも、周りにあれこれ言われないなら、自分が着てみたいくらいだった。

あの子は、あれこれ言われないって思ってるんだろうか？

パークは毎朝、彼女が乗ってくる前に心の準備をしたが、いくら準備しても、彼女の服装はそれを上まわった。

「知り合い？」カルがきいた。

「いや」パークはすぐに否定した。「同じバスなんだよ。かなり変わってる」

「ジャングル熱だっていいじゃないか」

「それって、黒人の女の子に惹《ひ》かれることを言うんだぞ。あまりいい意味じゃ使わないと思うぜ」

「おまえんとこだって、ジャングル出身だろ」カルはパークを指さした。『地獄の黙示録』的な？」

「キムを誘えよ。最高のアイデアだよ」パークは言った。

エレナー

残り一個のキャベツ人形みたいにE・E・カミングスの詩集を奪い合う気はなかった。アフリカ系アメリカ人作家の棚の近くに、空いているテーブルがあった。

これも、この学校がクズな理由のひとつ（あ、「クズ」じゃなくて、「よくない」ね。）心の中で言い直す。

学校の子はほとんど黒人なのに、エレナーのいる上級クラスの子はほとんどが白人だった。彼らは西オマハからバスでやってくる。一方、共同住宅の白人の子たちは落ちこぼれで、別の方角からのバスに乗ってくる。

ほかの科目も上級クラスだったらよかった。体育にも上級クラスがあればいいのに……。まあ、あったとしたって、入れない。先に体育の予備校かなんかに通わないと。やっぱり太ってて、腹筋運動もできない女子たちと。

とにかく。黒人でも白人でもアジア系でも、上級クラスのほうが親切な子が多い。もしかしたら、中身はいやなやつかもしれないけど、面倒は避けようとする傾向があるから。じゃなきゃ、中身はいやなやつでも、礼儀正しくする訓練ができてるのかも。お年寄りや女の子には席を譲りましょう的な。

エレナーは国語と歴史と地理は上級クラスだけど、あとは悪魔の巣窟で暮らさなければならない。『暴力教室』の映画を地でいってる。ほかの授業で上級クラスにあがることよりまず、今のできる子クラスから落とされないよう、がんばったほうがいいかも。

『かごの中の鳥』という詩をノートに写しはじめる……きれいな詩。きれいなリズム。

第八章　パーク

彼女はパークのコミックを読んでいた。

最初は、気のせいだと思っていた。こっちを見ているような気がして彼女のほうを見ても、うつむいているから。

そのうち、パークのひざを見てるってことに気づいた。ヘンな意味じゃない。コミックを読んでいるのだ。その証拠に目が動いてる。

赤毛にブラウンの目っていう組み合わせがあるのを、パークは初めて知った（ここまで真っ赤な髪をした子も、初めて知った。ここまで肌の白い子も）。彼女の目は、パークの母親の目の色よりも濃くて、黒に近いせいで、顔に穴があいてるみたいに見えた。

そういうと、怖そうだけど、そうじゃない。むしろ彼女の中でいちばん魅力的なところだ。テレパシーを使ってるときのジーン・グレイぽい。『X－MEN』の最強のテレパシー使いだ。目が真っ黒くなって人間じゃないみたいなときの。

今日はぶかぶかの男物のシャツを着ている。そこらじゅうに貝殻がついているやつだ。襟はサタデー・ナイト・フィーバー並みにデカかったらしく、自分で切った跡がほつれてる。ポニーテイルには、特大のポリエステルのリボン代わりにネクタイを結んでる。やっぱり、ヘンだろ。

そしてやっぱり、パークのコミックを見ている。

なにか言ったほうがいいだろう。ずっと、なにか言わなきゃ、言わなきゃ、と思いつづけていた。やあ、とか、ごめん、でいいから。でも、最初に「クソッ《ファック》」って言ってしまって以来、なにも言わないまま、時間がたちすぎていた。今じゃ、どうしようもない状態に陥ってる。一日一時間、行き三十分間、帰り三十分間。

けっきょく、だまったまま、コミックをこれまでより大きく開いて、ページをゆっくりめくるようにした。

エレナー

家に帰ると、母親は疲れた顔をしていた。いつもに輪をかけて疲れて見える。カチンカチンになって、端からボロボロと砕けていきそうだ。

弟妹たちが学校から嵐のように帰ってくると、ベンとマウスがおもちゃを取り合いっこしたとか、そんなくだらないことで母親はかんしゃくを起こし、全員を裏口から追い出した。エレナーまで。

あまりのことに、エレナーは一瞬、裏口に立ちつくした。リッチーのロットワイラー犬をぼうぜんと見つめる。犬はトーニャといって、リッチーの元妻の名前だった。トーニャは凶暴というふれこみだったけど（犬のほうだ）、うとうとしているところしか、見たことがなかった。

エレナーはドアをたたいた。「ママ！　入れて。まだお風呂も入ってないのよ」

いつも学校から帰ってすぐお風呂に入ることにしている。リッチーが帰ってくるからだ。洗面所にドアがないのは、かなりストレスだったし、だれかがかけてあったシーツを破いてからはますます気が気じゃなかった。

母親は無視した。

弟妹たちはすでに校庭へいってしまっていた。今度の家は、小学校のとなりにある。ベンとマウスとメイジーが通ってる学校だ。裏庭のすぐむこうが校庭だった。

ほかにすることもないので、ベンが見えるところまでいって、ブランコにすわった。とうとう上に着るものが必要な季節になってきた。ジャケットを着ていればよかった。

「寒くて外で遊べなくなったら、どうするつもり？」エレナーはベンにきいた。

ベンはポケットからマッチボックス社のミニカーを出すと、土の上に並べた。「去年は、パパに七時半に寝かされたから」

「ウソでしょ、ベンまで？　どうしてあの人のことをそう呼ぶの？」エレナーは怒った調子にならないようにたずねた。

ベンは肩をすくめた。「ママと結婚したからじゃない？」

「まあね、でも——」エレナーはブランコの鎖に手をすべらせ、においをかいだ。「前はそう呼ばなかったでしょ。あの人がパパだって、思ってるの？」

「さあね」ベンは投げやりな調子で言った。「ほかにどう思えばいいわけ？」

エレナーが答えなかったので、ベンはまたミニカーを並べはじめた。髪を切ったほうがいい。カールした赤っぽい金髪が襟元まで伸びている。エレナーのお下がりのTシャツに、母親が切って半ズボンにしたコーデュロイのズボン。もうこういうもの、つまりミニカーとか公園とかの年齢ではない。十一歳なのだ。ほかの同じ年の子たちは、ひと晩中バスケをしたり、校庭の隅でたむろして、ぶらついたりしているのに。おくてのタイプだといいけど、とエレナーは思った。あの家じゃ、思春期になれる場所がない。

「パパって呼んだほうが機嫌がいいんだ」ベンはあいかわらずミニカーを並べながら言った。

エレナーは校庭を見わたした。マウスは何人かの子たちとサッカーボールで遊んでる。メイジーは赤ん坊を連れて、友だちとどこかへいったみたいだ……。

前は、赤ん坊の世話を押しつけられるのは、エレナーだった。今なら面倒を見てもいい。そしたら、やることができるし。でも、メイジーはエレナーに手伝われるのをいやがった。

「どうだったの？」ベンが言った。

「なにが？」

「あの人たちとの暮らし」

太陽は地平線のすぐ上まできていた。エレナーは夕日をじっと見つめた。

「悪くなかった」最低だった。寂しかった。でも、ここよりマシだった。

「子どもはいたの？」

「うん。まだすごく小さいけど。三人いた」

「自分だけの部屋があった？」

「まあね」ヒックマンさんのリビングのことを自分だけの部屋というなら、あったことにはなる。

「いい人たちだった？」

「うん……まあ。いい人たちだったよ。子どもたちもいい子だし。ベンほどじゃないけどね」

実際、ヒックマンさんたちは、最初は親切だった。でも、だんだんとうんざりしはじめた。

本当は二、三日だけの予定だった。長くても一週間くらい。リッチーの頭が冷えて、エレナーを家に入れるまで。

「パジャマ・パーティみたいね」最初の夜、ソファーにふとんを敷きながら、ヒックマンさんの奥さんは言った。奥さんのタミーは、エレナーの母親の高校時代からの友だちだった。テレビの上にヒックマンさんの結婚式の写真が飾ってある。エレナーの母親は花嫁の付き添い人で、濃いグリーンのドレスを着て、髪に白い花を挿していた。

最初、母親はほとんど毎日のように、放課後に電話をかけてきた。数ヶ月後、電話はこなくなった。あとから、リッチーが料金を払わなかったせいで電話が止められたからだ、とわかったけれど、エレナーはしばらくのあいだ、知らないままだった。

「役所に連絡したほうがいい」ヒックマンさんは何度も奥さんに言った。エレナーには聞こえてないと思ってるみたいだったけど、ふたりの寝室はリビングの真上だった。「このままというわけにはいかないだろう」

「アンディ、あの子のせいじゃないわ」

「あの子のせいだなんて言ってない。ただこんな約束をした覚えはないってことだ」

「ちっとも迷惑をかけないじゃないの」

「おれたちの子じゃないんだ」

エレナーは、これまで以上に迷惑をかけないように気をつけた。部屋にいても、まるでいないみたいにすることも覚えた。決してテレビはつけなかったし、電話を貸してほしいとも言わなかった。食事のときも、一度もおかわりはしなかった。タミーとだんなさんには、なにひとつたのまなかった。ふたりには思春期の子はいなかったから、エレナーがどんなものを必要としているか、思いもおよばなかった。エレナーの誕生日も知らなかったけれど、むしろほっとした……。

「もう帰ってこないと思ってた」ベンは言って、ミニカーを土の上で押した。泣くまいとしているように見えた。

「なんと信仰のうすい者よ」エレナーは聖書の言葉を口にして、ブランコをゆらした。

もう一度メイジーを探して見まわすと、年上の男の子たちがバスケットボールをしているところにすわっていた。ほとんどが、エレナーのバスに乗っている子だ。あのアジア系のバカもいる。思ったよりも高く跳んでる。長めの黒い短パンに〈ＭＡＤＮＥＳＳ〉とロゴの入ったＴシャツを着ていた。

「あたし、いくわ」エレナーはベンに言って、ブランコからおりると、ベンの頭のてっぺんをぐいと押した。「どっかへいくとかそういうんじゃないからね。勘違いしないのよ」

家にもどると、母親になにか言われる前に台所を駆け抜けた。リッチーはリビングにいた。エレナーはリッチーとテレビのあいだを通った。まっすぐ前を見すえたまま。ジャケットを着ていればよかった、と思いながら。

第九章　パーク

詩の朗読よかったよ、って言おう。

実際は、よかったなんてレベルじゃなかった。彼女だけだ。課題じゃなくて、まるで、そう、詩が生きているかのように読んだのは。なんていうか、ほとばしるみたいに。彼女が朗読しているあいだ、目が離せなかった（ふだんも目が吸いつけられるけど、それ以上に）。朗読が終わると、大勢の子が拍手し、ステッスマン先生は彼女をハグした。教師の行動規範からは、かなり外れてるけど。

やあ、よかったよ、英語の授業。そう言うつもりだ。

それか、**同じ英語のクラスにいるんだ。あの詩、すごくいいね。**

じゃなきゃ、**ステッスマン先生のクラスにいるだろ？　やっぱり、そう思ってた。**

パークは水曜日の夜のテコンドーのあと、コミックを手に入れたけど、木曜の朝まで読まずに待っていた。

エレナー

あのアジア系のバカに、エレナーがコミックを読んでいることは完全にばれてる。ときどきエレナーのほうを見てから、ページをめくるくらいだし。おれもそれくらいの礼儀は心得てるって感じで。

あいつらの仲間じゃないことはたしか。バスの悪魔グループではない。バスでは基本、だれにも話しかけない（エレナーにはぜったいに話しかけない）。でも、あいつらとそれなりに仲はいいみたい。っていうのも、彼のとなりにすわっているあいだは、だれもエレナーにあれこれ言ってこないから。ティナすら、だまってる。一日じゅう、彼のとなりにすわっていられたらどんなにいいだろう。

今日の朝、バスに乗ると、彼がエレナーのことを待っていたような気がした。『ウォッチメン』っていうタイトルのコミックを持って。でも、表紙の絵がひどいので、のぞき見はやめることにした。盗み見か。ま、どっちだっていい（『X－MEN』のときがいちばんよかった。もちろん、ストーリーがぜんぶわかったわけじゃないけど。でも、『X－MEN』は、昼ドラの『ジェネラル・ホスピタル』には負ける。スコット・サマーズが、サイクロップスの本名、つまり同一人物だってわかるのに数週間かかったし、今でもフェニックスがどうなったのかよくわからない）。

でも、ほかにすることがなかったし、気づくと、目が悪趣味なイラストのほうへさまよい……読んでいた。そして気づいたら、学校に着いていた。ウソ。まだ半分も読んでないのに。

あーあ。残りは学校で読んじゃうだろうから、帰りのバスは『ロム』みたいなダサいコミックってことだ。

でも、ちがった。

放課後、バスに乗ると、彼は、『ウォッチメン』の今朝読み終わったページを開いた。

エレナーのバス停に着いたとき、ふたりはまだ読んでいた。いろんなことが次々起こり、ふたりとも、ひとつひとつのコマを、何分もかけて食い入るように見ていたのだ。エレナーが降りようとして立ちあがると、彼が『ウォッチメン』を差し出した。

エレナーはおどろいて返そうとしたけど、彼はすでに背をむけていた。エレナーは、なにかの極秘書類みたいに『ウォッチメン』を教科書のあいだにはさむと、バスを降りた。

その夜、エレナーは二段ベッドの上に寝っ転がって、ネコのぼさぼさ毛を撫でながら、『ウォッチメン』を三回読んだ。それから、夜のあいだになにもないように、グレープフルーツの箱にしまった。

パーク

返してくれなかったらどうしよう?

『ウォッチメン』を描いたのはあのアラン・ムーアだってことも知らないような子に、たのまれもしないのに貸したせいで、『ウォッチメン』の創刊号を読み終えられなかったら?

もし返してこなかったら、それであいこだ。「ああ、クソ、すわれってば」事件もぜんぶ、相《そう》殺《さい》ってことだ。

いや……それはないか。

もし返してきたら? そしたら、なんて言う? ありがとう、か?

エレナー

ふたりの席にいくと、彼は窓の外を見ていた。エレナーは『ウォッチメン』を返した。彼は受け取った。

第十章　エレナー

次の日の朝、バスに乗ると、席にコミックが重ねてあった。

コミックをとって、すわった。彼はすでに読みはじめていた。

エレナーは教科書のあいだにコミックをしまうと、窓の外を見た。なぜか、彼の前では読みたくなかった。食べているところを見られてるような感じ。なんだか……そう、なにかを認めてしまうような感じ。

でも、一日じゅうコミックのことが頭から離れなかった。家に着くとすぐに、二段ベッドに這いのぼり、コミックを取り出した。ぜんぶ同じタイトルだ。『スワンプシング』。

エレナーはベッドの上であぐらをかいて、読みながら夕飯を食べた。本の上にこぼさないよう、細心の注意を払う。ぜんぶ、新品みたいにきれいだったからだ。隅が折れているものすらない（バカな上に完璧主義！）。

その夜、弟妹たちが寝たあと、エレナーはまた電気をつけて続きを読んだ。弟妹たちは寝ていても、信じられないくらいうるさい。ベンは寝言を言うし、メイジーと赤ん坊はふたりともいびきをかくし、マウスはおねしょ――まあ、おねしょはうるさくはないけど、全体の平和をかきみだす。でも、明かりをつけても、みんな平気で寝ていた。

となりの部屋でリッチーがテレビを見ているのは、なんとなく感じられるだけだったから、いきなり部屋のドアが開いたときは、ベッドから落ちそうになった。リッチーは真夜中のどんちゃん騒ぎの現場を押さえようって勢いだったけど、エレナーがひとりで本を読んでいるだけだとわかると、フンとうなって、小さい子たちが眠れないから電気を消せと言った。

リッチーがドアを閉めると、エレナーは起きあがって、電気を消した（今では、だれも踏みつけずにベッドから降りられるようになっていた。おかげで弟妹たちはずいぶん助かったはず。最初に起きるのはたいていエレナーだったから）。

消さなくても、見つからずにすむかもしれないけど、そんな危険をおかす気はなかった。もう一度リッチーの顔を見るはめになるのはいやだ。

リッチーはネズミそっくりだった。ネズミを人間にしたみたい。ディズニーのアニメーターのドン・ブルースが創る映画に出てきそう。もちろん、悪役。母親は、リッチーのどこが好きなんだろう？　それをいうなら、エレナーの父親も、見た目はぜんぜんよくなかったけど。

たまに、そう、リッチーがどうにかお風呂に入って、きちんとした服を着て、しらふでいるという三点が同時に達成されると、母親がリッチーをハンサムだと思っている理由が、わかるような気がしないでもない。でも、ありがたいことに、そういうことはめったにない。一瞬でもそんなふうに思ってしまったときは、洗面所にいって、のどに指を突っこみたくなるから。

まあ、どうだっていい。まだ読めるし。窓から入ってくる明かりでじゅうぶんだった。

パーク

彼女は、パークが貸すのと同じペースで読んできた。そして次の朝、壊れものを扱うみたいに、そっと返してくる。まるで貴重なものみたいに。コミックに触れたかどうかすら、わからなかったかもしれない。においがついてなかったら。

返してもらった本はどれも、香水みたいな香りがした。パークの母親がつけているようなのではない（母親はエイボンの〈イマリ〉をつけていた）。それに彼女の香りでもない。彼女はヴァニラの香りがした。

でも、コミックはバラの香りがした。バラ園ぜんぶ分くらいの。

三週間もたたないうちに、パークの持っているアラン・ムーアをぜんぶ読んでしまった。今は、『X』を五冊ずつ貸している。気に入ってるみたいだ。教科書に登場人物の名前を書いてたから。バンドの名前と歌詞のあいだに。

バスではあいかわらずしゃべらなかったけど、同じ沈黙は沈黙でも、挑戦的な空気はなくなっていた。親しげと言ってもいいくらい（それは言いすぎか）。

今日こそは話しかけなきゃならない。なぜかというと、貸せるものがないから。今朝、寝坊して、前の晩、用意しておいたコミックを忘れてきてしまったのだ。それどころか、朝食をとる時間も、歯をみがく時間さえなかった。それが、気になってしかたない。彼女のすぐそばにすわるっていうのに。

でも、彼女が乗ってきて、昨日貸したコミックを差し出したとき、パークは肩をすくめただけだった。彼女は視線をそらした。ふたりとも下をむいた。

今日も、あのヘンなネクタイを着けていた。今日は手首に巻いてる。彼女の腕と手首はそばかすだらけで、金色とかピンク色の濃淡の層みたいになっている。手の甲にまである。小さい男の子の手みたい、パークの母親だったらそう言いそうだ。爪が超短くて、甘皮がかさがさだ。

彼女はひざの上の教科書をじっと見つめてる。パークが怒ってると思ってるのかもしれない。パークもつられて彼女の教科書を見た。インクとアールヌーボー調の落書きだらけだ。

「じゃ」パークは自分でもなにを言うつもりかわからないうちに、口を開いた。「〈スミス〉が好きなんだ？」彼女のほうに息がかからないように、言う。

彼女はびっくりしたように顔をあげた。よくわからなかったのかもしれない。パークは彼女の教科書を指さした。縦に長い緑の字で「ハウ・スーン・イズ・ナウ？」と書いてある。「〈スミス〉の曲のことだろ？」

「どうかな。聴いたことないから」

「じゃあ、〈スミス〉が好きだって、まわりに思われたいってこと？」思わずバカにした口調になってしまった。

「まあね」彼女はバスの中を見まわした。「地元の子に一目置かれようと思って」

見下すような口調がわざとかはわからなかったけど、皮肉だってことくらいわかった。気まずい空気が流れた。パークは壁に寄りかかった。彼女は通路のむこう側の窓を眺めた。

国語の授業のとき、パークは目を合わせようとしたけど、彼女はこっちを見なかった。パークを無視しようとするあまり、授業すらきけなくなってるような感じだった。

ステッスマン先生は何度も彼女の関心を引こうとした。彼女は、クラスが眠たげになってきたときの新たな救世主になりつつあった。今日は、『ロミオとジュリエット』について話し合うはずだけど、だれも発言しようとしない。

「ふたりの死にあまり興味はないようだね、エレナー・ダグラスくん？」

「はい？」彼女は目を細めて、先生を見た。

「悲しいことだとは思わないかね？」ステッスマン先生はきいた。「ふたりの若い恋人たちが死んで横たわっているのは。〝これほど痛ましい話はなかった〟。きみの心には響かない？」

「ですね」彼女は答えた。

「きみは冷たい人間なのかい？　冷めているのか？」ステッスマン先生は彼女の机の横に立って、わざと問い詰めるような口調で言った。

「いいえ……ただ悲劇的だとは思わないんです」

「だが、これは悲劇だ。四大悲劇のひとつなのだから」ステッスマン先生は言った。

彼女は、ハアッというように目を回してみせた。今日はネックレスを二本か三本かけてる。パークの祖母が教会へいくときにつけるようなフェイク真珠《パール》の古いネックレスをねじりながら、彼女は言った。「でも、どう見ても、ふたりのことをバカにしてます」

「だれが？」

「シェイクスピアが」

「それはなぜ……」

彼女はまた目をぐるりと回した。彼女にももう、ステッスマン先生がわざとけしかけているのはわかっていた。「ロミオとジュリエットはふたりとも金持ちの子で、それまでなんだってほしいものは手に入れてきたんです。それで今度は、相手のことを手に入れたいと思ってると思った」

「ふたりは愛し合ってたんだ……」ステッスマン先生は胸をぎゅっとつかんでみせた。

「相手のことを知りもしないのに」

「一目惚れだったんだよ」

「一目見て、『わあ、あの人カッコいい』ってことですよね。シェイクスピアが本当に、ふたりが愛し合ってたと読者に思わせたいなら、物語の最初のシーンで、ロミオがロザラインと付き合ってたことなんて、書かないと思います。つまり、シェイクスピアは愛をからかってるということです」

「では、なぜこんなに長いあいだ読まれてきたのかね？」

「わかりません。シェイクスピアがうまい作家だから？」

「そうじゃない！」ステッスマン先生は言った。「だれか、もっと心ある者はいないか？　パーク・シェリダンくん、きみの胸で鼓動しているのはなんだね？　きみはなぜ『ロミオとジュリエット』が四百年ものあいだ、読み継がれてきたと思うかね？」

パークは授業中発言するのが大嫌いだった。彼女が眉をひそめて彼を見て、それから顔をそむけた。パークは自分が赤くなるのがわかった。

「それは……」パークは机を見ながら、小さな声で言った。「それは、若いっていうのはどんなだったか、みんな思い出したいと思ってるから？　恋愛するってこととか？」

ステッスマン先生は黒板に寄りかかって、ひげをしごいた。

「ちがいますか？」パークはたずねた。

「いや、そのとおりだ。それが、『ロミオとジュリエット』がもっとも愛される戯曲でありつづけた理由かどうかはわからないがね。しかし、そのとおりだ、シェリダンくん。まさしくそのとおりだよ」

歴史のクラスでも、彼女はなにも言ってこなかった。でも、そんなのはいつものことだ。

その日の午後、バスに乗ると、彼女は先に乗っていた。彼女は立ちあがって、パークを奥の席に通すと、おどろいたことに話しかけてきた。小さな声で。ささやいてるみたいに。でも、話しかけてきたのだ。

「あれ、願い事リストみたいなものなの」彼女は言った。

「え？」

「聴きたい曲のリストなの。聴きたいバンドとか。おもしろそうな音楽」

「聴いたことないのに、そもそもどうして〈スミス〉を知ってるわけ？」

「どうだったっけ」彼女は言い訳みたいに言った。「友だち、前の学校の友だちのことよ……あと雑誌とか。よくわからない。そのあたり」

「聴いてみればいいじゃん」

彼女は、本物のバカじゃないかって目でパークを見た。「オマハのラジオ局じゃ、〈スミス〉みたいなイギリスのバンドの曲なんて、かけてくれるわけないし」

それから、パークが答える前に、インクみたいに濃い茶色の目をぐるりと回した。「まったく」

それから家までは、一言もしゃべらなかった。

その夜、パークは宿題をしながら、〈スミス〉の好きな曲ばかり集めて、テープを作った。同じUKロックの〈エコー&ザ・バニーメン〉を何曲かと、〈ジョイ・ディヴィジョン〉も入れた。

そのテープと『X』を五冊、バックパックに入れてから、眠った。

第十一章　エレナー

「どうしてだまってるの？」母親がたずねた。エレナーはお風呂に入り、母親は豆のスープを作っていた。さっきベンが袋のパッケージにある〈15ビーンズ〉という製品名を見て、「ひとりにつき豆三粒ってことだね」とジョークを言っていた。

「だまってるわけじゃないわ。お風呂に入ってるだけよ」

「いつもはお風呂で歌ってるじゃない」

「歌ってない」エレナーは言った。

「歌ってるわ。ビートルズの『ロッキー・ラクーン』とか、歌ってるわよ」

「ウソ！　教えてくれてありがとう。二度と歌わないようにするから。信じられない」

エレナーは急いで服を着ると、母親のうしろを通り抜けようとした。が、母親に手首をつかまれた。「あなたの歌を聴くの、好きなのよ」母親はエレナーのうしろのカウンターに置いてある瓶を取ると、エレナーの両耳のうしろに一滴ずつヴァニラエッセンスをこすりつけた。エレナーはくすぐったくて首をすくめた。

「どうしていつもこれ、やるの？　ストロベリー・ショートケーキ人形みたいなにおいになっちゃう」

「どうしてって、香水より安いけど、同じくらいいいにおいだからよ」母親は自分の耳のうしろにもつけて、声を立てて笑った。

　エレナーもいっしょに笑って、しばらくそのまま立っていた。母親は着古したジーンズとTシャツを着て、つやつやの髪はポニーテイルにしてる。そうしてると、むかしの母親みたい。メイジーの誕生日パーティでアイスクリームをコーンに盛ってる写真があるけど、そのときと同じポニーテイル。

「大丈夫？」母親はきいた。

「うん……」エレナーは答えた。「まあ、ちょっと疲れてるだけ。宿題をやって寝る」なにかヘンだということは気づいてるみたいだけど、母親はそれ以上きいてこなかった。むかしは必ず話させた。**ここでなにが起こってるの？** そう言って、エレナーの頭のてっぺんをコンコンってたたいて。**どうかなっちゃうわよ、**って。でも、エレナーが家にもどってきてからは、一度もそういうことは言ってこない。もうエレナーの頭をノックする権利はないと、わかってるみたいに。

　エレナーは二段ベッドに這いあがると、ネコを端に押しやった。なにも読むものがない。読んだことがあるものだけ。もうコミックを持ってくるのは終わりってこと？　そもそもどうして持ってくるようになったんだろう？　数学の教科書に書いた、ちょっと気恥ずかしい曲名に指をすべらせる。「ディス・チャーミング・マン」。「ハウ・スーン・イズ・ナウ？」。ぐしゃぐしゃに塗りつぶしたかった。でも、気づかれて、またえらそうなことを言われるかもしれない。

　疲れているのは、本当だった。母親に言ったのはウソじゃない。ほとんど毎晩、夜更かしして、コミックを読んでたんだから。その夜は、食事のあとすぐに眠ってしまった。

　どなり声で目を覚ました。リッチーがどなってる。なんて言ってるのかは、わからない。

どなり声にまざって、母親の泣き声が聞こえてきた。長いあいだ、泣いていたような声。あんな声を子どもたちに聞かせるなんて、正気じゃない。

弟妹たちもすでに起きているのが、わかった。しばらくじっとしてると、目が慣れて暗闇の中に弟妹たちの影が浮かびあがってきた。四人いっしょに、床の上で、くしゃくしゃになった毛布をかぶってすわっている。メイジーは赤ん坊を抱いて、死にものぐるいでゆすってる。エレナーは音を立てないようにベッドからすべり降りると、弟妹たちに身を寄せた。マウスがすぐさまひざに這いのぼってきた。おもらしして、がたがた震えている。そして、腕と脚をサルみたいにエレナーに巻きつけた。ふたつ先の部屋で、母親が金切り声をあげた。五人とも、ビクンと跳ねあがった。

これが二年前の夏だったら、エレナーは走っていって、ドアをたたいたにちがいない。リッチーにやめろとどなったはずだ。最低でも、警察に電話しただろう。でも今では、そんなことは子どものすることに思えた。か、ただのバカか。とにかく、赤ん坊が泣きだしたらどうしようってことしか頭にない。幸い、泣いてない。この子ですら、今じゃまをしたら、ますますひどいことになるだけだとわかっているみたいだった。


翌朝、目覚ましのベルが鳴ったとき、自分がいつ寝たのか、思い出せなかった。いつ泣き声が聞こえなくなったのかも、わからない。

おそろしい考えが浮かび、立ちあがると、弟妹や毛布につまずきながら歩いていって、ドアを開けた。ベーコンのにおいがしてきた。

まだ母親は生きているということだ。

そして、継父はおそらくまだ朝食中だということ。

エレナーは深く息を吸いこんだ。おしっこのにおい。ウソでしょ。次に清潔なのは、昨日着た服ってことになる。今日、着ていったら、ぜったいティナになにか言われるだろう。よりにもよって、今日は体育がある。

エレナーは服をつかむと、決然とした足取りでリビングに出ていった。リッチーがいても、ぜったいに目を合わせないつもりで。やっぱりいた(悪魔、クズ男)。母親は、いつにもまして身じろぎもせず、コンロの前にじっと立っていた。頬のあざに気づかないのはむりだった。あごの下のキスマークにも(クズ男、クズ男、クズ男)。

「ママ」エレナーはせっぱ詰まった声でささやいた。「からだを洗わないと」

母親の視線がゆっくりとエレナーにむけられた。「え?」

エレナーは服を指さした。たぶん、ただくしゃくしゃになったようにしか見えないのだろう。

「マウスと床で寝たから」

母親は不安げにちらりとリビングを見た。リッチーにばれたら、マウスはお仕置きされるだろう。「わかった、わかったから」母親はエレナーを洗面所に押しこんだ。「服をわたして。入り口は見張ってるから。あの人ににおいを気づかれないようにして。今朝はもう、騒ぎはごめんなの」

まるでおねしょしたのがエレナーみたいな言い方だった。

エレナーは上半身を洗ってから下半身を洗い、完全に裸にはならないようにした。それから、おしっこのにおいが漏れないよう細心の注意を払いながら昨日の服を着て、リビングにもどった。

教科書は部屋にあったけど、ドアを開けて、ツンとしたにおいを外に漏らしたくなかった。だから、置いていった。

バス停に十五分前に着いた。まだ動揺して、気持ちはボロボロだったし、ベーコンのおかげでお腹がぐうぐう鳴っていた。

第十二章　パーク

パークはバスに乗ると、コミックと〈スミス〉のテープをとなりの席に置いた。こうしておけば、あとは彼女が取るだけだ。なにも言わずにすむ。

数分後、彼女が乗ってきたとき、なにかあったのがすぐにわかった。魂が抜けたみたいで、今にもばったりと倒れそうだ。服も昨日と同じ。でもそれは、そこまでへんなことじゃない。ふだんから服は同じで、着方を変えてるだけだから。でも、今日はそれとはちがう。首と手首にはなにもつけてないし、髪はくしゃくしゃだった。赤い巻き毛があちこちくっつきあって、髪が膨張してる。

席までくると、パークが置いておいたコミックとテープを見おろした（学校のかばんはどうしたんだ？）。それから、ぜんぶ、いつもどおり大切そうに拾いあげると、席にすわった。

彼女の顔を見たかったけど、見られなかった。かわりに彼女の手首を見つめた。彼女はテープを手に取った。パークは、白の細長いシールに〈「ハウ・スーン・イズ・ナウ？」ほか〉と書いて貼っていた。

彼女はテープを差し出した。「ありがとう……」彼女の口から初めて聞いた言葉だった。「でも、だめなの」

パークは受け取らなかった。

「きみに作ったんだ。あげるよ」パークは小声で言った。そして、彼女の手から、口角の下がった口に視線を移した。

「ちがうの。つまり、ありがたいんだけど……だめなの」彼女はもう一度テープを返そうとしたけど、パークは今度も受け取らなかった。たいしたことじゃないのに、どうしていちいち、面倒くさくするんだ?

「いらないよ」パークは言った。

彼女は歯を食いしばって、目を怒らせた。本気でおれのことを嫌ってるとしか思えない。

「そうじゃない」彼女はほかの子にも聞こえてもおかしくない声で言った。「むりってこと。これを聴くためのものを持ってないの。いいから、受け取って」

パークは受け取った。彼女は両手で顔を覆った。通路の反対側の席にすわってる、上級生のくせにジュニア《下級生》って名前の、ぼうっとした男子がこっちを見てる。

パークがにらみつけると、ジュニアはむこうをむいた。それから、もう一度彼女のほうを見て……。

パークはトレンチコートのポケットからウォークマンを出して、〈デッド・ケネディーズ〉のテープを取り出した。そして、新しく作ったテープを入れると、プレイボタンを押して、そうっと、彼女の髪の上からヘッドホンをつけてやった。ものすごく慎重に、彼女にはまったく触れずに。

ねばりつくようなギターの音が始まり、歌詞の最初の一行が流れた。「おれは息子……子孫なんだ……」

彼女は頭を少し持ちあげたけれど、パークのほうは見なかった。顔を覆った両手もそのまま。

学校に着くと、ヘッドホンを外して、パークに返した。

ふたりはいっしょにバスを降りて、そのままいっしょにいた。ヘンだ。いつもなら、舗道に降りた瞬間、別の方向に歩き出す。でも、そっちのほうがヘンだ、とパークは思った。毎日、同じ方向にいくはずなのに。しかも、彼女のロッカーは、パークのロッカーの少し手前にある。むしろこれまで毎朝、別々の方向に歩いてたほうがふしぎだ。

彼女のロッカーまでいくと、パークは立ち止まった。近寄りはしなかったけど、足を止めた。彼女も立ち止まった。

「で、」パークは廊下の先を見ながら言った。「これで、〈スミス〉は聴いたわけだ」

するとと彼女は……。

エレナーは、笑った。

エレナー

だまってテープを受け取ればよかった。

なにもみんなに、あたしが持ってるものと持ってないものを、いちいち宣伝する必要はないのに。あの変わり者のアジア系としゃべらなきゃいけないわけじゃないんだから。

ヘンなアジア系。

彼がアジア系なのはまちがいなかった。でも、見た目じゃわからない。目はグリーンだし、肌は蜂蜜《はちみつ》を通した日の光みたいな色をしてる。

これまで、アジア系の知り合いはひとりしかいなかった。ポールっていう、前の学校の数学のクラスにいた子だ。ポールは中国人だった。両親は、中国政府から逃れてオマハにきたらしい（ずいぶん極端な選択に思えた。地球儀を見て、「よし、できるだけ遠いところにしよう」って決めたんだろうか）。

アジア系って言葉を教えたのはポールだった。オリエンタルとは言わない、オリエンタルを使うのは料理のときだよ、とポールは言った。

「どうだっていいわよ、ラチョイ・ボーイ［ラチョイはアメリカの中華の缶詰食品ブランド］」そのとき、エレナーは言いかえした。

とにかく、どうしてアジア系の人間が共同住宅にいるのか、わからなかった。共同住宅に住んでるのはみんな、マジで白人だった。わざわざ白人になりましたってくらいの白人。ここに引っ越してくるまで、「ニ」から始まる差別語が口に出されるのは聞いたことはなかった。でも、バスの子たちは、まるで黒人を指す言葉はそれしかないみたいに、平気で使う。ほかの言い方なんてないって感じで。

エレナー自身は、頭の中ですら、その言葉を使ったことはなかった。リッチーの影響で、片っ端から相手を「マザーファッカー」ってひそかに呼ぶようになっただけでも、ひどいのに（相手がリッチーの場合、それを地でいってるってとこが皮肉）。

学校にはほかにも三、四人、アジア系の子がいた。全員親戚で、ひとりの子が作文にラオスから亡命してきたことについて書いていた。

それから、あのグリーン・目《アイズ》。フランク・シナトラのブルー・アイズに勝ってる。

この調子じゃ、今にこれまでの人生をあらいざらいぶちまけるかも。帰りのバスとかで、電話も、洗濯機も、それどころか歯ブラシも持ってないの、とか。

歯ブラシについては、カウンセラーに話そうか迷っていた。ミセス・ダンは学校の初日にエレナーをすわらせて、わたしにはなんでも言ってね、っていうよくある演説をぶった。しゃべっているあいだずっと、エレナーの腕のいちばん太いところをぎゅうっと握りっぱなしで。

ミセス・ダンになんでも言ったりしたら、そう、リッチーのことも、母親のこともすべて話したとしたら、どうなるだろう?

でも、歯ブラシの話なら……もしかしたら買ってきてくれるかもしれない。そうしたら、食事のあとこっそり洗面所へいって、塩で歯をこすらなくてもよくなる（一度西部劇でそうやっているのを見たことがあった。でも、効果があるかは不明）。

ベルが鳴った。十時十二分。

国語まであと二時限。教室でも話しかけてくるだろうか。そう、今ではあたしたち、話してる。

頭の中で、まだ声が聞こえていた。彼の声じゃない。歌手の声。〈スミス〉のボーカル。歌でも、イギリス英語だってわかる。まるでさけんでるみたいだった。

アイ　アム　サン
アンド　ジ　エアー

最初は、体育のクラスでみんながいじわるくないことに気づかなかった（まだバスのことで頭がいっぱいだった）。今日はバレーボールだった。ティナが一度、「ほらノロマ、あんたのサーブよ」と言ったけど、それだけだったし、ティナ規準ではそのくらい、軽いおふざけ程度だ。

でもロッカールームにいって、どうしてティナがセーブしていたか、わかった。お楽しみはこれからだったってわけ。ティナと仲間たちは、エレナーのロッカーのある列の端に立って、エレナーがもどってくるのを待ちかまえていた。黒人の子たちもいる。みんな、この手のことには目がないのだ。

ロッカー一面に生理用ナプキンが貼りつけてあった。たぶん、一箱まるまる使ってる。

最初、本物の血がついてるのかと思ったけど、近くで見ると、ただの赤いマジックペンだった。「ぼさぼさ頭」とか「赤毛女」と書いてあるものもある。でも、どうやら高級なナプキンだったらしく、すでにインクが吸収されはじめていた。

服がロッカーの中でなければ、そう、体育着姿でなければ、そのまま歩き去っただろう。でも、そうはいかないので、せいいっぱいあごをつんとあげ、立っている子たちを押しのけて、ナプキンを一枚一枚ていねいにはがしはじめた。ロッカーの中にまで貼ってある。服にまでくっつけてあった。

涙が少し出たのは、止めようもなかった。でも、ずっとうしろをむいていたので、見せ物にはならずにすんだ。どっちにしろ、数分のことだった。みんな、ランチに遅れたくはなかったから。ほとんどの子はこれから着がえて、髪を直さなきゃならない。

全員が出ていったあと、黒人の女子ふたりだけが残った。ふたりはエレナーのところにきて、いっしょにナプキンをはがしはじめた。「たいしたことないよ」ひとりが小声で言って、ナプキンをぐしゃっと丸めた。彼女はデニースといって、十年生にしては幼く見えた。背が低いし、髪もふたつに分けて三つ編みにしてる。

エレナーはうなずいたけれど、なにも言わなかった。

「くだらない連中。あんなどうでもいいやつら、神さまの目にも入ってないよ」デニースは言った。

「だよ」もうひとりの子もうなずいた。たしかビービーって名前だ。ビービーは、エレナーの母親なら「大柄な子ね」って言いそうな体型をしていた。エレナーより太ってる。体育着も色がちがう。特別に注文したんだろう。ビービーを見てると、エレナーくらいでくよくよしてるのが悪いような気になってくるし……どうしてクラスでデブってことになってるのは、あたしなんだろう、とも思う。

デニースたちはナプキンをゴミ箱に放りこむと、濡らしたペーパータオルを上にかぶせて、見えないようにした。

デニースとビービーがいなければ、エレナーはなにも書いてないナプキンはとっておいたかもしれない。だって、もったいない。

エレナーはランチに遅れ、そのせいで国語にも遅れた。そして、それまで気づいてなかったとしても、そのとき、自分がバカなアジア系のことを好きになってることに気づいた。

この四十五分間に――それを言うなら、この二十四時間にいろいろな目にあって、今、考えられるのは、パークに会うことだけだったから。

パーク

バスに乗ると、エレナーはあれこれ言わずにウォークマンを受け取ったし、ヘッドホンも自分でつけた。そして、自分の降りるバス停のひとつ前でウォークマンを返した。

「貸してあげるよ」パークは急いで言った。「残りも聴いてみて」

「壊したら困るから」

「壊れないよ」

「電池が減っちゃうし」

「別にいいって」

エレナーはパークを見た。パークの目を。これが初めてだったかもしれない。彼女の髪は今朝よりもひどかった。ますます縮れて、跳ねまくってる。赤毛のアフロにでもするつもりか？　でも、目はこれ以上ないってくらい、完全に冷ややかで揺るぎなかった。クリント・イーストウッドを形容するのに死ぬほど使われてるような言葉ならどれでも、エレナーの目を言い表すのにぴったりだろう。

「へえ」エレナーは言った。「気にしないんだ？」

「たかが電池だし」

エレナーはウォークマンから電池とテープを取り出すと、ウォークマンを返し、ふりかえりもせずにバスを降りていった。

やっぱ、ヘンだ。

エレナー

電池がなくなってきたのは、夜中の一時だった。でも、エレナーは、歌声がゆっくりになって、ついに止まるまで、ずっと聴きつづけた。

第十三章　エレナー

今日は教科書を忘れないようにしたし、服もちゃんと洗ったものを着た。ジーンズは、昨日の夜バスタブで洗わなきゃならなかったから、まだちょっと湿っていたけど、まあ、それでも昨日に比べれば百倍いい。髪すらそこそこ協力的で、なんとかひとつにまとめて、輪ゴムでおだんごにしてあった。輪ゴムを取るとき、死ぬほど痛いだろうけど、少なくともしばらくはこれでおとなしくしててくれるはずだ。

いちばんいいのは、パークの曲が頭の中に流れてること。それと、なぜか胸にも。

あのテープに入ってる曲には、なにかがあった。なにかほかの曲とはちがう感じ。肺とお腹がざわざわするっていうか。胸がはずむような感じも、不安でしめつけられるような感じもある。いろんなことが、そう、世界とかも、思ってたようなものじゃなかったっていう感じ。それって悪くない。っていうか、最高だった。

その朝、バスに乗ると、すぐに顔をあげて、パークを探した。パークも顔をあげていた。エレナーを待っていたみたいに。がまんできずに、エレナーはにっこりした。ほんの一瞬だけど。席にすわるとすぐに、エレナーは座高を低くして、うしろのクズたちから頭のてっぺんが見えないようにした。どんなに幸せか、知られないように。

パークがとなりにすわっているのが感じられる。少なくとも十五センチはあいだがあいてるのに。

エレナーはコミックを返すと、手首に巻きつけたグリーンのリボンを落ち着かない気持ちで引っぱった。言うことを思いつかない。このままなにも言えないかも、お礼さえ言えないままかも、って思いはじめ……。

パークの両手は彼のひざに置かれたまま、完全に静止していた。完璧に完璧な手。肌は蜂蜜色で、健康的な色の清潔な爪をしている。どこもかしこも、ほっそりしてるけどたくましい。動きのひとつひとつに、ちゃんと意味がある。

もう学校に着くというとき、パークが沈黙を破った。「聴いた？」

エレナーはうなずいて、なんとかパークの肩まで視線をあげた。

「気に入った？」

エレナーは目をくるりと回した。「っていうか、なんか……こう……」エレナーは両手をぐっと広げた。「最高だった」

「それって皮肉？　どっち？」

エレナーはパークの顔を見た。そんなことをしたら、どんな気持ちになるか、わかってるのに。胸の中から心臓を釣りあげられるみたいになるって。「ううん、ほんとに最高だった。ずっと聴いてたかったくらい。特にあの曲――『ラブ・ウィル・ティア・アス・アパート』?」

「ああ、〈ジョイ・ディヴィジョン〉ね」

「っていうか、これまで聴いた中で、出だしがいちばん好き！」

パークはギターとドラムのところをまねした。

「そうそう、そこ。あの最初の三秒をずっとリピートして聴きたかった」

「すればよかったのに」パークの目は笑っていた。口元もほんの少し。

「電池をむだにしたくなかったから」エレナーは言った。

パークは頭をふった。エレナーがどうかしてるってみたいに。

「それに、そのあとのところも好きだったから。高音のところとか、あのメロディ、あのダーダーデゥダダ、デゥダーデゥダーってとこと」

パークはうなずいた。

「それから、最後のところのあの声。ほんの少しだけ、高すぎるところ。それから本当に最後の最後の、ドラムが曲を終わらせたくないって感じで必死に抵抗してるところ……」

パークがドラムの音のまねをする。「タタタ、タタタ」

「あの曲をバラバラにしたい」エレナーは言った。「それで、すべてを死ぬまで愛するの」

パークは笑った。「〈スミス〉はどうだった?」

「どれがだれの曲か、わからなかったから」

「書き出してあげるよ」

「ぜんぶ好きだった」

「よかった」パークは言った。

「すごくよかった」

パークはにっこりしたけど、窓のほうをむいてしまった。エレナーはうつむいた。

バスは駐車場に入っていった。エレナーは、この新しい形の会話、つまり、ちゃんとキャッチボールになっていて、ほほえみあうような、本物の会話を終えたくなかった。

「それと……」エレナーはあわてて言った。「X‐MENも好き。でも、サイクロップスは嫌い」

パークはぱっと頭をひいた。「サイクロップスが嫌いなんて、ありえないよ。チームのリーダーなのに」

「つまらないじゃない？　バットマンよりひどい」

「え？　バットマン、嫌いなの？」

「え、ウソ。だって、超たいくつでしょ。読むだけでもむりってくらい。バットマン持ってきたときは、いつもスティーヴの話を聞いてるか、窓の外をぼんやり見てたんだから。冷凍睡眠に入ったほうがマシって」そこで、バス停に着いた。

「ふうん」パークは立ちあがった。いかにもなにか言いたげな口調で。

「なによ」

「窓の外を見てるとき、なに考えてるかこれでわかったと思ってさ」

「わかってないわよ。それだけじゃないし」

みんながどんどん先に降りていくので、エレナーも立ちあがった。

「今度、『バットマン・ダークナイト・リターンズ』を持ってくるよ」パークは言った。

「なにそれ？」

「いちばんたいくつじゃないバットマンってだけだけどね」

「いちばんたいくつじゃないバットマン？　へえ、バットマンが眉毛を両方あげるとか？」

パークはまた笑った。笑うと、ぜんぜんちがう顔になる。えくぼがあるわけじゃないけど、両頬がカクッてへこんで、目がほとんど線になる。

「まあ、楽しみにしてなよ」パークは言った。

パーク

その日の午前中、国語の授業で、エレナーの髪が首のうしろのやわらかいところにかかってることに気づいた。

エレナー

午後の歴史の授業で、パークは考えているとき、鉛筆を噛むことに気づいた。それに、パークのうしろにすわってる女子——たしか、キムっていう、胸がめちゃめちゃ大きくて、オレンジの〈エスプリ〉のかばんを持った子が、パークを好きなことにも。

パーク

その夜、パークは〈ジョイ・ディヴィジョン〉の曲の入ったミックステープを、何度も何度も作り直した。

それから、携帯ゲームとジョシュのリモコンカーの電池をぜんぶ取り出し、おばあちゃんに電話をかけて、十一月の誕生日プレゼントは単三電池にしてくれるようにたのんだ。

第十四章　エレナー

「バートのやつ、あたしがあれを跳び越えられるなんて思ってないくせに」デニースは言った。デニースと、大柄のビービーは、体育の授業でエレナーに話しかけるようになっていた。ナプキン攻撃は、友だち作りに一役買ったらしい。

今日、体育のバート先生は、千年物って感じの跳馬《ちょうば》を跳んでみせて、次回はみなさんに跳んでもらいます、と言った。

「勘違いもはなはだしいわよ」授業のあと、ロッカールームでデニースは言った。「あたしが体操選手にでも見えるってわけ？　メアリー・ルー・レットンじゃあるまいし」

ビービーがクスッと笑った。「ウィーティーズ［シリアル。パッケージに有名スポーツ選手を起用する］は食べてません、って言っといたら？」

たしかに、デニースは体操選手っぽいかも、とエレナーは思った。髪は三つ編みで前髪は小学生みたいだし。とてもじゃないけど高校生には見えない。それに拍車をかけてるのが、服。パフスリーブのシャツにオーバーオールを着て、左右おそろいの髪留めをつけてる……体育着はぶかぶかで、赤ん坊が着てるロンパースみたいだし。

エレナーは、跳馬は怖くなかったけど、クラスじゅうの子が見ている前でマットの上を走らなきゃならないのがいやだった。要は、走りたくない、そういうこと。走ると、胸がゆれてちぎれそうな気がするから。

「処女膜が破れるようなことは母親に禁止されてるんです、って言うとかね。宗教上の理由で」エレナーは言った。

「それ、ほんと？」ビービーがたずねた。

「まさか」エレナーは笑った。「実はね……なあんて」

「エレナーってば」デニースはジャネット・ジャクソンぽくオーバーオールをぐいと引っぱりあげた。「ナスティ・ボーイ！　あ、ガールか」

「くるでしょ？」デニースがきいた。

エレナーはTシャツをかぶってから、その下で、もぞもぞとからだを動かして体育着を脱いだ。

「そりゃね、体育がいやだからって、学校をサボるのはさすがにね」エレナーは跳ねるようにしてジーンズをひきあげた。

「ちがう、いっしょにランチにくるでしょってこと」

「え、ああ」エレナーは顔をあげた。ふたりはロッカーの端でエレナーを待っていた。「うん」

「なら、いそいで、ミス・ジャネット・ジャクソン」

エレナーは、デニースとビービーがいつもランチを食べている窓際の席にいっしょにすわった。

休み時間に、パークが歩いているのを見かけた。

パーク

「どうしてホームカミングの日までに、免許取れないんだよ？」カルが言った。

ステッスマン先生は生徒たちを少人数のグループにわけ、『ロミオとジュリエット』のジュリエットと、『ハムレット』のオフェーリアの比較をするように言った。

「時空間を曲げることはできないからさ」パークは言った。エレナーは教室の反対側の窓際にすわっていた。エリックっていうバスケ部のやつと組んでる。エリックがなにやらしゃべり、エレナーは眉をひそめて聞いている。

「おまえが車を手に入れられれば、おれたち、キムを誘えるんだぞ」カルが言った。

「おれたちじゃなくて、おまえがだろ」

エリックは背が高くて、肩を腰より三十センチひいて歩くタイプだ。つまり、常にリンボー・ダンス状態。ドア枠に頭ぶつけんのが怖いんだろう。

「キムは2—2で出かけたいんだよ」カルは言った。「それに、彼女、おまえのことが好きなんじゃないかと思うんだ」

「え？　おれは別にキムとホームカミングにいきたくないんだ。そもそも好きでもないし。てか、だって……キムを好きなのはおまえだろーが」

「そりゃそうさ。だからこそ、この計画がいいんだよ。つまり、おれたちみんなでホームカミングにいく。そしてキムは、おまえが自分のことを好きじゃないと気づいて、ショックを受ける。で、そのとき、彼女のそばにいて、彼女をスローダンスに誘うのは？　ってことさ」

「キムにショックを受けさせるなんていやだよ」

「キムとおれと、どっちをとるんだよ？」

エリックがまたなにか言っている。エレナーはまた眉をひそめた。それから、パークのほうを見て――しかめ面じゃなくなった。パークはにっこりした。

「あと一分だ」ステッスマン先生が言った。

「やべっ」カルが言った。「どうする？　オフェーリアは頭がやられてる、でいいよな？　で、ジュリエットはどうする？　まだ六年生、とか？」

エレナー

「じゃ、サイロックも女のテレパスなの？」

「そう」パークは答えた。

毎朝、エレナーはバスに乗るたびに、パークがヘッドホンを取らないかもしれないと不安になる。急に話しかけてきたときみたいに、急に話さなくなるかもしれない。もしそうなったら――もしある日、バスに乗って、パークが顔をあげなかったら――どんなに傷つくか、その顔をパークに見られたくなかった。

でも、今までのところ、そうはなってない。

今までのところ、話さないことはない。文字どおりの意味だ。ふたりはすわってるあいだじゅう、ずっとしゃべりつづけていた。ほとんどの会話は「＊＊のこと、どう思う？」で始まる。〈U２〉のアルバムのこと、どう思う？　うん、大好き、とエレナー。

『特捜刑事マイアミ・バイス』のこと、どう思う？　あれはたいくつだろ、とパーク。

「わかる」意見が合うと、ふたりは言った。かわりばんこに――「わかる」「わかる」「わかる！」

「だよね」

「そうそう」

「でしょ？」

大切なことではすべて意見が一致したし、それ以外のことではやり合った。それも楽しかった。なぜって、言い合いになると、必ずエレナーはパークを大笑いさせることができたから。

「どうしてX－MENは女のテレパスがふたり必要なわけ？」

「今度のは髪が紫なんだよ」

「男女差別よ」

パークの目が見開かれた。まあ、ちょっと大きくなったって程度だけど。目が細いせいで他の人と見え方もちがうんだろうかと思うことがある。でも、そんなことをきくのは人種差別かも。

「X－MENは男女差別なんかしないよ」パークは首を左右にふりながら言う。「彼らは、受容ってことを象徴してるんだ。自分たちのことを恐れて、憎んでる世界を守るって誓ってるんだから」

「まあね、でも――」

「でも、なんてない」パークは笑う。

「でも」エレナーは言い張る。「女の登場人物は、いかにもって感じで、オンナオンナしてて、受け身なタイプばかりじゃない？　女の登場人物の半分は、ただ一生懸命考えるだけだし。あれじゃ、それが、つまり考えることが、彼女たちの超能力ですって感じ。シャドウキャットなんて、もっとひどいわ。能力が〝消えること〟だっていうんだから。『不思議の国のアリス』のチェシャ猫かって感じ」

「『非実体化』だよ。消えるのとはちがう」

「お茶会の最中に消えられるって意味じゃ、同じよ」

「熱い紅茶を持ってなきゃね。それに、ストームのことを忘れてるだろ」

「忘れてないわよ。彼女は頭で天気をコントロールできる。それも、考えることが能力っていうのと同じよ。あんなロングブーツ履いておいて、それだけなんだから」

「髪型だって、モヒカン刈りでクールだし……」

「関係ないわよ」

パークはにやにやして頭を背もたれに押しつけると、バスの天井を見あげた。「Ｘ－ＭＥＮは性差別主義者じゃない」

「まともな力のあるＸ－ＷＯＭＡＮがいないか、ちゃんと思い出そうとしてる？」エレナーはきいた。「ダズラーとか？　あれは生きたミラーボールでしょ。か、ホワイトクイーン？　あんな真っ白の下着を着ちゃって、せっせと考えてるわよね」

「自分だったら、どんな力がほしい？」パークが話題を変えた。そして、エレナーのほうに顔をむけて、背もたれに頰を押しつけた。あいかわらずほほえんでいる。

「飛ぶ力」エレナーは答えて、視線をそらした。「たいして便利じゃないのはわかってるけど……でも、だって、飛べるのよ」

「わかる」パークは言った。

パーク

「なんだよ、パーク、それ。ニンジャか？」

「ニンジャの服は黒だよ、スティーヴ」

「え？」

本当は、テコンドーのあと、建物の中で着がえればよかったんだけれど、父親に九時までに帰るように言われているから、エレナーに見せる時間は一時間弱しかない。

スティーヴは外で愛車のカマロをみがいてた。スティーヴもまだ免許は取っていなかったけど、着々と用意は進めているらしい。

「彼女に会いにいくのかよ？」スティーヴが言った。

「え？」

「彼女におしのびで会いにいくのか？　ブラディ・メアリーに？」

「彼女じゃないよ」パークは言ってから、ごくりとつばを飲みこんだ。

「ニンジャのかっこうでおしのびか」

パークは首をふると、走り出した。だって、彼女じゃないだろ、パークは心の中で自分に言い聞かせながら、路地を横切った。

エレナーの家の場所は、はっきりとは知らなかった。でも、バス停はわかってるし、小学校のとなりだっていうのもわかってる。

これだな、パークはそう思い、小さな白い家の前で足を止めた。庭に壊れたおもちゃが転がっている。玄関のポーチで、デカいロットワイラー犬が眠っていた。

そろそろと近づいていく。犬が頭をもたげ、パークをじっと見てから、またすぐに目を閉じた。

犬は、パークが階段をあがって、ドアをノックしても、ぴくりともしなかった。

ドアを開けた男は、エレナーの父親にしては若すぎるように見えた。前にもこのあたりで見かけたことがある。おれはだれがドアを開けると思ってたんだ？　もっと特別な感じを期待してた？　エレナーみたいなタイプとか？

男はなにも言わなかった。ただだまって、立っている。

「エレナーはいますか？」パークはきいた。

「そっちは？」ナイフみたいな鼻だ。それをまっすぐパークに向けてくる。

「同じ学校に通ってるんです」パークは言った。

男はさらに一秒間、パークを見てから、ドアを閉めた。どうしたらいいのか、わからなかった。数分がすぎた。もう帰ろうかと思いはじめたとき、エレナーが、ようやく通り抜けられるくらいわずかにドアを開けた。

エレナーの目は、危険を知らせようとするように見開かれていた。こんなに暗いと、目の虹彩がないように見える。

それを見たとたん、ここにきたのはまちがいだったと悟った。もっと早く気づくべきだったのに。エレナーに見せたいってことしか頭になかったから……。

「やあ」

「うん」

「おれ……」

「取っ組み合いの申し込みにきた？」

パークはテコンドー着の前に手を入れて、『ウォッチメン』の二巻を取り出した。エレナーの顔がぱっと明るくなった。あまりに青白くて、街灯の光の下だと輝いているように見えた。比喩じゃなくて、本当に。

「もう読んだの？」

パークは首を横に振った。「読めるんじゃないかと思ったんだ……いっしょに」

エレナーはちらりと家の中を見て、さっと玄関の外に出た。パークはあとについて階段をおり、砂利道を横切って、小学校の裏口までいった。ドアの上に大きな安全灯がついている。エレナーが階段のいちばん上にすわったので、パークはとなりに腰をおろした。

『ウォッチメン』は読むのに、ほかのコミックの倍かかる。今夜は、さらに倍かかった。バス以外で、ふたりですわるのに慣れないせいだ。だいたい学校以外で会っているのが、ふしぎな気がする。エレナーの濡れて茶色っぽくなった髪が、カールして顔にかかっていた。

最後のページまで読んだとき、パークはこのまますわって、『ウォッチメン』について語り合いたかった。いや、そうじゃない。このまますわって、エレナーと話せれば、それでよかった。でも、エレナーはすでに立ちあがっていて、家のほうをふりかえった。「帰らなきゃ」

「ああ、そっか。おれもかな」

エレナーは、小学校の階段にパークを残したまま、去っていった。そして、おやすみ、くらい言おうと思いついたときには、すでに家の中に消えていた。

エレナー

家にもどると、リビングの電気は消えていたが、テレビはついていた。リッチーがソファーにすわっているのが見えた。母親は台所の入り口に立っている。

子ども部屋まであと数歩……。

「彼氏か？」部屋に着く前にリッチーがきいた。テレビを見たままだ。

「ちがう。学校の子」

「なんの用だったんだ？」

「宿題の話があって」

エレナーは部屋の入り口で返事を待った。そして、リッチーがそれ以上なにも言わないのがわかると、中に入ってドアを閉めた。

「おまえのたくらんでることくらい、わかってるぞ」ドアが閉まるのと同時に、リッチーが声を張りあげた。「発情期のアバズレめ」

その言葉はエレナーに激突した。まっすぐ、あごに。

二段ベッドの上にのぼると、目と口と手をぎゅっと閉じた。さけばずに息ができるようになるまで、ずっと力を入れていた。

今までは、頭の中の、リッチーには手出しのできない場所にパークのことをしまっておけた。この家と、この家の出来事とは、まったく切り離された場所に（そこは本当に特別な場所で、祈るときもその場所を使った）。

でもこれで、リッチーはそこにも入りこんで、絶大な力を振るうようになった。エレナーの思いは、腐って、悪臭を放つようになってしまった。リッチー本人みたいに。

もうパークのことは考えられない――

暗闇の中で、白い服を着たパークがスーパーヒーローみたいに見えたことも。

彼のにおいが甘くて石けんみたいだったことも。

なにか気に入ったときに、唇の両端をちょっとだけあげて笑うことも。

だって、パークのことを考えると、リッチーのいやらしい視線が浮かぶようになってしまったから。

エレナーは、ベッドの上にいたネコを蹴飛ばした。ただなにかに八つ当たりしたくて。ネコはギャア、と鳴いたけど、またすぐにもどってきた。

「エレナー」ベッドの下の段から、メイジーが小声で呼んだ。「あの人、彼氏?」

エレナーは歯を食いしばった。「ちがうわよ」乱暴に言う。「ただの学校の子」

第十五章　エレナー

翌朝、エレナーが用意しているあいだ、母親は子ども部屋に立っていた。「はい」母親はブラシを手にとって、エレナーの髪のカールを伸ばさずに、そのままポニーテイルにした。「あのね、エレナー……」

「どうしてママがここにいるか、わかってる」エレナーは母親から離れた。「そのことについては話したくない」

「いいから聞いて」

「いやよ。わかってるから。彼はもうこない。それでいいでしょ？　あたしが呼んだわけじゃないし。でも今日、言っとくから。もうこないわよ」

「そう、なら……いいけど」母親は腕を組むと、あいかわらず小声で言った。「ただね、まだ若すぎると思って」

「ウソよ、そうじゃないでしょ」エレナーは言った。「でも、どうだっていい。彼はもうこないから。わかった？　だいたい、彼とはそういうんじゃないから」

母親は部屋を出ていった。リッチーはまだ家にいる。エレナーが玄関から走り出るのと同時に、洗面所の蛇口をひねる音が聞こえた。

彼とはそういうんじゃないから。バス停にむかって歩きながら、くりかえす。そしたら、泣きたくなった。なぜって、それが本当だから。

そして、泣きたくなったことで、腹が立った。

なぜなら、泣いたりしたら、エレナーの人生は最低だってことが事実になるから。カッコよくてクールな男の子が、エレナーのことを「そういう」ふうに好きではないから、泣きたくなったわけじゃない。

そもそも、パークと友だちになれただけでも、人生で最高の出来事っていってもいいくらいなんだから。

バスに乗ったとき、機嫌の悪そうな顔をしてたにちがいない。すわっても、パークは声をかけてこなかった。

エレナーは通路のほうを見た。

数秒後、パークが手を伸ばしてきて、手首に結んである古いシルクのスカーフを引っぱった。

「ごめん」パークは言った。

「なにが？」怒った口調になってしまった。ああもう、これじゃ最低。

「わからない。けど、昨日の夜、おれのせいで面倒なことになったんじゃないかって気がして……」

パークがスカーフをもう一度引っぱったので、エレナーはパークのほうを見た。怒って見えないようにしたのに、怒ってる顔になってしまった。本当はひと晩中、彼の唇はなんてすてきなんだろうって思ってたのに。

「昨日の人、お父さん？」パークがたずねた。

エレナーはくっとあごを引いた。「ちがう、そうじゃない。あれは……母の結婚相手。あたしとはなんの関係もない。諸悪の根源」

「叱られた？」

「まあね」パークにリッチーのことを話したくなかった。頭の中のパークの場所から、リッチーのことはすべて削り取りたかった。

「ごめん」パークはまた言った。

「大丈夫。パークのせいじゃないし。『ウォッチメン』を持ってきてくれてありがとう。読めてよかった」

「すごくいいだろ？」

「うん、すごく。ある意味、残酷なんだけど。ほら、あのコメディアンがレイプ……」

「あ……ごめん」

「え、そうじゃないの。その……もう一度読まないとってこと」

「昨日の夜、あれから二度読んだんだ。だから、今日は持っていっていいよ」

「ほんと？　ありがとう」

パークはまだスカーフの端を持ったまま、シルクの生地を指にはさんで、無意識のうちにすりあわせていた。エレナーはパークの手を見た。

今、パークが顔をあげたら、エレナーがどんなにバカか、ばれてしまう。自分の顔がぐにゃぐにゃになって、伸びきってるのがわかる。もし今、パークがこっちを見あげたら、すべてばれてしまう。

でも、パークはこっちを見なかった。スカーフを指にぐるぐる巻いている。エレナーの手は宙づりになった。

それから、シルクの生地ごと、自分の手をエレナーの手のひらにすべりこませた。

エレナーは砕けちった。

パーク

エレナーの手を握るのは、蝶をつかむような感じだった。鼓動してる心臓とか。なにか完全なもの、完全に生きているものをつかんでいるような感じだった。

エレナーに触れたとたん、今までそうしなかったのがふしぎに思えた。親指で彼女の手のひらをこすり、そのまま指のほうまですべらせる。彼女の一回一回の呼吸が感じられる。

女の子の手なら、握ったことはある。スケートランドで。去年の九年生のパーティで会った子だった。その子とは、彼女のお父さんが迎えにくるのを待ってるあいだ、キスもした。実は、ティナの手も握ったことがあった。六年のころ、付き合ってたときに。

いつだって、悪くなかった。子どものころ、道路を渡るのにジョシュと手をつないだり、教会におばあちゃんに手をひかれていったときと、そんなに変わらなかったけど。それより少し汗ばんで、少しどぎまぎするくらいだった。

去年、その子とキスしたときは、口がからからに渇いて、目はほとんどずっと開けてて、もしかしたら、自分はどこかおかしいんじゃないかと思ってしまった。

っていうか、キスしてるあいだ、マジで悩んだ。もしかしたら、おれはゲイなのかも。っていっても、じゃあ、男子とキスしたいかっていうと、それもない。その子はドーンって名前だったけど、ドーンじゃなくてシーハルクとかストームみたいなコミックのヒロインのことを考えてたほうが、ずっとキスが気持ちよかった。

リアルな女の子のことは好きになれないのかも、と、そのとき思った。おれは二次元に萌えるヤバいタイプなのかも。

もしかしたら、とパークはそのときのことを思い出して考えた。ほかの女の子たちは単に認識できなかっただけかも。つまり、コンピューターのドライブが、認識できないフォーマットのディスクを受けつけないみたいに。

でも、エレナーの手は認識できた。これだ、ってわかった。

エレナー

砕けちった。

なにかまちがいが起こって、『スタートレック』のエンタープライズ号の牽引ビームに運ばれて宇宙船に乗せられちゃった感じ。

どんな感じかっていうと、そう、溶けてしまうのに似ている。でも、もっとずっと荒々しい。数千のかけらになってもまだ、エレナーはパークの手を感じることができた。まだ、彼の親指が手のひらを探っているのを感じられた。エレナーはじっと息をひそめていた。ほかにどうすればいいかわからなかったから。獲物を動けなくさせてから食べる生き物ってなんだったっけ……。

パークはニンジャの術でエレナーを金縛りにしたのかもしれない。それとも、『スタートレック』のバルカン人のテレパシー能力とか。それで、エレナーを食べようとしてるのかも。だとしたら、最高。

パーク

バスが止まると、ふたりは離れた。一気に現実が押しよせてきて、パークはまわりを見まわした。だれかに見られていたかもしれない。それから今度は、きょろきょろしてたのを気づかれたかもしれないと思って、そっとエレナーのほうを盗み見た。

でも、エレナーはまだ床を見つめていた。教科書を持って立ちあがって、通路に出ても、ずっと。

見られていたとして、なにを見られたっていうんだ？　おれはどんな顔をして、エレナーに触れていたんだろう？　ダイエットペプシのコマーシャルで、最初の一口を飲んだやつみたいな顔とか。やり過ぎだろってくらいの喜びの表情。

エレナーのあとに続いて、通路に出た。背はほとんど変わらない。髪はまとめられてて、首すじが赤く、ほてってる。そこに頰を押しあてたくなって、必死でこらえる。

エレナーのロッカーまでいっしょに歩いていった。壁に寄りかかって、エレナーがロッカーを開けるのを見る。エレナーはなにも言わない。だまって教科書を何冊かロッカーに入れ、ほかのを取り出した。

彼女に触れた興奮がだんだんと収まってくると、エレナーのほうはパークに触れようとしなかったことが気になりはじめた。パークの手を握りかえそうともしなかったし、パークを見もしなかった。今だって、まだ見てない。ああもう、なんだよ。

パークはそっとエレナーのロッカーをノックした。

「ねえ」パークは声をかけた。

エレナーは扉を閉めた。「ん、なに？」

「大丈夫？」パークはたずねた。

エレナーはうなずいた。

「じゃ、国語で？」

エレナーはうなずいて、歩き去った。

ああもう、なんなんだよ。

エレナー

一時間目と二時間目と三時間目のあいだじゅう、エレナーは手のひらをさすっていた。なにも起こらなかった。

一箇所に神経の末端がこんなに集中してるなんて、ありえる？

ずっとここにあるのか、それとも、気がむくと、スイッチが入るとか？　だって、前からあったなら、今までどうしてドアノブを握っても卒倒しなかったわけ？

だから、マニュアル車を運転するほうが楽しいって言う人があんなにいるのかも。

パーク

ああもう、なんだよ。手をレイプするとか、ありえるのか？

エレナーは国語の時間も歴史の時間も、パークのほうを見ようとしなかった。放課後、エレナーのロッカーにいってみたけど、いなかった。

バスに乗ると、いつもの席に先にすわっていた。でも、パークの側にすわっている。窓側に。どうしたらいいかわからなくて、パークはなにも言えない。となりにすわって、自分のひざのあいだに手を突っこむ。

だから、エレナーがパークの手首をつかんで、自分のほうへ引っぱらなきゃならなかった。パークの手を握って、親指で手のひらに触れる。

エレナーの手は震えていた。

パークはすわったままからだのむきを変えると、通路に背をむけた。

「大丈夫？」彼女がささやいた。

パークはうなずいて、深く息を吸いこんだ。ふたりは、自分たちの手を見つめた。

なんなんだよ……。

第十六章　エレナー

土曜日は最悪だ。

日曜日は、一日じゅう、もうすぐ月曜日だと思っていられる。でも、土曜日は十年くらい続くように思える。

宿題はすでに終わってる。どっかのヘンタイが、地理の教科書に「濡れてる？」と落書きしたので、黒ペンで塗りつぶすのに時間がかかったけど。なんとか花みたいな形にした。

弟妹たちとアニメを見ているうちに、ゴルフ中継の時間になったので、メイジーとカードを二組使うソリティアをした。けど、じきに飽きてしまった。

それから、音楽を聴いた。パークにいちばん会いたくなる土曜日に聴けるように、パークがくれた電池の最後の二本を取っておいたのだ。パークからもらったテープは五本になっていた。つまり、電池さえもてば、四百五十分、想像の中でパークと手をつないで過ごせる。

バカみたいだけど、想像の中でパークとするのはそれだった。手をつなぐこと。想像の中なら、ほかのことだって、なんだってできるのに。でも、エレナーにとって、パークと手をつなぐのはそれくらいすてきなことだった。

（それに、ただ手をつないでるわけじゃない。パークは、こんなめずらしくて貴重なものはないって感じでエレナーの手を握ってくれる。エレナーの手がエレナーのからだと密接につながってるみたいに。もちろん、つながってるんだけど。うまく説明できない。パークといると、からだのパーツをただ足していった以上の存在になれるような気がするのだ。）

バスでの新しい習慣にひとつだけ問題があるとすれば、会話が減ってしまうことだった。パークが触れているとき、エレナーは彼を見ることができなかった。それにパークも、話を最後まで続けられなくなるみたいだ（つまり、彼もあたしを好きってことになる。信じられない！）。

昨日、帰りのバスが下水管の破裂で十五分ほど遠まわりすることになった。スティーヴがガソリンスタンドで始めたバイトに遅れるといって、悪態をついている。パークがぼそりと言った。

「マジか……」

「なに？」エレナーは、今では窓側にすわっていた。そっちのほうが落ち着く。無防備な感じがうすまる。ふたりだけでバスに乗っているような気になれそうな気がする。

「おれ、念力で下水管を破裂させられるのかも」

「突然変異体《ミュータント》の超人能力にしてはピンポイントすぎるけど。なんて名前のスーパーヒーロー？」

「そうだな……ええと……」それから、パークは笑いだし、エレナーのカールした髪を引っぱった（最近の進展のひとつだった――つまり、髪に触るっていうのが。放課後、うしろからきて、エレナーのポニーテイルを引っぱったり、おだんごにまとめた髪をぽんっとたたいたりすることがある）。

「んー……わかんないな」パークは言った。

「コーキョージギョーとか？」エレナーは言って、パークの手に自分の手を重ねた。指と指までていねいに合わせて。指先が、パークの第一関節までしか届かない。あたしのからだの中で、パークより小さいのは手だけかも。

「子どもみたいだよな」パークが言った。

「え？」

「手がさ。ほら……」パークはエレナーの手をとった。「なんていうか……もろい感じで」

「ハイスイカン・マスター」エレナーはささやいた。

「え？」

「パークがスーパーヒーローになったときの名前。ううん、待って——やっぱりスイドーヤがいい。『今こそ、スイドーヤに復讐してやる！』って感じ」

パークは笑って、また別のカールを引っぱった。

二週間でいちばん話したのが、そのときだった。エレナーはパークに手紙を書こうとした。何度、書こうとしたかわからない。手紙を書くなんて、七年生みたいだけど。なんて書けばいい？

パークへ。大好き。パークの髪がめちゃめちゃ好き。

パークの髪は本当にすてきだった。すごく。すっごく。うしろは短くて、前は長めでさらさらしてる。完全なストレートで、ほぼ完全に真っ黒。パークの場合、ライフスタイルに合った髪型って感じがする。服もいつも、頭のてっぺんから足の先まで黒。黒のパンクロックのTシャツに、黒の長袖のシャツをひっかけて、黒いスニーカーにデニム。ほとんど毎日、ほとんど黒一色（白いTシャツも一枚持ってたけど、前に大きな文字で〈BLACK FLAG〉ってハードコア・パンクバンドのロゴが入ってた）。

エレナーが黒を着ると、母親は必ずお葬式にいくみたいよと言った。棺おけに入ってるみたいって。そう、むかしは母親もそういうことを言っていた。エレナーが着ているものに、たまには注意を払っていたころは。今では、裁縫箱に入っていた安全ピンをぜんぶ使って、ジーンズの穴にシルクやベルベットの端布をつけたときも、気づきもしなかった。

パークは黒が似合った。黒を着てると、木炭画みたい。太くてカーブした黒い眉毛。短くて黒いまつげ。頬骨が高くてつやつやしてるところ。

パークへ。本当に大好き。パークの頬がめちゃめちゃ好き。

でも、パークのことでたったひとつ、考えたくないことがあった。パークがあたしをどんなふうに見ているかってこと。

パーク

ピックアップのエンジンはかかっては、止まった。

パークの父親はなにも言わなかったが、だんだんと機嫌が悪くなるのはわかった。

「もう一度やってみろ」父親は言った。「エンジンの音をよく聞くんだ。それから、ギアチェンジしろ」

アドバイスにしちゃ、単純化しすぎだろ。エンジン音を聞いて、クラッチを踏み、ギアチェンジして、アクセルを踏み、離して、ハンドルを切り、サイドミラーを見て、方向指示器を出し、バイクがきてないか二度チェックして……。

頭にくるのは、もし父親がとなりでイライラしてなければ、できる自信があるってことだ。頭の中では、完璧にこなしてるのに。

テコンドーでも、そういうときがある。父親に新しい技を教わって、できるようになったためしがない。

クラッチ、ギアチェンジ、アクセル。

エンジンは止まった。

「考えすぎなんだ」父親が吐き捨てるように言った。

パークの父親はいつもそう言う。子どものころ、反論を試みたことがある。「考えずにはいられないんだよ。脳みそのスイッチを切るなんてむりだもん」テコンドーのレッスンのとき、パークは訴えた。

「そんなじゃ、相手に脳のスイッチを切られるぞ」

クラッチ、ギアチェンジ、アクセル。

「もう一度だ……ほら、考えるな。ギアをチェンジするだけだ……考えるなと言っただろ」

エンジンはまた止まった。パークはハンドルの左右斜め四十五度を両手で握り、突っ伏して、気を取り直そうとした。父親からイライラが発散されてるのがわかる。

「まったく、パーク、どうすりゃいいか、わからんよ。もう一年もやってるんだぞ。おまえの弟は二週間で覚えたんだ」

母親がいれば、今のは反則だと言っただろう。そういうこと言わないで。ふたりは別々なの、ちがうのよ、って。

そうすれば、父親はぐっとだまってしまう。

「ジョシュは、なにも考えないのなんて簡単なんだろ」パークは言った。

「せいぜい弟のことをバカ呼ばわりしてろ。ジョシュはマニュアル車を運転できるんだからな」

「だけど、どうせインパラしか運転しないのに」パークはダッシュボードにむかってぼそりと言った。「インパラはオートマじゃないか」

「それは関係ない」父親はほとんどどなるように言った。母親がいれば、あらあら、だんなさま。こういうのはどう？　外にいって、空にむかってどなってきたら？　頭に血がのぼっちゃってるみたいだから、とでも言ったはずだ。

母親に常にかばってもらいたがるなんて、おれはなんなんだよ？

なさけない。

父親はそう思っている。今も、まさにそう思ってるんだろう。じっとだまってるのは、それを声に出して言わないよう、がまんしてるからだ。

「もう一度やってみろ」父親は言った。

「もういい」

「おれがいいと言うまでは、だめだ」

「やだ」パークは言った。「もういい」

「いいか、おれは家まで運転しないぞ。もう一度やれ」

パークはエンジンをかけた。エンジンは止まった。父親が大きな手で助手席の小物入れをたたいた。パークは車のドアを開け、飛びおりた。父親が大声で呼んだけれど、歩きつづける。家まではほんの数キロだ。

父親が追い越していったとしても、パークは気づかなかった。家の近くまでもどってきたところには、日も暮れかけていた。パークは家ではなく、エレナーの家のある通りへむかった。エレナーの家の庭で、赤っぽいブロンドの髪の子がふたり、遊んでいた。けっこう寒いのに。

家の中は見えなかった。このまま待っていれば、エレナーが窓から外をのぞくかもしれない。ただ彼女の顔を見たかった。大きなブラウンの目を、ふっくらしたピンク色の唇を。エレナーの口はバットマンのジョーカーに似ていた。もちろんいろんなイラストレーターが描いてるから、イラストレーターによるけど。すごく大きくて、くっとカーブしてる。もちろんあんなサイコじゃないけど……。これは、彼女には言わないほうがいいだろう。誉《ほ》め言葉とは思わないだろうから。

エレナーが窓の外をのぞく気配はなかった。小さい子たちがじっとパークを見ていたので、パークは家へむかって歩き出した。

だから、土曜日は最低なんだ。

第十七章　エレナー

月曜日は最高だ。

バスに乗ると、パークはにっこり笑いかけてくれた。それどころか、エレナーが通路を歩いてくるあいだじゅう、ほほえんでいた。

エレナーはどうしても直接ほほえみかえすことができなかった。みんなが見ている前では。でも、口元がにやにやしてしまうので、床にむかってにやにやしながら、数秒ごとに顔をあげて、まだパークがこっちを見ているかたしかめた。

見ている。

ティナも見ていたけど、無視した。

座席までいくと、パークは立ちあがった。そして、エレナーがすわるとすぐに、パークは手をとってキスをした。あまりにもすばやかったので、頭に血がのぼるとか恥ずかしさで死ぬ時間もなかった。

そして、ほんの数秒だけ、パークの肩に頭を預けた。彼の黒いトレンチコートの袖のところに。

パークはエレナーの手をぎゅっと握りしめた。

「会いたかった」パークは小声で言った。エレナーは涙がわきあがってくるのを感じて、窓のほうをむいた。

それ以上、学校に着くまではなにも話さなかった。パークはいっしょにエレナーのロッカーまできた。ベルが鳴るまで、ふたりともだまって壁に寄りかかっていた。廊下には、ほとんどだれもいなくなっていた。

すると、パークが手を伸ばして、蜂蜜色の指にエレナーのカールした赤い髪を巻きつけた。

「またしばらくエレナーとお別れだ」そう言って、パークは髪をはなした。

エレナーはホームルームに遅れ、サーピィ先生が事務室にいくようにと言ったのも耳に入らなかった。先生は、呼び出しの紙をエレナーの机にたたきつけるように置いた。

「エレナー、ぼんやりするな！　カウンセラーから呼び出しだ」なんなの、こいつ。担任じゃなくてよかった。エレナーはレンガの壁を手でなぞりながら、事務室へむかった。パークがくれたテープの曲を口ずさみながら。

それくらい幸せだったので、事務室に入ったときも、ミセス・ダンにむかってほほえんでしまった。

「エレナー」ミセス・ダンはエレナーをハグした。ミセス・ダンはハグ信者だ。初めて会ったときも、思いきり抱きしめられた。「調子はどう？」

「いいです」

「ほんと、とてもすてきよ」ミセス・ダンは言った。

エレナーは自分のセーターを見た。一九六八年に超太ったおじさんがゴルフ用に買ったって感じだ。それから、穴のあいたジーンズも。あたしはいつも、どんなふうに見えるんだろう？「ありがとうございます」

「あなたの履修してる科目の先生たちと話したの。知ってる？　ほとんどの授業でAを取れそうよ」

エレナーは肩をすくめた。ケーブルテレビも電話もない。自分の家にいると、地下で暮らしてるような気になる……宿題をする時間ならいくらでもあった。

「とても成績がいいのよ。わたしもうれしいわ」

ミセス・ダンとのあいだに机があってよかった。じゃなきゃ、まだハグしようって勢いだから。

「でも今日、ここに呼んだのは、そのことじゃないの。あなたにきてもらったのは、今朝、あなた宛ての電話をもらったからなの。学校が始まる前よ。その男性は――あなたのお父さまだとおっしゃるんだけど、あなたの家の電話番号がわからないから、学校にかけたって……」

「うちには、電話がないんです」エレナーは言った。

「ああ、そうなのね。お父さまはそれをご存じ？」

「たぶん知らないと思います」この学校に通っていることを知っていただけでも、おどろきだ。

「お父さまに電話したい？　ここの電話を使ってもいいのよ」

父親に電話をしたいか？　どうしてかけてきたんだろう？　もしかしたら、なにか大変なことが起こったのかも。おそろしいことが。おばあちゃんが死んだとか。どうしよう。

「はい……」

「いい、好きなときにここの電話を使っていいのよ」ミセス・ダンはそう言うと、立ちあがって、机の端に腰かけ、エレナーのひざに手を置いた。エレナーはもう少しで歯ブラシのことを言いそうになったけど、そんなことを言ったら、ハグとひざ揉み攻撃にあうだけだと思い直した。

「ありがとうございます」エレナーは言った。

「よかった」ミセス・ダンはにっこりほほえんだ。「すぐにもどるから。ちょっと口紅を塗り直してくるわね」

ミセス・ダンが出ていくと、エレナーは父親の電話番号を回した。父親は三度目の呼び出し音で出た。

「もしもし、パパ。エレナーよ」

「おお、エレナー。元気か？」

エレナーは一瞬本当のことを言おうか、考えた。それから言った。「うん」

「みんなは？」

「元気よ」

「だれも電話してこないから」

父親に電話がないことを伝えてもしょうがないだろう。電話があったころだって、かけてもかけ直してきたためしがなかったことも、言ったってむだだ。本当なら、父親のほうから子どもたちと話す方法を考えるべきだってこととか。電話も車も自分の生活も持ってるのは、そっちなんだから。

父親になにを言ってもしょうがない。そんなことはとっくにわかっていたし、いつそれがわかったかも、思い出せないほどだった。

「おまえにいい話があるんだ。金曜の夜にこっちへこられないかと思ってさ」父親はテレビに出る人みたいな声をしていた。ヒット曲アルバムを売ろうとしてる人みたいな。七〇年代のディスコ・ヒット曲とか、〈タイムライフ〉が出してるヒット集とか。

「ドナが、ある結婚式に出てくれと言うんだ。だから、おまえにマットのベビーシッターをたのめるかもしれないって話したんだよ。おまえも、お小遣いがいるんじゃないかと思ってさ」

「ドナって？」

「わかるだろ、ドナだよ。婚約者の。前回うちにきたときに会ったじゃないか」

一年近く前の話だ。「近所に住んでる？」エレナーはたずねた。

「そうだよ、そのドナだ。うちにきて、泊まってくれていい。マットの面倒を見て、ピザを食べて、長電話して。そんな楽に十ドルが手に入る方法はそうそうないだろ？」

十ドルを手に入れること自体が初めてだった。

「わかった」エレナーは言った。「迎えにきてくれる？　うちの場所、知ってる？」

「学校に迎えにいくよ。今回はおまえだけだ。子どもだらけじゃ、おまえも大変だろ。学校は何時に終わるんだ？」

「三時」

「ぴったりだ。じゃあ、金曜の三時に迎えにいく」

「わかった」

「よし。じゃあ、愛してるよ。勉強がんばれよ」

ミセス・ダンがドアのところで待っている。両手を広げて。

元気よ、エレナーは廊下を歩きながらくりかえした。みんな、うまくいってる。みんな、元気。

エレナーは手の甲にキスをした。ただ、自分の唇の感触をたしかめたくて。

パーク

「ホームカミングにはいかない」パークは言った。

「もちろんいかないだろうさ……ダンスには」カルは言った。「どっちにしろ、今からじゃ、タキシードは借りられないし」

ふたりは国語の教室に早めにいって、しゃべっていた。カルはふたつうしろの席だったので、エレナーがまだきていないかたしかめるのに、パークは何度もふりかえらなければならなかった。

「タキシードを借りるつもりなのかよ?」パークはきいた。

「ああ、まあな」

「ホームカミングにタキシード借りるやつなんていないって」

「だからこそ、ハイグレードな感じで目立てるんじゃないか。それに、おまえになにがわかるんだよ、いかないくせに。ダンスにはな。でも、フットボールならどうだ? それなら、いいだろ?」

「フットボールなんて、もともと好きでもないのに?」パークは言って、入り口のほうをふりかえった。

「少しはさ、世界最悪の友から生まれ変わろうって気はないのかよ、五分でいいから」

パークは時計を見あげた。「じゃ、五分」

「お願いだからさ、おれのためだと思って。イケてるやつらがみんないくんだぜ。おまえがくれば、キムはおれたちとすわる。おまえはキム引きよせ磁石だ」

「それが問題だってわかってんのか?」

「わからないね。キム捕獲装置の最高の餌を見つけたのに」

「だから、そういう言い方やめろって」

「どうしてだよ? キムはまだきてないだろ?」

パークはちらりとうしろを見た。「おまえのことを好きになってくれる子を好きになれないのかよ?」

「そんな子いないんだよ。それに、本当に好きな子を好きになったほうがいいだろ。な、お願いだからさ。金曜、試合にきてくれよ。おれのためにさ」

「でも……」

「うわ、どうしたんだよ、あの子？　おもしろ半分に人を殺してきましたって顔してるぜ」

パークはぱっとふりかえった。エレナーだった。パークにむかってにっこり笑ってる。

歯みがき粉のコマーシャルに出てきそうな笑顔だった。歯がぜんぶ見えそうなやつ。いつもあんなふうに笑ってればいいのに。変わった感じが、一気にきれいになる。いつもあんなふうに笑わせたい。

ステッスマン先生は教室に入ってくると、黒板に倒れかかるふりをした。「おどろいたな、エレナー。これ以上見つめてたら、目がつぶれそうだよ。だからいつも笑顔を隠してたんだな？ただの人間には強烈すぎるから」

エレナーは決まり悪そうに下をむくと、笑みを引っこめて、小さくほほえんだ。

「おい」カルが言った。キムがふたりのあいだにすわるところだった。カルは祈るみたいにこっちへむかって手を組んでいる。パークはため息をついて、うなずいた。

エレナー

エレナーは、父親の電話に対する興奮がさめてくるのを待った（父親との会話はむち打ち症に似ている。いつもあとから、効いてくるから）。

でも、そうはならなかった。今のエレナーを落ちこませるものなんてない。エレナーの頭から、パークの言葉を追い出せるものなんてない。

会いたかった……。

エレナーのどこが好きなんだろう。太ってるところ？　変わってるところ？　ふつうの人みたいに話せないところ？　なんでもいい。エレナーを好きになるようなヘンタイだとしたって、それはパーク側の問題だから。パークはエレナーが好き。それはまちがいないんだから。

少なくとも、今は。

今日は。

パークはエレナーが好き。エレナーに会いたがってる。

体育の授業中、そのことばかり考えていたので、がんばらないようにするのをつい忘れてしまった。それで、思わずバスケットボールを取って、ティナの仲間のアネットっていう痩せた神経質な子にぶつかってしまった。「けんか売ってんの？」アネットは前に出て、ボールをエレナーの胸に押しつけた。「どうなのよ？　だったら、受けて立つけど。ほら」エレナーはうしろに下がってラインの外に出て、バート先生がホイッスルを鳴らすのを待った。

アネットは最後まで怒りくるっていたけど、エレナーはすぐに忘れてしまった。

バスでパークのとなりにすわってるときの、安全なところにいて、今だけは守られてるという感覚を呼び起こす。バリアみたいに。『ファンタスティック・フォー』の姿を消せるインヴィジブル・ガールみたいに。

ってことは、パークはミスター・ファンタスティックだ。

第十八章　エレナー

母親は、ベビーシッターはだめだと言った。

「あの人には四人子どもがいるのよ」母親はトルティーヤの生地を伸ばしているところだった。「忘れたのかしら ね？」

エレナーは弟妹たちのいるところで電話のことを話すという、バカをやらかした。おかげで、大喜びしているメイジーたちに、呼ばれたのはエレナーだけで、どっちにしろ今回はただのベビーシッターだし、父親はいないのだと、納得させせなければならなかった。

マウスは泣きはじめ、メイジーは怒りくるって、部屋を飛びだしていった。ベンは、パパに電話して、自分も手伝いにいっていいかどうかきいてくれと頼みこんだ。「ぼくもいつも小さい子の面倒を見てるからって」

「あなたたちの父親はどうかしてるわ」母親は言った。「いつもそうやって、あなたたちをがっかりさせて。そしていっつも、あたしに後始末をさせるのよ」

母親にとって、後始末っていうのは、ただぜんぶ却下するってことらしい。でも、エレナーは言いかえすのはやめた。

「お願い、いかせて」エレナーはたのんだ。

「どうしていきたいの？　どうしてあの人に気をつかうのよ？　むこうはあなたのことなんか、

ちっとも気にかけちゃいないのに」

なにそれ。いくら本当だとしても、そんなふうに言われると傷ついた。

「気をつかってるわけじゃない。ここから出たいだけ。この二ヶ月、学校以外どこにもいってないのよ。それに、シッター代をくれるって言ってるの」

「シッター代を払うお金があるなら、養育費を払うべきじゃないの」

「ママ……十ドルよ。お願い」

母親はため息をついた。「わかった。リッチーに話してみる」

「ウソでしょ。やめて。リッチーには言わないで。だめって言うに決まってる。だいたいあたしが父親に会うのを止める権利はないはずよ」

「リッチーはこの家の主《あるじ》よ。食卓に食べ物を並べてくれてるのは、リッチーなの」

食べ物？　エレナーは聞きかえしたかった。だいたい食卓ってなによ？　エレナーたちはいつもソファーか、床の上か、裏口の階段で、紙皿から食べていた。第一、あいつは、ただ満足感を味わうためだけにノーと言うに決まってる。王さま気分を味わえるから。だから、母親もわざとリッチーにきいてみるなんて言うのかも。

「ママ」エレナーは顔を覆って、冷蔵庫に寄りかかった。「お願いよ」

「わかったわよ」母親は吐き捨てるように言った。「いいわ。でも、もしお金をもらうなら、弟たちと妹とみんなでわけるのよ。せめてそのくらいしなさいよ」

ぜんぶあげたっていい。パークと電話で話せさえすれば、それでよかった。バスのデビルたちに聞かれないところで話せるなら。

次の朝、バスでパークがエレナーのブレスレットの内側をなぞっているとき、電話番号をきいた。

パークは笑いはじめた。

「なにがおかしいの？」エレナーはたずねた。

「だってさ」パークは声を小さくして言った。ふたりはなんでも小声で話した。みんなが悪態をついたりバカなことを言ったり大声で騒いでいて、メガホンを使わなきゃ聞こえないようなときにも。「ナンパされてるみたいだからさ」

「きかなきゃよかった。そっちはきいてきたことないし」

パークは前髪のあいだからじっとエレナーを見た。「電話は禁止されてんじゃないかと思ってたんだ……義理のお父さんと会ったろ、それで」

「たぶんそうだと思う。電話があればね」ふだんはそういうことをパークに言わないようにしていた。つまり、持っていないもののこととか。なにか言われるかと身構えたけど、パークはなにも言わなかった。その代わりに、親指でエレナーの手首の血管をすうっとなぞった。

「じゃあ、どうしておれの番号がいるの？」

ああ、もういい、エレナーは心の中で思った。「別に教えてくれなくてもいいのよ」

パークが目を丸くして見せ、リュックからペンを取り出すと、エレナーの教科書を取ろうとした。

「だめ」エレナーはささやいた。「そこはだめ。ママに見られたくない」

パークが眉をひそめた。「こっちのほうを心配したほうがいいんじゃないの？」

エレナーは教科書を見た。なにこれ。地理の教科書に下品なことを書いたやつは、歴史の教科書にも落書きしていた。

おれのをなめろ。汚い青い字で書いてある。

エレナーはパークのペンを奪い取ると、塗りつぶしはじめた。

「どうしてそんなこと、書いたの？　なにかの歌詞？」パークがきいた。

「あたしじゃない」エレナーは言った。首がほてってくるのがわかる。

「じゃあ、だれが書いたんだ？」

エレナーはせいいっぱいキツい目でパークを見た（とろけるような目以外でパークを見るのは難しかったけど）。「さあね」

「どうしてそんなことを書くんだ？」

「わかんないわよ」エレナーは教科書を胸に抱えて、ぎゅっと押しつけた。

「ねえ」

エレナーは無視して、窓の外を見た。パークに見られるなんて、信じられない。どんなにひどい生活をしているか、少しずつ見せるなら……そう、ひどい継父がいて、電話もなくて、洗剤を切らしたときは、犬用シャンプーで髪を洗って……。

でも、エレナーがそういう子だって、わざわざ教える必要はない。体育の授業にパークをご招待する？　自分についたあだ名をリストにするとか？

1　fat ass（デブ女）
2　redheaded bitch（赤毛ビッチ）

そしたら、今度は、どうしていじめられてるんだ？　とか、ききだすにちがいない。

「ねえってば」

エレナーは首を横にふった。

前の学校ではそういう子じゃなかったなんて言ってもしょうがない。たしかに、前だって、からかわれることはあった。どこにだって、いじわるな男子はいる。それに、いつだって、必ずいじわるな女子はいるのだ。でも、前の学校には友だちがいた。いっしょにランチを食べたり、授業中手紙を回したりする友だちがいたのだ。体育の授業でも、同じチームになる子がちゃんといた。エレナーのことをおもしろくていい子だと思ってくれてる子が。

「エレナー……」

でも、前の学校にはパークみたいな子はいなかった。

「なに」エレナーは窓にむかって言った。

「おれの電話番号知らないのにどうやってかけるつもり？」

「かけるなんて言った？」エレナーは教科書をますます強く抱きしめた。

パークはエレナーのほうにからだを寄せ、肩を押しつけた。「かっかしないで」パークはため息をついた。「エレナーが怒ると、頭がおかしくなりそうになるんだ」

「かっかしたことなんてない」

「わかった」

「ほんとよ」

「おれのそばにいると、熱くなっちゃうってことか」

エレナーは肩でパークを押しかえすと、おもわずにっこりした。

「金曜の夜に父親の家でベビーシッターをするの。電話を使っていいって言われたから」

パークはうれしそうにエレナーに顔を近づけた。胸が痛くなるくらい近くに。キスしようと思えばできるくらい。頭突きだって――きっと、パークは頭を引っこめるひまもない。「そうなの?」パークは言った。

「そう」

「そうか」パークはにやっとした。「なのに、電話番号を書かせてくれないわけ?」

「口で言って。覚えるから」

「書かせてよ」

「曲をつけて覚える。そうすれば、忘れないから」

パークは番号に節《ふし》をつけて歌いはじめた。「867-4562」。エレナーは大笑いした。

パーク

初めてエレナーを見たときのことを思い出そうとした。

あの日、ほかのみんなの目に映ったものは思い出せた。それに、そう見られても、自業自得だって思ったのも……。

天パの赤毛ってだけで、アウトだ。ハート形のチョコレートの箱みたいな顔も。

いや、ちがう。おれはそんなふうには思わなかった。そうじゃなくて……。

そばかすだらけなのも、赤ん坊みたいにぷよぷよの頬も、アウトって思った。

ちがう、エレナーはかわいらしい頬をしてる。そばかすだけじゃなくて、えくぼがあるだけでも犯罪みたいなもんなのに、さらに、野生リンゴみたいにまるまるしてるんだから。みんながあのほっぺたをつねりたくならないのが、信じられない。パークのおばあちゃんは、ぜったいつねる。

でも、パークだって、初めてバスでエレナーを見たときは、そんなふうには思わなかった。あれじゃアウトだ、そう思ったじゃないか……。

なんであんな服、着るんだ？　なんであんな態度をとるんだ？　なんでわざわざまわりから浮くようなことをするんだ？　って。

なんだかこっちまで気まずいような気がしたのを、覚えてる。

でも、今は……。

今は、エレナーのことをバカにするやつのことを考えるたびに、ムカムカする気持ちがわきあがってくる。

エレナーの教科書にあんなことを書いたやつのことを思うと……。超人ハルクに変身する直前のビル・ビクスビーみたいな気持ちになる。

バスでこんなことはぜんぜん気にしてないってふりをするのは、かなり難しかった。エレナーの立場がこれ以上悪くなるようなことはしたくない——だから、ポケットに手を入れてぎゅっと握りしめ、午前中ずっと握りつづけていた。

午前中ずっと、なにかを殴りたくてしょうがなかった。蹴飛ばしてやりたかった。昼休みのすぐあとの体育で、準備運動のあいだめちゃくちゃ走りつづけたせいで、ランチのフィッシュサンドを吐いてしまった。

体育のケーニッヒ先生はパークにシャワーを浴びるように言った。「休め、シェリダン。ほらいけ。『炎のランナー』じゃないんだから」

今、感じているのが、正しい怒りだけであることを、パークは祈った。エレナーのことをかばい、守りたいと思えることを。ほかの……余計なことは考えずにそう思えることを。

自分までバカにされるんじゃないか、なんて考えずに。

今日だけじゃない。エレナーと出会ってから毎日、まわりが気になってしょうがない瞬間があった。だれかがしゃべってるのを見て、自分とエレナーのことを話してるような気がしたとき。バスでどっと笑い声があがって、自分たちが笑われてるとわかったとき。

そういうとき、エレナーと距離を置こうかという考えが頭をかすめる。

別れる、というのとはちがう。この場合、その言葉はちがう気がする。もっとなんていうか……自然消滅ってやつだ。ふたりのあいだにあった十五センチを復活させる、とか。

そんなことをさんざん考えてしまう。次にエレナーに会うまで。

教室で席にすわってるエレナーに。バスで彼を待ってるエレナーに。食堂でひとり本を読んでるエレナーに。

そして、エレナーを見るたびに、距離を置くことなんて考えられなくなる。エレナー以外のことは考えられなくなる。

彼女に触れたい、ということしか。

彼女を幸せにするためにできることしか。すべきことだけしか。

「今夜、こられないってどういうことだよ?」カルが言った。

ふたりは自習室にいた。カルはスナックパック印のバタースコッチプリンを食べていた。パークは声を落とそうとした。「ちょっと問題が起きてさ」

「問題?」カルはスプーンをプリンにつきさした。「問題って? おまえが使えないやつになったことか? 最近、いっつもそうだもんな」

「そうじゃない。ちょっとさ。女の子のことで」

カルは身を乗り出した。「おまえが、女の問題?」

パークは顔が赤くなるのを感じた。「まあね、そんなもんかな。今は話せないんだ」

「だけど、おれたちの計画はどうするんだよ」

「おまえの計画だろ」パークは言った。「それに、ぜんぜんだめな計画だ」

「やっぱ世界最悪の親友だな」カルは言った。

エレナー

気になって、ランチもろくに食べられなかった。デニースにターキーのクリーム煮を、ビービーにフルーツカクテルをあげた。

パークは帰りのバスでずっと、メロディ付きの電話番号をくりかえさせた。あげくにけっきょく、教科書にも番号を書いた。歌のタイトルに隠して。

「『フォエバー・ヤング』」

「フォー、つまり4ってことだよ。覚えた?」

「こんなことしなくても平気。もう番号は暗記したから」エレナーは言った。

「次は、ただの5。5にぴったりの曲が思いつかないから」パークは言った。「で、これが」(『サマー・オブ・'69』だった)。「6だよ。9のほうは、なしだから」

「この曲、大嫌い」

「まあ、わかるけどさ……あー、2の曲、思いつかないよ」

「『トゥー・オブ・アス』」

「『トゥー・オブ・アス』?」

「ビートルズの」

「ああ……だから、知らないんだ」パークは曲名を書いた。

「パークの番号は暗記したってば」

「忘れるかもしれないじゃないか」パークは小声で言って、エレナーの目にかかっていた髪をペンでそっとどけた。

「忘れない」一生。死に際にパークの番号をさけぶかも。パークに飽きられたら、心臓のところにタトゥーを入れるとか。「あたし、数字に強いから」

「もし金曜の夜に電話ができなかったら?」パークは言った。「番号を忘れたせいで……」

「じゃあ、こうする? 父親のうちの番号を教えておくから。九時までに電話がなかったら、そっちからかけられるように」

「そうしよう」パークは言った。「すごくいいアイデアだ」

「でも、それ以外のときはかけないで」

「なんだかさ――」パークは笑いだして、視線をそらした。

「なに?」エレナーはひじでパークをつついた。

「なんか、デートするみたいだと思ってさ。バカみたいかな?」

「ううん」

「毎日ふたりでいるのにさ……」

「ふたりきりじゃないけど」

「五十人のお目付役付きか」

「いじわるなお目付役がね」エレナーは声をひそめた。

「たしかに」

パークはペンをポケットにしまうと、エレナーの手をとって、自分の胸のところへ持っていった。

すごくうれしかった。想像したこともないほど。パークの赤ちゃんがほしくなるくらい。腎臓をふたつともあげたくなるくらい。

「やっぱりデートだ」パークは言った。

「みたいなものね」エレナーは付け加えた。

第十九章　エレナー

その朝、誕生日のような気分で目を覚ました。子どものころの誕生日の朝のような気持ち。そう、まだアイスクリームをもらえるかもしれなかったころ。

父親の家には、アイスクリームがあるかもしれない。だとしても、エレナーがくる前に捨ててしまうだろう。父親はいつも、エレナーの体重のことをチクリチクリと言ってくる。まあ、むかしの話だけど。エレナーのことを気にかけなくなった時点で、そのこともどうでもよくなったらしい。

エレナーが男物の古いストライプのシャツを着ると、母親はネクタイを、正式な結び方で結んでくれた。

それどころか、出がけにキスまでして、楽しんでらっしゃいと言った。「なにかあったら、近所の人に知らせるのよ」

ええ、知らせるわよ、パパのフィアンセがあたしをあばずれ《ビッチ》って呼んだり、ドアのないトイレを使わせたりしたらね。エレナーは心の中で思った。

なんだか落ち着かない。最後に父親に会ってから、少なくとも一年はたっている。そのときも、やっぱりしばらくぶりだった。ヒックマンさんの家にいるときは、一度も連絡してこなかった。まあ、ヒックマンさんのところにいること自体、知らなかったのかもしれない。エレナーも言わなかったし。

リッチーが母親のところにきはじめたころ、ベンは怒りくるって、そのたびにパパのところに引っ越すと言った。でも、そんなの口先だけだし、みんなもそれがわかってた。そのころまだよちよち歩きだったマウスさえ、わかっていた。

父親は、数日ですら子どもたちといるのは耐えられなかった。前、子どもたちを預かっていたころは、母親の家まで迎えにきて、そのまま自分の母親の家に連れていった。そして、自分は出かけて、いつもどおりに週末を過ごしていた（マリファナを吸いまくるとか、どうせそんなところ）。

エレナーのネクタイを見ると、パークは大笑いした。にっこりしてくれるだけでもうれしいのに、もっといい。

「今日はドレスアップしなきゃいけなかったんだ？」エレナーがとなりにすわると、パークは言った。

「どこかすてきなところに連れていってくれるのかなと思って」エレナーは小声で言った。

「連れていくよ……」パークは両手でネクタイをつかむと、まっすぐに直した。「いつかね」

こういうことを言ってくれるのは、帰りより行きのほうが多かった。もしかしたらまだちょっと寝ぼけてるのかも、とエレナーは思うことがあった。

パークはからだをほぼエレナーのほうにむけるようにして言った。「で、今日は学校のあとすぐにいくの？」

「そう」

「それで、着いたらすぐに電話をくれ……」

「ううん、子どもが寝たらすぐにかける。ベビーシッターをしにいくんだから」

「ききたいことがたくさんあるんだ」パークは身を乗り出した。「ぜんぶ書き出しておいた」

「覚悟しとく」

「かなり長いよ」パークは言った。「それに、かなり突っこんだ質問もある」

「答えがもらえるとは思わないでね……」

パークは座席に寄りかかると、エレナーのほうを見やった。「エレナーがさっさと帰ればいいのに」パークは小声で言った。「そうしたら、ゆっくり話せるんだから」

放課後、エレナーは正面玄関に立っていた。パークがバスに乗る前に会いたかったけど、見逃してしまったらしい。

どんな車を待てばいいんだろう。父親はいつもクラシックカーを買い、金まわりが悪くなると売るのをくりかえしていた。

このままこないような気がしはじめた。ちがう学校へいっちゃったとか、急に気が変わったとか。あの父親ならありえる。そう思ったとき、ようやくクラクションの音がした。

父親は、古いカルマンギアのコンバーチブルを正面玄関の前にとめた。ジェームズ・ディーンが事故死した車みたいだ。父親はタバコを持った手を外に垂らし、大声で「エレナー！」と呼んだ。

エレナーは歩いていって、車に乗った。シートベルトはなかった。

「荷物はそれだけか？」父親はエレナーの学校かばんを見た。

「ひと晩だけでしょ」エレナーは肩をすくめた。

「よし」車がものすごいスピードでバックした。父親の運転がめちゃくちゃだったことを、思い出す。いちいち速すぎだし、いちいち片手でやる。

エレナーはダッシュボードに手をついた。もともと寒いのに、走り出すとますます寒い。「屋根をおろせない？」エレナーは大声で言った。

「まだ直してないんだ」父親は笑った。

父親は今も、離婚したときから住んでいる二世帯住宅で暮らしていた。頑丈な煉瓦《れんが》造りで、エレナーの学校から車で十分の距離だった。

家にあがると、父親はエレナーをじろじろ見た。

「最近じゃ、そういう服がはやってるのか？」そう言われてエレナーはぶかぶかの白いシャツと、ペイズリー柄の太いネクタイと、絶命寸前って感じの紫のコーデュロイのパンツを見おろした。

「まあね」エレナーはそっけなく言った。「これが制服ってくらい」

父親の恋人——婚約者のドナは、五時まで仕事で、そのあと子どもを保育所に迎えにいくことになっていた。それまでのあいだ、エレナーと父親はソファーにすわって、スポーツ専用チャンネル《ESPN》を見ていた。

父親はショットグラスについだスコッチをちびちび飲みながら、ひっきりなしにタバコを吸っていた。電話が鳴ると、大声で笑いながら長々と車か取引か賭けの話をする。次々とかけてくる相手は全員、世界一の親友って感じだ。父親は少年ぽい丸顔に明るい金髪で、笑うと（しょっちゅう笑う）、顔全体が広告板みたいにぱっと明るくなる。見れば見るほど、エレナーの嫌いなタイプだ。

前にきたときから、家の雰囲気はすっかり変わっていた。リビングに幼児用のおもちゃが増えたのと、洗面所に化粧品が置いてあるせいだけではない。

最初、この家にくるようになったころ（離婚の後、リッチー登場の前）は、がらんとしたいかにも独身者の家って感じだった。スープを飲むのにも、全員分の器《うつわ》がなかったくらいだ。クラムチャウダーをハイボール用のグラスにつがれたこともある。タオルは二枚しかなかった（「一枚が濡れてて、一枚が乾いてる」と言われた）。

エレナーは、家のあちこちに置かれたり、しまわれたりしているこまごました贅沢《ぜいたく》品を見つめた。タバコの箱、新聞、雑誌……有名メーカーのシリアル、やわらかい紙のトイレットペーパー。冷蔵庫は、よさそうってだけの理由でカートに放りこまれたものでいっぱいだった。カスタード風味のヨーグルト、グレープフルーツジュース、ひとつひとつ赤いワックスで包まれてる小さな丸いチーズ。

早く出かけてくれればいいのに。そうしたらこれぜんぶ食べよう。パントリーにはコカ・コーラが積み重なっている。今夜は、コーラを水みたいに飲める。それどころか、コーラで顔だって洗えそう。ピザも注文しよう。ピザ代がベビーシッター代と別ならだけど（父親がやりそうなことだ。小さい字で但《ただ》し書きをつけておいて、金を巻きあげるとか）。冷蔵庫のものをぜんぶ食べて、父親に怒られようが、ドナにあきれられようが、どうだっていい。もう一生会わないかもしれないし。

やっぱり一泊用のかばんを持ってくればよかった。そしたら、弟妹たちにシェフ・ボヤディー印の缶詰やキャンベルのチキンヌードルスープを持って帰ってやれたのに。サンタクロースみたいな気分で家に帰れたのに……。

でも今は、弟妹たちのことを考えたくなかった。クリスマスのことも。

チャンネルをＭＴＶに替えると、父親が渋い顔をした。父親はまた電話をしていた。

「レコードを聴いてもいい？」エレナーは小さな声できいた。

父親はうなずいた。

むかし作ったテープをポケットに入れてきていた。その上からダビングして、パークにあげるテープを作るつもりで。でも、ふとステレオの上を見ると、新しい〈マクセル〉のテープが一パックまるごと置いてある。エレナーがテープをひとつ持ちあげてみせると、父親はうなずいて、裸のアフリカ女性の形をした灰皿にタバコを放りこんだ。

エレナーはレコードの入った箱の前にすわった。

レコードは元は両親のものだった。父親だけのものじゃない。母親がほしがらなかったんだろう。でも、父親が勝手に持ってきたのかもしれない。

母親は女性ギタリストのボニー・レイットのアルバムが大好きだった。父親は今も聴くことがあるんだろうか?

レコードをめくっていると、七歳にもどったような気がした。

まだジャケットからレコードを出してはいけないと言われていたころ、エレナーはよくジャケットを床の上に並べて、眺めていた。触ってもいい年齢になると、父親は木の持ち手のついたビロードのブラシでレコードのほこりを取るやり方を教えてくれた。

母親がお香に火をつけ、お気に入りのレコードをかけていたのも覚えている。ジュディ・シル、ジュディ・コリンズ、デヴィッド・クロスビー、スティーヴン・スティルス、グラハム・ナッシュ。聴きながら、掃除機をかけていた。

父親がレコードをかけていたのも覚えている。ジミ・ヘンドリックス、ディープ・パープル、ジェスロ・タル。友だちがきて、遅くまでいるようなときに。

古いペルシャじゅうたんの上に腹ばいになって、ジャム瓶についだグレープジュースを飲みながら、まだ赤ん坊だった弟がとなりの部屋で寝ているから息をひそめるようにして、一枚一枚レコードを眺めた。ミュージシャンたちの名前を何度も何度も口の中で転がしながら。クリーム。ヴァニラ・ファッジ。キャンド・ヒート。

レコードはむかしとまったく同じにおいがした。父親の寝室のにおい。リッチーのコートにも似てる。マリファナのにおいだ、エレナーは気づいた。ったく。それから今度は、目的を果たすため、ひたすら事務的にレコードをめくっていった。ビートルズの『ラバー・ソウル』と『リボルバー』を探していたのだ。

パークがくれるようなものを、あたしからあげることはできるだろうか？　パークは特に考えもしないで、毎朝のように宝物をどっさり持ってきてくれる。それがどれだけ価値があるか、気づきもしないで。

お返しするのはむりだったし、そもそもまともにお礼も言えてない。ＵＫロック、そう、〈ザ・キュアー〉のお礼なんてどうしたらいいの？　Ｘ－ＭＥＮは？　このままずっと一方的にしてもらうばかりだったら？　ときどき不安になる。

そうやって考えていたら、気づいたのだ。パークはビートルズを知らないってことに。

パーク

放課後、公園にバスケをしにいった。時間つぶしだ。でも、集中できなかった。何度エレナーの家の裏口のほうを見たかわからない。

家に着くと、母親にむかってさけんだ。「ただいま！」

「おかえり、ここよ！　ガレージの中」

パークは冷凍庫からチェリー味のアイスキャンディーをとると、ガレージにいった。ドアを開けたとたん、パーマ液のにおいがツンと鼻をつく。

ジョシュが幼稚園にいくようになると、父親がガレージをサロンに改装し、母親は美容学校に通いはじめた。さらに、ドアの横に小さな看板もかけた――〈ミンディ・ヘア＆ネイルサロン〉。

「ミン・ダエ」というのが、母親の免許証の名前だ。

このあたりで、美容院にいく余裕のある女性はみんな、パークの母親のところにきていた。ホームカミングやプロムのある週は、一日じゅうガレージにこもりっきりになる。パークもジョシュも、ヘアアイロンを持っている係として駆り出されることがあった。

今日、きていたのはティナだった。髪にカーラーがきつく巻かれ、母親はプラスティックのボトルをぎゅっと握って、なにかの液をふりかけている。においで目がひりひりした。

「母さん、ただいま。やあ、ティナ」

「おかえり、ハニー」母親は言った。ハヌィーって感じの発音で。

ティナはパークにむかってにっこりした。

「目をつぶってて、ティナ」母親が言った。「開けちゃダメ」

「シェリダンさん」ティナは目の上の白いタオルを押さえながら言った。「パークの彼女には会いました？」

母親はティナの頭から目を離さずに言った。「ないない」そして、チッチッと舌を鳴らした。

「彼女はいないわ。パークには」

「へえええ」ティナは言った。「パーク、お母さんに言いなさいよ、名前はエレナーで、転入生だって。バスでずっとくっついてるんですよ」

パークはあっけにとられてティナを見た。こんなふうにパークのことを売るなんて信じられなかったし、そんなふうにパークたちを見てたことにもびっくりした。そもそもパークのことなんて眼中にないと思っていた。エレナーのことも。母親はちらりとパークのほうを見たが、すぐにまたティナのほうにもどった。ティナのパーマは今、佳境だった。

「彼女のことなんて、ぜんぜん知らないわ」母親は言った。

「このへんで見かけたことあると思いますよ」ティナは断言するように言った。「すごくきれいな赤毛だから。天然のカールで」

「そうなの？」母親がパークにきいた。

「ちがうよ」腹の底で、怒りやほかのものが凝固するのを感じた。

「これだから男は」ティナはタオルの下から言った。「あれは天然よ」

「そうじゃない」パークは言った。「あの子は彼女じゃない。おれはだれとも付き合ったりしてない」パークは母親にむかって言った。

「わかったから」母親は言った。「パークむきじゃないわね。こういうのは、女同士の話よ、ティナ。パーク、夕食のようすを見てきて」

パークはまだ言い足りない気持ちで、うしろむきのままガレージを出た。否定の言葉がまだのどでうずうずしてる。バンとドアを閉め、キッチンへいって、片っ端からバン、バン、バンと開けては閉めていく。オーブンの扉。食器棚。ゴミ箱。

「いったいなんなんだ？」父親がキッチンに入ってきて、きいた。

パークはぴたりと止まった。今夜は、よけいなゴタゴタを起こすわけにはいかない。

「なんでもない。ごめん。悪かったよ」

「かんべんしてくれ、パーク。八つ当たりならバッグにするんだな……」ガレージに古いサンドバッグがつるしてあった。パークには届かないところに。

「ミンディ！」父親は大声で呼んだ。

「ここよ！」

エレナーは食事の最中には電話してこなかった。よかった。食事中に電話があると、父親は不機嫌になる。

でも、食事が終わっても電話はこない。パークは家の中を歩きまわって、手当たり次第にものをつかんでは、また元にもどした。そんなのは非論理的だけど、エレナーがかけてこないのは、自分が裏切ったからかもしれないと不安になった。なぜか知ってしまったんだ。フォースの乱れを感じたとか。って、ヨーダかよ。

七時十五分に電話が鳴って、母親が出た。すぐに、相手はおばあちゃんだとわかった。

指先でコツコツと本棚をたたく。どうしてうちの親はキャッチホンをつけないんだ？　みんな、つけてんのに。おじいちゃんちですら、ついてる。それに、おばあちゃんだって、話があるなら、うちにくりゃいいじゃないか。すぐとなりに住んでるんだから。

「いいえ、そうじゃないです」母親が言っている。「『シクスティ・ミニッツ』の放映は日曜日だから……もしかして『トウェンティ・トウェンティ』のこと？　ちがう？……ジョン・スト、ストッセル？　あの人はABCテレビのアナウンサーよ。ちがう……じゃあ、ジェラルド・リヴェラ？　彼も『トウェンティ・トウェンティ』に出てたけど？　ダアイアン・ソーヤとか？」

パークはリビングの壁に頭をそっと打ちつけた。

「なんなんだ、パーク」父親がぴしゃりと言った。「いったいどうしたんだ？」

父親とジョシュは『特攻野郎Aチーム』を見ようとしてるところだった。

「別に」パークは言った。「なんでもないよ。ごめん。電話がくることになってるってだけ」

「彼女から？」ジョシュが言った。「パークはデカ・レッドと付き合ってんだよ」

「彼女はそんなんじゃ……」パークは自分がどなってるのに気づいて、ぎゅっとこぶしを握った。「もう一度そんなふうに呼んでみろ、殺してやる。脅しじゃない。おれは刑務所行きで、母さんは泣いて悲しむことになるけど、それでもやるからな。おまえを殺してやる」

父親は、いつもの目でパークを見た。いったいこいつはどうしたんだ？　って目だ。「パークに彼女がいるのか？」父親はジョシュにきいた。「どうしてデカ・レッドなんだ？」

「赤毛で、おっぱいがデカいからじゃないの？」ジョシュは言った。

「こら、下品よ」母親は言って、電話口を手でふさいだ。そして、ジョシュを指さして言った。「部屋で反省してきなさい。早く！」

「でも、母さん、特攻野郎が始まっちゃうよ」

「お母さんの言うとおりにしろ」父親が言った。「この家でそういう言葉を使うのは許さない」

「父さんだって使うじゃん」ジョシュはソファーからしぶしぶ立ちあがりながら言った。

「おれは三十九歳だ。勲章をもらった退役軍人なんだぞ。どうしゃべろうが、クソくらえだ」

母親は長い爪をくいっと父親にむけると、また電話口をふさいだ。「あなたも部屋で反省して」

「ハニー、やれるもんならやってごらん」父親は飾り用のクッションを母親に投げつけた。

「ヒュー・ダウンズ？」母親は電話にむかって言った。そして、床に落ちたクッションを拾った。「ちがう？……じゃあ、考えておきますね。ええ、じゃあ、気をつけて。おやすみなさい」

母親が受話器を置いたとたん、電話が鳴った。パークははじかれたように壁から離れた。父親がにやっとする。母親が電話に出た。

「もしもし？　ええ、少々お待ちくださいい」母親はパークを見た。「電話よ」

「部屋で出てもいい？」

母親はうなずいた。父親は口だけ動かして言った。デカ・レッド。

パークは自分の部屋へ駆けこむと、いったん立ち止まり、電話に出る前に呼吸を整えようとした。むりだ。とにかく電話に出よう。

「母さん、こっちで出たから」そして、母親が親電話を切るのを待って、言った。「もしもし？」

「もしもし」エレナーの声がした。一気に緊張がとけていく。緊張してないと、満足に立ってることさえできなそうなのに。

「もしもし」パークは小声で言った。

エレナーがクスクス笑った。

「なに？」

「ううん」と、エレナー。「元気？」

「かけてこないかと思った」

「まだ七時半にもなってないわ」

「そうなんだけど……弟は寝た？」

「弟じゃない」エレナーが言った。「もうすぐそうなるけど。あたしの父親が、あの子の母親と婚約したらしいから。ううん、まだ寝てない。いっしょに『フラグルロック』を見てるとこ。ほら、人形劇の番組」

パークは慎重に電話を持ちあげると、ベッドへいった。そしてその上に、また慎重に置いた。エレナーにこっちの音を聞かせたくなかった。エレナーに、ツインサイズのウォーターベッドとフェラーリの形をした電話を持っていることを、知られたくなかった。

「お父さんは何時に帰ってくるの？」パークはきいた。

「遅いと思う。これまで、ベビーシッターをほとんどたのんだことないって言ってたから」

「いいね」

エレナーはまたクスッと笑った。

「なに？」パークはきいた。

「わかんない。耳元でささやかれてるような気がして」

「いつも耳元でささやいてるよ」パークは枕の上にねっころがった。

「うん、でも、いつもはX‐MENのマグネトについてどう思うとか、そんな話でしょ」エレナーの声は電話だといつもよりも高く、深みがあるように聞こえた。ヘッドホンで聴いてるみたいに。

「今夜は、バスとか国語の授業では話せないようなことを話すつもりだから」パークは言った。

「あたしは、三歳児の前では言えないようなことは話さないつもりだから」

「いいよ」

「ウソよ。あの子は別の部屋にいるの。あたしのことなんて、完全無視だし」

「じゃ……」と、パーク。

「じゃ……」と、エレナー。「バスでは話せないことね」

「バスでは話せないことだよ。はい、今から」

「あいつらのこと、大嫌い」エレナーは言った。

パークは笑った。でも、ふっとティナのことが浮かんできて、電話では顔が見られないことに感謝した。「おれもだよ、ときどきね。おれの場合は、慣れたんだと思う。あいつらのほとんどは、子どものころから知ってるんだ。スティーヴはとなりに住んでるし」

「どうしてそうなったの？」

「どういう意味？」パークはたずねた。

「ええと、パークはこのあたりの生まれじゃない感じがするから……」

「韓国人だから？」

「韓国人なの？」

「半分ね」

「それってどういうこと？」

「おれもよくわかってない」

「どういう意味？　養子なの？」

「ちがうよ、母親が韓国人なんだ。あまりそのことについて話そうとしないけど」

「どうしてこの地域にくることになったの？」

「父親だよ。おれの父さんは軍隊で韓国に派遣されてたんだ。そこで恋に落ちて、母親を連れて帰ってきたってわけ」

「わあ、ほんと？」

「うん」

「ロマンティックね」

エレナーはわかってない。ロマンティックどころか、まさに今だって、うちの親はいちゃいちゃしてるかもしれないんだから。「まあね」パークが言った。

「でも、そういうことじゃないの。言いたかったのは……パークはこのあたりのほかの子たちとちがうでしょ？」

もちろんわかっていた。生まれてこのかた、ずっと言われつづけてきたから。小学校時代、ティナがスティーヴじゃなくてパークのことが好きだとわかったとき、スティーヴに言われた。「おまえといると安心なんだろ。おまえって半分女みてえだもんな」フットボールは大嫌いだ。父親にキジ猟に連れていかれたときは泣いた。ハロウィーンのとき、なんの仮装をしてるか当てられたことがない（「ドクター・フーだよ。イギリスのSFドラマの」「ハーポ・マルクスだってば。コメディアンのマルクス四兄弟のひとり」「カウント・フロイド。ドラキュラみたいなかっこうしてる人」）。それに、母親にたのんで金髪のハイライトを入れたいと思ってる。自分がちがうなんてことは、いやというほどわかっていた。

「そうかな？　わかんないよ」パークは言った。

「パークは……」エレナーは言った。「めちゃめちゃクールだよ」

エレナー

「クール？」パークがききかえした。

ウソでしょ。自分がそんなこと言ったなんて信じられない。バカすぎ。クールの真逆。辞書で「クール」を引いたら、クールってことになってる子の写真が「どうかしてんじゃねえのか？」って言ってきそうなくらい、バカ。

「クールじゃないよ」パークが言った。「クールなのはエレナーだ」

「ありえない！」エレナーは言った。「今、牛乳飲んでたら、で、パークがここにいれば、おどろいて鼻から牛乳出すとこ、見せられたのに」

「なに言ってんだよ。エレナーはダーティ・ハリーだ」

「髪きたない《ダーティ・ヘア》？」

「クリント・イーストウッドが演じた刑事。わかるだろ？」

「ぜんぜん」

「人が自分のことをどう思ってるか、気にしないだろ」

「まさか。まわりじゅうの人のこと、気にしてるわよ」

「でも、こっちからはわからないよ。いつも自分らしくしてるように見える。まわりでなにが起こってようとね。おれのおばあちゃんなら、ありのままの自分を受け入れてる、って言うだろうな」

「おばあちゃんが？　どうして？」

「おれのおばあちゃんは、そういうことを言うんだよ」

「あたしは、ありのままの自分にとらわれてるだけよ。だいたいなんであたしの話になってるの？　パークの話をしてたのに」

「エレナーのことを知りたいんだ」パークの声が少し低くなった。彼の声だけで、ほかになにも聞こえないのがうれしかった（となりの部屋から、あいかわらず『フラグルロック』のテーマソングは聞こえてたけど）。パークの声は思っていたよりも低くて、でも、芯に温かみがあった。どこか〈ジェネシス〉のボーカルのピーター・ガブリエルぽい。もちろん歌ってるわけじゃないし、イギリスのアクセントってわけじゃないんだけど。

「ほんと、エレナーってどこから現われたんだろう？」

「未来」

パーク

エレナーはなにを聞いても、答えを用意していた。そして、あいかわらずほとんどの質問をうまくはぐらかした。

家族や家のことは話そうとしなかった。ここに越してくる前のことはなにひとつ話さなかったし、バスを降りたあとのことも、なにも言わなかった。

九時ごろに未来の義理の弟が眠ると、ベッドに連れていかなきゃならないから、十五分後にかけ直して、と言われた。

そのすきに、パークは洗面所にダッシュした。父親か母親と鉢合わせしないことを祈ったけれど、今のところ、ふたりともパークを放っておいてくれていた。

部屋にもどって、時計を見る。あと八分。ステレオにテープを入れる。服を脱いで、パジャマのズボンとTシャツに着がえる。

そして、電話をかけた。

「まだ十五分たってない」エレナーは言った。

「待てなかったんだ。かけ直す？」

「ううん」さっきよりますます小さな声で、エレナーは言った。

「弟は寝てる？」

「うん」

「今はどこで話してるの？」

「家のどこかってこと？」

「そう。どこ？」

「どうしてよ？」エレナーはききかえした。バカにしてるようにも聞こえたけど、それよりはほんの少し、やさしい口調だった。

「エレナーのこと、考えてるからだよ」パークはムッとして言った。

「で？」

「で、だから、エレナーといっしょにいるような気持ちになりたいんだ。どうしていちいちつっかかるんだよ？」

「あたしはほら、クールだから、とか……？」

「へえ！」

「リビングで床に寝っ転がってる」エレナーはかすれたような声で言った。「ステレオの前あたり」

「暗い？　暗そうな感じがする」

「うん、暗い」

パークもまたベッドにあおむけになって、腕で目を覆った。エレナーが見える。心の目で。ステレオに緑のライトがついてる。窓から街灯の光が差しこんでる。エレナーの顔が輝いてる。ほかのなによりもクールな光を放ってる。

「〈U2〉？」パークはきいた。「バッド」が流れてるのが聞こえる。

「うん、今いちばん気に入ってる曲なの。何度も巻き戻して、くりかえしかけてる。電池のことを心配しなくていいから」

「いちばん好きなとこはどこ?」

「『バッド』で?」

「そう」

「ぜんぶ好き。特にコーラスのとこ——たぶんコーラスだと思うんだけど」

「『完全に目覚めてる』」パークは歌ってみせた。

「そう、そこ」エレナーは小さな声で言った。

パークはそのまま歌いつづけた。次になんて言えばいいか、わからなかったから。

エレナー

「エレナー?」

エレナーは答えなかった。

「聞いてる?」

すっかりぼうっとしていて、ただうなずいてしまった。それから、気づいて、「うん」と声に出して言った。

「なに、考えてる?」

「うーん、なにって……なにも考えてない」

「いい意味で? 悪い意味?」

「よくわかんない」エレナーは寝返りを打って、うつぶせになると、じゅうたんに顔を押しつけた。「両方かな」

パークはだまっている。彼の息づかいが聞こえる。もっと受話器を口に近づけてって、たのみたくなる。

「さみしい」エレナーは言った。

「今、話してるのに？」

「パークに、ここにいてほしい。あたしがそっちにいるのでもいいけど。今日が終わっても、こんなふうにしゃべるチャンスがあればいいのに。会えたりできれば。ふたりで会うってこと。ふたりきりで」

「もう電話できない？　どうして？」

エレナーは笑った。そして、自分が泣いていることに気づいた。

「エレナー……」

「やめて。そんなふうに呼ばないで。ますますみじめになる」

「なにが？」

「ぜんぶが」

パークはだまっていた。

エレナーはからだを起こして、袖で鼻をぬぐった。

「あだ名ってある？」パークがきいた。パークの得意技だ。エレナーがめいったり、イライラしたりしたとき、最高にやさしいやり方で話題を変えるのは。

「ある。エレナー」

「ノラとか、呼ばれたことない？　エラとか？　じゃなきゃ……レナとか。レナっていいじゃん。レニーとかエルとか……」

「あだ名をつけたいの？」

「いや、エレナーって名前は好きだよ。一文字もなくしたくない」

「バカみたい」エレナーは目をぬぐった。

「エレナー……」パークは言った。「どうして会えないんだ？」

「やだ、やめてよ。せっかく泣きやみそうだったのに」

「どうして？　教えてよ」

「それはね」エレナーは言った。「継父に殺されるからよ」

「なにを心配してるんだろう？」

「心配してんじゃないわ。ただあたしのことを殺したいだけよ」

「どうして？」

「これ以上質問しないで」エレナーはかっとなって言った。涙は止めどなく流れていた。「いつもそればかり。『どうして？』まるで、どんなことにも答えがあるみたいに。みんながパークみたいに暮らしてるわけじゃないのよ、パークの家族みたいに。そっちじゃ、なんにでも理由があるんでしょうよ。みんな、わけわかんないことなんて言わない。でも、あたしの人生では、そうじゃない。あたしのまわりの人はだれひとり、まともなことなんて言わないのよ……」

「おれも？」

「ハ！　特にパークがよ！」

「どうしてそんなこと言うんだよ？」パークは傷ついた声で言った。どうしてそっちが傷つくのよ？

「どうして、どうして、どうして……」エレナーは言った。

「そうさ」パークは言った。「どうして？　どうしていつもおれに怒ってばかりいるんだ？」

「怒ったことなんてない」泣き声になってしまった。どうしてわかんないのよ。

「怒ってるよ。今だって怒ってる。いっつもそうやってくってかかるんだ。これからってときに」

「なにがこれからなのよ？」

「これからはこれからさ。ふたりにとってのこれからだよ。さっき、エレナーはおれにそばにいてほしいって言った。たぶん初めてだよ、皮肉でもなければ、身構えたふうでもなくて、おれのことをバカだって思ってるって感じでもなく、そういうことを言ってくれたのは。なのに、今また、おれにむかってどなってる」

「どなってない」

「怒ってるだろ。どうして怒ってるんだよ？」

パークに泣き声を聞かれたくなかった。息を止める。でも、むしろ逆効果だった。

「エレナー……」

ますますだめ……。

「それ、やめてってば」

「じゃあ、なんて言えばいいんだよ？　おれに質問してよ。ぜったい答えるから」

パークはもどかしそうだったけど、怒ってはいなかった。パークがエレナーに怒った口調を使ったことは、一度しかない。最初にバスに乗った日。

「質問して」パークはもう一度言った。

「するの？」エレナーは鼻をすすった。

「ああ」

「わかった」エレナーはステレオのターンテーブルを見て、うすい色のついたアクリルのふたに映った自分の顔を見た。太った顔の幽霊みたい。エレナーは目を閉じた。「どうしてあたしなんかのことが好きなの？」

パーク

パークは目を開けた。

からだを起こし、立ちあがって、狭い部屋をうろうろ歩きまわる。そして、窓辺へいった。エレナーの家のほうをむいている窓に。一ブロック離れているし、エレナーは家にはいないけど。車の形の電話機の底を腹に押しつける。

エレナーがきいたのは、パーク自身、答えがわかっていない質問だった。

「好きなんじゃない。エレナーがいないとだめなんだ」エレナーの反撃を待った。へえ！　とか、なにそれ、とか、〈ブレッド〉の曲にありそうなダサいこと言わないでよ、とか。

でも、エレナーはなにも言わなかった。

パークは這ってベッドにもどった。床に擦《す》れる音がエレナーに聞こえたっていい。「どうして、エレナーがいないとだめか、きいてもいいよ」パークはささやくように言った。ささやく必要すらなかった。受話器にむかって、暗闇で、唇を動かして息を吐きさえすればよかった。「でも、わからないんだ。ただそうだってことしか……。

エレナーがいないとさびしいんだ。ずっといっしょにいたい。これまで会っただれよりも、エレナーは頭がいいし、おもしろいし、いつもおどろかされる。それが、エレナーのことを好きな理由だって言えればいいと思う。そうすりゃ、まともな近代人って感じがするだろ……。でも、髪が赤いこととか、手がすごくやわらかいこととかも、関係あるんだ、たぶん……手作りの誕生日ケーキみたいな香りがすることとか」

エレナーがなにか言うのを待ったけど、まだだまってる。

だれかが部屋のドアをそっとノックした。

「待ってて」パークは電話にむかってささやいた。「なに？」

母親が、ぎりぎり頭が入るくらい細くドアを開けた。「あまり遅くならないようにね」

「遅くならないよ」パークは答えた。母親はにっこり笑って、ドアを閉めた。

「もしもし？　聞こえる？」

「聞こえてる」エレナーは言った。

「なにか言ってよ」

「なんて言えばいいの？」

「なにか、おれがバカみたいな気持ちにならないようなこと」

「バカみたいな気持ちにならないで、パーク」

「やるね」

ふたりはしんとなった。

「どうしてパークのこと、好きか、きいてみて」しばらくして、エレナーが言った。

パークは頬がゆるむのを感じた。なにか温かいものが胸に広がっていくような気がした。「エレナー」パークは言った。エレナーの名前を口にするのが好きだから。「どうしておれのことが好きなの？」

「好きじゃないわ」

パークは待った。待って……。

それから、笑いだした。「ほんと、いじわるだよな」

「笑わないで。ますますいじめたくなるから」

エレナーがほほえんでいるのが、聞こえた。エレナーの表情を思い浮かべることができた。ほほえんでいる顔を。

「パークのこと、好きじゃない」エレナーはもう一度言った。「あたし……」そして、言葉をとぎらせた。「だめ、言えない」

「どうして？」

「恥ずかしい」

「おれしかいないだろ」

「言うつもりじゃなかったことまで言いそう」

「大丈夫」

「本当のことを言っちゃいそうで怖いの」

「エレナー……」

「パーク」

「おれのことは好きじゃない……」パークはその先を促すようにくりかえして、電話の底をいちばん下の肋骨に押しつけた。

「パークのこと、好きじゃない」その一瞬、真剣な口調になってエレナーは言った。「そうじゃなくて……」消え入りそうな声。「あたし、パークのために、生きてるんだと思う」

パークは目を閉じて、頭を枕に押しつけた。

「パークといっしょじゃないときは、息もしてない気がする」エレナーはささやいた。「つまりね、月曜の朝にパークの顔を見ると、それまで六十時間、息をしてなかったような気がするってこと。だから、むすっとしたり、パークにひどいこと言っちゃったりするんだと思う。いっしょにいないときはずっと、パークのこと考えてるのに、いっしょになると、気持ちばっかり焦っちゃう。一秒一秒が貴重に思えるから。自分をコントロールできなくなって、どうしようもできない。自分が自分のものじゃなくなる感じ。パークのものになったような気がするの。なのに、パークがもうあたしのことはいらないって思ったらどうすればいい？　あたしがパークのことを求めてるみたいに、パークもあたしを求めるなんてことありえない」

パークはだまっていた。たった今、エレナーが言ったことを最後の言葉にしたかった。パークのことを求めてる、っていう言葉とともに眠ってしまいたかった。

「ああもう。言わなくていいことまで言っちゃった。なのに、まだ質問にも答えてないなんて」

エレナー

今まで、パークのいいところを本人の前で言ったことはなかった。女の子よりもきれいな顔をしてるとか、日焼けした肌が太陽の光みたいだなんて。

だから、これまで言わなかったのだ。パークへの気持ち――心の中の熱くて美しい気持ちは、口から出たとたんよくわからない言葉になってしまうから。

ステレオにテープを入れて、プレイボタンを押す。〈ザ・キュアー〉のロバート・スミスが歌いはじめるのを待って、父親の茶色い革のソファーに這いあがる。

「どうして会えないんだ？」パークがきく。生々しくて純粋な声で。生まれたてみたいな声で。

「あたしの継父は頭がおかしいから」

「内緒にしときゃいいよ」

「母親が言うわ」

「お母さんにも言わなくたっていいだろ？」

エレナーはガラスのコーヒーテーブルの縁に指をすべらせた。「どういうことよ？」

「わかんないよ。わかってんのは、会わなきゃならないってことだけ。こんなふうに」

「男の子と話すことも禁止されてるのよ」

「いつまで？」

「さあね。ずっとよ。これも、わけのわかんないことのひとつ。あたしの母親は、継父の気に障りそうなことはなにひとつ、したがらない。で、継父は、意地の悪いことをするのが大好きなのよ。特にあたしにね。あたしのことが嫌いなの」

「どうして？」

「あたしが嫌ってるから」

「どうして？」

エレナーは話題を変えたくてたまらなかったけど、続けた。

「いやな人間だから。とにかく……本当にやなやつなの。いいものをすべて抹殺したがる。パークのことを知ったら、どんな手を使ってでも、あたしから取りあげようとするに決まってる」

「そんなことできないよ」パークは言った。

できるのよ。エレナーは心の中で思った。「パークからあたしを取りあげることはできる。前回、あたしに腹を立てたときは、あたしを家から追い出して、一年間、帰らせてくれなかった」

「ウソだろ」

「ほんとよ」

「ひどいな」

「同情しなくていい」エレナーは言った。「あいつに刃向かわないで」

「あの校庭で会えばいい」

「弟と妹がしゃべるわ」

「じゃあ、別の場所で会えばいい」

「どこよ？」

「ここさ」パークは言った。「うちにくればいい」

「パークの親がなんて言う？」

「はじめまして、エレナー。夕食を食べていかない？　って」

エレナーは笑った。そんなのむりだと言いたかったけど、もしかしたら、むりじゃないかもしれない。もしかしたら。

「本当にあたしを会わせていいの？」

「ああ。みんなに紹介したいよ。今までいちばん好きになった子なんだから」

パークはあたしに、笑っても平気だって思わせてくれる。「パークに恥をかかせたくない……」

「そんなことありえないよ」

車のヘッドライトがさあっとリビングを照らした。

「ああもう。パパが帰ってきたみたい」エレナーは立ちあがると、窓の外を見た。父親とドナが、カルマンギアから降りてくるところだった。屋根がおりないせいでドナの髪がくしゃくしゃになってる。

「ああもう、もう、もう！」エレナーは言った。「どうしてパークのこと好きか、まだ言ってないのに、もう切らなきゃ」

「いいよ」

「パークは親切だから」エレナーは言った。「それに、あたしのジョークを……」

「いいって」パークは笑った。

「それに、あたしよりも頭がいいから」

「よくないよ」

「それに、主人公って感じだから」エレナーは考えるのと同じ速さでしゃべった。「最後には勝利する人物って感じだから。すごくきれいだし、すごくいい人だから。魔法みたいな目をしてるから」エレナーはささやいた。「人食い人種みたいな気にさせてくれるから」

「めちゃくちゃだ」

「切らなきゃ」エレナーはかがんで、受話器を電話機に近づけた。

「エレナー——待って」

父親がキッチンに入ってくる音がして、自分の心臓の音が部屋じゅうにこだました。

「エレナー——あとひとつ——愛してる」

「エレナー？」入り口に父親が立っていた。エレナーが寝ているかもしれないと思って、声をひそめている。エレナーは電話を切って、寝ているふりをした。

第二十章　エレナー

次の日のことはあまり覚えていない。

父親は、エレナーがヨーグルトをぜんぶ食べたと文句を言った。

「食べてない。マットにあげたの」

父親は財布に七ドルしかなかったので、それしかくれなかった。そして、家に送っていくというので、エレナーはその前にトイレにいきたいと言った。エレナーはまっすぐ廊下の戸棚までいって、新品の歯ブラシを三本とドーヴの石けんをひとつ、ズボンの前に押しこんだ。ドナは見ていたかもしれないけれど（すぐそばの寝室にいたから）、なにも言わなかった。

エレナーはドナが気の毒だった。エレナーの父親は、自分のジョークにしか笑わないから。

家の前で降ろしてもらうと、弟妹たちが駆けだしてきた。父親は新しい車に弟妹たちを乗せて、近所を一周した。

エレナーは警察に電話をしてやりたかった。「男が子どもたちをコンバーチブルに乗せて、走りまわってます。子どもたちは車から身を乗り出して、シートベルトもつけてないし、男は朝からずっとスコッチを飲んでたんです。あと、ついでに、別の男が裏庭でハシシを吸ってます。通学路沿いなのに」

ようやく父親が帰ると、マウスは父親のことを話しつづけた。数時間後、リッチーが、全員上着を着ろと言った。「これから映画へいく。全員でだ」リッチーはまっすぐエレナーを見ながら言った。

エレナーと弟妹たちは、トラックのうしろに乗りこんで、運転席側に身を寄せるようにしてすわり、中にいる赤ん坊にへんな顔をして笑わせた。街へ出るのにパークの住んでいる通りを通ったけど、パークの姿は見えなかった。もちろん、ティナとネアンデルタール人の彼氏はいたけど、エレナーは顔を伏せなかった。トラックの荷台じゃ、むだだから。スティーヴがヒュッと口笛を吹いた。

帰りは雪が降っていた（映画は『ショート・サーキット』だった）。リッチーが車をゆっくり走らせたから、ますます雪がふりかかったけど、少なくともトラックからは放り出されずにすんだ。

いっそ車から放り出されたい、とは思ってないってこと？　だとしたら、今日のあたし、ヘンだ。

日が落ちてから、もう一度パークの家の前を通った。どの窓がパークの部屋だろう、と考えながら。

パーク

言わなきゃよかった。ウソだからじゃない。本当にエレナーのことを愛してる。もちろん、愛してる。ほかに説明する言葉はない……パークが感じている気持ちを。

でも、あんなふうに言うつもりじゃなかった。こんなすぐに。それも、電話でなんて。エレナーが『ロミオとジュリエット』のことをどう思ってるか、知ってるのに。

パークは弟が着がえるのを待っているところだった。毎週日曜日、ふたりはきちんとしたズボンとセーターを着て、おじいちゃんとおばあちゃんと食事をすることになっている。でも、ジョシュはスーパーマリオをやっていて、ぜんぜんやめようとしなかった。初めて無限1アップできそうになってたからだ。

「おれ、いくよ!」パークは両親にむかってどなった。「先にいってるから」

パークは庭を走っていった。上着を着る気分じゃなかったから。

おじいちゃんとおばあちゃんの家は、チキンの衣揚げのにおいがしていた。おばあちゃんが作る日曜の食事のレパートリーは、四つしかない。チキンの衣揚げ、牛肉の衣揚げ、蒸し焼きにしたローストビーフ、塩漬けビーフ。でも、おいしい。

おじいちゃんはリビングでテレビを見ていた。パークは足を止めて、おじいちゃんを軽くハグすると、キッチンへ入っていって、おばあちゃんにハグした。おばあちゃんはすごく背が小さくて、パークですら見おろすくらいだ。パークの家系は女はみんな小さくて、男はみんなデカい。パークのDNAだけが情報を読み取り損なったらしい。韓国の遺伝子がひっかきまわしたのかもしれない。

でも、それだと、ジョシュがデカいのは説明できない。韓国の遺伝子はジョシュのことは完全に無視したみたいだ。ジョシュの目はブラウンで、ぎりぎりでアーモンド型って言える形をしてる。うっすらアーモンド風味、ってくらい。髪は濃いブラウンだけど、黒じゃない。デカいドイツ人かポーランド人みたいな感じで、笑うと目がぎゅっと縮んだようになる。

おばあちゃんはどこからどう見てもアイルランド人だ。でも、父親の一族はアイルランド人だってことをアピールしまくるから、そう思えるだけかもしれない。毎年クリスマスのプレゼントは〈キス・ミー、アイム・アイリッシュ〉と書かれたセントパトリック・デーのTシャツだった。パークはたのまれる前に、食卓に皿を並べはじめた。テーブルセッティングはパークの係だ。そして母親がくると、いっしょにキッチンへいって、母親とおばあちゃんが近所のうわさ話をするのを聞いていた。

「ジェイミーから、パークがリッチー・トラウトと暮らしてる子どものひとりと付き合ってるって聞いたよ」おばあちゃんが言った。

父親がおばあちゃんに話したのがわかっても、おどろきはしなかった。父親はなんでもすぐにしゃべってしまう。

「みんながパークのガールフレンドのことを話してるんです。パーク以外は」母親が言う。

「赤毛なんだって？」おばあちゃんが言った。

パークは新聞を読んでいるふりをした。「うわさを本気にしちゃダメだよ、おばあちゃん」

「本気にしないよ、おまえがちゃんと紹介してくれりゃあね」おばあちゃんは言った。

パークはかんべんしてよって感じで目をぐるりと回した。エレナーのことが頭に浮かぶ。おばあちゃんたちにエレナーのことを話したいような気になる。そうすれば、エレナーの名前を口にできるから。

「にしても、あの家に住んでる子どもらは気の毒だね」おばあちゃんは言った。「あのリッチー・トラウトはむかしからろくでもなかったからね。おまえの父親が軍務で留守にしてるときに、うちの郵便受けを壊しちまってね。トラウトだとすぐにわかったよ。あのピックアップ、ええと、エルカミーノだっけね、あれに乗ってたのは、このへんじゃ、あいつだけだったからね。リッチー・トラウトはあの小さい家で育ったんだ。両親がここよりも貧しい、どこかの田舎に引っ越すまでね。ワイオミングだったと思うよ。自分たちの息子から逃げ出すために引っ越したにちがいないよ」

「シィィィ」母親が言った。母親の感覚からすると、おばあちゃんはたまにきつすぎた。

「本人も西部のほうへ引っ越したと思ってたんだがね。でも、映画スターみたいな年上女房ともどってきたんだよ。家に入りきらないくらいの赤毛の継子たちもいっしょにね。となりに住んでるジルがおまえのおじいちゃんに話したところじゃ、デカい年寄り犬もいるらしいよ……」

エレナーのことをかばいたかった。でも、なんて言えばいい？

「おまえが赤毛に惹《ひ》かれるのはわかるよ。おまえのおじいちゃんも、赤毛の娘のことが好きでね。でも、むこうに相手にされなかったのさ、あたしにはラッキーだったけどね」

おばあちゃんにエレナーを紹介したら、なんて言うだろう？　近所の人たちになんて話すだろう？

それに、母親はなんて言うだろう？

パークは、母親が自分の手くらいあるマッシャーでジャガイモをつぶしているのを眺めた。ピンクのVネックのセーターにストーンウォッシュのジーンズを合わせ、フリンジ付きの革のブーツを履いている。首には金の天使のネックレス、耳には金の十字架《クロス》のイヤリング。きっとバスでもいちばん人気の女子になっていただろう。母親がこの町以外に住んでいるところなんて、想像もつかなかった。

エレナー

エレナーは母親にウソをついたことがなかった。少なくとも、重要なことについては。でも、日曜の夜、リッチーがバーに出かけているとき、母親に、明日学校のあと友だちの家にいくかもしれないと言った。

「だれの家？」母親はきいた。

「ティナ」エレナーは頭に浮かんだ最初の名前を言った。「近所に住んでるの」

母親はほかのことに気を取られていた。リッチーの帰りが遅くて、ステーキがオーブンの中でひからびつつあった。外へ出しておいたら、リッチーは冷めていると言って怒るだろう。でも、このまま中に入れておいたら、かたいと言って怒るにちがいない。

「いいわよ」母親は言った。「やっと友だちができたのね」

第二十一章　エレナー

今日のパークはちがって見える？

パークが自分を好きだとわかったから？（少なくとも金曜の夜、一分か二分のあいだは好きだったはず。あの言葉を口にするあいだだけは）。

ちがって見える？

目を合わせてくれる？

たしかにちがって見えた。前よりもっとすてきだったから。バスに乗ると、パークはエレナーから見えるように、ピンと背を伸ばしてすわっていた。そして、立ってエレナーを奥の席に通すと、自分もすわり、ふたりしてなるべく背を低くして背もたれに寄りかかった。

「人生でいちばん長い週末だった」パークは言った。

エレナーは笑って、パークに寄りかかった。

「もうおれのこと忘れた？」パークはたずねた。自分もそういうことが言えたらいいのに、とエレナーは思った。こんな質問ができたらいいのに。こんなふうにからかうみたいに。

「まあね」エレナーは答えた。「もう、きれいさっぱり」

「マジで？」

「うん、ウソ」

エレナーはパークのジャケットの中に手を入れて、Tシャツのポケットにビートルズのテープをすべりこませた。パークはエレナーの手をつかんで、胸に押しあてた。

「これなに？」パークはもう片方の手でテープを取り出した。

「これまで作られた中でもっとも偉大な曲特集。いえいえ、どういたしまして」

パークはエレナーの手で自分の胸をさすった。ほんの少しだけ。エレナーが赤くなるくらい、ほんの少しだけ。「ありがとう」パークは言った。

エレナーはロッカーに着くまで、もうひとつのことは言わないでおいた。ほかのだれかに聞かれたくなかったのだ。パークはとなりに立って、わざとリュックをエレナーの肩にぶつけていた。

「母親に、放課後、友だちのうちへいくって言ったの」

「ほんと？」

「うん。別に今日じゃなくてもいいの。急にだめとか言いださないと思うから」

「いや、今日にしよう。今日、おいでよ」

「お母さんにきかなくていいの？」

パークはうなずいた。「うちの母親なら平気だよ。部屋に女の子をあげるのはオッケーなんだ。ドアを開けておけばね」

「へえ！　そんな規則を作んなくちゃいけないくらい、女の子を部屋にあげたわけ？」

「もちろん。おれをだれだと思ってるんだ？」パークがふざけた口調で言う。

だれかって？　エレナーは心の中で思った。あたしはまだわかってないかも。

パーク

この何週間かで初めて、漠然とした不安を抱えずに学校から帰ることができた。いつも、次の日までもつよう、エレナー成分をたっぷり吸いあげとかなきゃって、焦りみたいなものを感じてたから。

でも、別の不安はあった。いざ本当にエレナーを母親に紹介することになって、パークは母親の目でエレナーを見ずにはいられなかった。

母親は美容師で、エイボンの化粧品を売っている。マスカラを塗らずに家を出たことはない。

パンクの女王パティ・スミスが『サタデー・ナイト・ライブ』に出たとき、憤慨していた。「どうして男みたいなかっこうをしてるの？　嘆かわしいわ」

今日のエレナーは、いつものシャークスキンの上着と古い格子縞のカウボーイシャツを着ていた。母親よりもおじいちゃんと共通点がありそうだ。

それに、服だけじゃない。エレナー自身も。

エレナーは……感じがよくなかった。

エレナーはいい子だし、まじめだ。正直だし。おばあさんが道路を渡ってるのを見たら、ぜったい手助けするタイプ。でも、だれも、そうおばあさんですら、「あのエレナー・ダグラスって子、知ってる？　ほんと、感じのいい子よねえ」とは言わない。

パークの母親は、感じのいいことが好きだった。すごく好きだった。にっこりほほえんだり、おしゃべりを楽しんだり、目を合わせたり……エレナーが苦手なことばかりだ。

それに、母親は皮肉がわからないタイプだった。言語のせいではない。もともと理解できないのだ。例えば、強烈な皮肉が売りのコメディアンのデヴィッド・レターマンのことを、毒舌司会者のジョニー・カーソンの次に「下品で不愉快な人」と言って嫌っていた。

手に汗をかいていることに気づいて、エレナーの手を離した。代わりに、エレナーのひざに置く。それが気持ちよくて、新鮮だったので、しばらくのあいだ母親のことを忘れた。

バス停に着くと、パークは立ちあがって、エレナーを待った。けれども、エレナーは首を横にふって、「あとからいく」と言った。

パークはほっとした。そして、罪悪感に襲われた。バスが走り去ると、パークは家まで走っていった。弟はまだ帰ってないはずだ。よかった。「母さん！」

「ここよ！」キッチンから返事が聞こえた。母親はパールピンクのマニキュアを塗っているところだった。

「母さん、ただいま。えっとさ、もう少ししたら、エレナーがくるんだ。おれの、その、付き合ってるエレナー。今から。いい？」

「今すぐ？」母親はマニキュアの瓶を振った。カチ、カチ、カチ。

「うん、おおげさにしないでよ。……クールにね」

「大丈夫、わたしはクールだから」

パークはうなずいて、キッチンとリビングを見まわし、へんなものが出ていないか、確認した。それから、自分の部屋もチェックした。母親がベッドは直してくれていた。

エレナーがノックするより先に、パークは玄関のドアを開けた。

「おじゃまします」エレナーは不安そうだった。いや、怒ってるみたいに見えたけど、それは不安のせいだと、パークにはわかった。

「やあ」今日の朝の時点では、考えられるのはただひとつ、どうやったら、エレナー成分をもっとたくわえられるだろうってことだけだった。でも今、実際にエレナーがうちにきてみると……もっとよく考えておくべきだったと後悔した。「入って」パークは言った。そして最後の瞬間の一歩手前くらいに、パークはささやいた。「それから、にっこりして。いい？」

「え？」

「笑って」

「どうして？」

「いや、やっぱいい」

母親はキッチンの入り口のところに立っていた。

「母さん、エレナーだよ」パークは紹介した。

母親はにこやかな笑みを浮かべた。

エレナーもほほえみかえしたけど、それが失敗だった。まるで光がまぶしくて目を細めたか、悪い知らせを伝えようとしてるみたいだ。

母親の瞳が大きくなったように見えたけど、気のせいかもしれない。

エレナーは母親と握手しようとしたけど、母親は、ごめんなさい、マニキュアがまだ乾いてなくて、という意味で手をひらひらさせた。でも、エレナーには伝わってなかった。

「はじめまして、エレナー」母親はエラノーと発音した。

「はじめまして」あいかわらず目を細め、おかしな表情を浮かべたまま、エレナーは言った。

「おうちは歩いてこられるところなの？」母親はたずねた。

エレナーはうなずいた。

「それはいいわね」母親は言った。

エレナーはうなずいた。

「なにか炭酸でも飲む？　お菓子は？」

「だめ」パークは割って入った。「いや、その……」

エレナーは首を横にふった。

「なんかテレビでも見るよ。いい？」

「もちろんよ」母親は言った。「わたしはここにいるから」

母親はキッチンへもどり、パークはソファーのほうへいった。うちに二階か、ちゃんと部屋になっている地下室があればよかったのに。西オマハにあるカルの家へいくと、カルのママはいつもふたりを地下室へいかせ、放っておいてくれた。

パークはソファーにすわった。エレナーは反対の端にすわった。床をじっと見て、爪のそばの皮膚を噛んでいる。

パークはMTVをつけて、深呼吸した。

数分後、パークはソファーの真ん中のほうへからだをずらした。「ねえ」パークは言った。エレナーはコーヒーテーブルを凝視している。テーブルの上には赤いガラス製のぶどうの飾りが置いてあった。母親はぶどうが大好きだった。「ねえ」パークはもう一度言った。

そして、さらに近づいた。

「どうして笑えって言ったの？」エレナーはささやいた。

「わかんない。緊張してたからかも」

「どうして緊張するの？　自分の家なのに」

「そうだけど、これまでエレナーみたいな子を連れてきたことなかったから」

エレナーはテレビを見た。ニューウェーブ・バンドの〈ワン・チャン〉のミュージックビデオが流れている。

エレナーはいきなり立ちあがった。「じゃ、明日ね」

「だめだよ」パークも立ちあがった。「どうしたんだよ？　どうして？」

「別に。じゃあ、明日」

「だめだって」パークはエレナーのひじをつかんだ。「きたばかりじゃないか。どうしたんだ？」

エレナーは苦しげにパークを見た。「あたしみたいな子って？」

「そういう意味じゃないよ。好きな子を連れてきたことはないってことだよ」

エレナーは息を吸いこんで、首を横にふった。頰を涙が伝った。「関係ない。くるべきじゃなかった。パークに恥をかかせることになる。帰る」

「だめだ」パークはエレナーを引きよせた。「落ち着いてよ、ね？」

「パークのお母さんに泣いてるところを見られたら？」

「それは……たしかによくはないけど、エレナーに帰ってほしくない」今、エレナーを返したら、二度ともどってこないような気がした。「いいから、となりにすわって」

パークはすわって、エレナーを引っぱってすわらせ、キッチンとエレナーのあいだに自分がくるようにした。

「新しい人に会うのは、苦手なの」エレナーは小声で言った。

「どうして？」

「相手に好かれないから」

「おれは好きだったよ」

「ううん、好きじゃなかった。少しずつわかってもらわなきゃならなかった」

「今も好きだ」パークはエレナーに腕を回した。

「やめて。お母さんがきたらどうするの？」

「母さんは気にしないよ」

「あたしが気にするの」エレナーはパークを押しのけた。「こんなのむり。気まずくさせないで」

「わかった」パークは少し離れた。「だから、帰らないで」

エレナーはうなずいて、テレビを見た。

しばらくして、たぶん二十分くらいたったころ、エレナーはまた立ちあがった。

「もう少しいてよ」パークは言った。「父さんに会っていかない？」

「ぜったいにむり」

「明日、またきてくれる？」

「わからない」

「家まで送れればいいんだけど」

「玄関まで送ってくれればいい」

パークは玄関までいった。

「お母さんに、おじゃましましたって伝えておいてくれる？　礼儀知らずだと思われたくないから」

「わかった」

エレナーは玄関の外に出た。

「ねえ」パークは言った。いらだちでキツい声になってしまった。「さっき笑ってっていったのは、エレナーは笑うときれいだからだよ」

エレナーは階段を下までおりると、パークのほうをふりかえった。「笑ってなくてもきれいだと思ってほしい」

「そういう意味じゃない」パークは言った。けれども、エレナーはいってしまった。

家の中にもどると、母親が出てきて、にっこり笑った。「感じのよさそうな子ね」

パークはうなずいて、部屋にいった。ちがう、パークはベッドに倒れこんだ。感じよくなんかない。

きっと明日、別れようって言われる。どうでもいい。そしたら、少なくともパークのお父さんには会わなくてすむ。どんな人だろう。見た目は『私立探偵マグナム』に出てるトム・セレックそっくりだった。テレビ台の上に置いてあった家族写真を見たのだ。あれってパークは小学生？すっごくかわいかった。ドラマの『ウェブスター』のウェブスター少年みたい。家族全員すてきだった。色の白い弟も。

パークのお母さんはお人形みたいだった。『オズの魔法使い』の、映画じゃなくて本のほうで、ドロシーはせともの《ディンディ・チャイナ》の国へいくけど、そこの人たちはみんな小さくて、完璧だった。小さいころ、母親に本を読んでもらったとき、せとものの国の人たちは、中国《チャイナ》の人のことだって思ってた。でも、彼らは本当にせとものので、こっそりカンサスに持ち帰ろうとすると、せとものになってしまうのだ。

パークのトム・セレックみたいなお父さんが、せともの人を防弾ジャケットに隠して、韓国からこっそり持ちだすところが浮かんだ。

パークのお母さんといると、自分が巨人みたいな気がした。はるかに高いってほどじゃなくて、身長差はせいぜい七、八センチだったけど、エレナーのほうがはるかに巨大だった。宇宙人が生物形態を調べに地球にきたら、ふたりが同じ種だとは思わないだろう。

そういう女の人――つまりパークのお母さんとかティナとか、このへんに住んでいる女の子たちに囲まれていると、いったいどこに内臓が入ってるんだろうって思う。胃と腸と腎臓があって、さらにあんなスリムなジーンズをはけるって、どういうこと？　自分が太ってるのはわかってるけど、そこまでデブだとは思っていなかった。脂肪の下に、骨や筋肉があるのが感じられるけど、それ自体が大きい。パークのお母さんは、エレナーの肋骨をベストみたいに着られそうだ。パークは明日、別れようって言うだろうけど、それはエレナーが大柄だからじゃない。パークが別れようって言うのは、エレナーが大柄で、ぶざまだから。ふつうの人たちとふつうに接することもできないから。

もうこれ以上むり。パークのきれいで完璧なお母さんに会うのも。パークのふつうで完璧な家を見るのも。こんなさえない地域にあんな家があるなんて知らなかった。じゅうたんが敷き詰められ、そこいら中にポプリの入った小さなかごが置いてあるような家が。あんな家族がいるなんて知らなかった。こんなどうしようもない地域に住んでることでただひとつ、いいのは、ほかのみんなもどうしようもないってことだ。みんな、エレナーのことを大きくて変わってるから嫌うかもしれないけど、家庭が崩壊してて、家がボロボロだって理由で嫌うことはない。それが、このへんのルールみたいなものだから。

でも、パークの家族はちがう。『がんばれ！　ビーバー』のクリーヴァー家だ。それに、おじいちゃんたちはとなりの家に住んでいると言っていた。花の植わったプランターが置いてあった。ウソでしょって感じ。パークの家族は、『わが家は11人』みたいなファミリー・ドラマに出てきそうな一家なのだ。

エレナーの家族はといえば、リッチーが現われて、地獄に突き落とされる前から、すでに崩壊していた。

パークの家のリビングには、エレナーの居場所はない。どこにだって、居場所があると感じたことはない。自分のベッドに横になって、どこか別のところにいるふりをしているとき以外は。

第二十二章　エレナー

次の朝、いつもの席にいくと、パークはエレナーを奥に通さずに、ただすっと窓側に詰めた。まるでエレナーのことを見たくないみたいに。そして、コミックを差し出すと、むこうをむいてしまった。

スティーヴがめちゃくちゃうるさい。いつもこのくらいうるさかったのかもしれない。今まで、パークに手を握られると、自分の頭の中の声すら聞こえなかったから。

バスのうしろの子たちは、ネブラスカ・ハスカーズの応援ソングを歌っている。今週末、フットボールの大きな試合があるのだ。オクラホマかオレゴンか、なんかそのへんのチームと。今週、ステッスマン先生はハスカーズのチームカラーの赤《レッド》を使った服を着てきた生徒には点数をよぶんにつけてくれるらしい。ステッスマン先生が、こんなバカ騒ぎに加担するなんて意外だったけど、ハスカーズ病にかからない者はいないらしかった。

パーク以外は。

今日は胸に小さな男の子の写真のついた〈U2〉のTシャツを着ている。エレナーはひと晩中、パークがどんなふうに別れを切り出すだろうって考えつづけていたから、今はもう、さっさとこのみじめな状況から抜け出したかった。

エレナーはパークの袖を引っぱった。

「ん？」パークは小声で言った。

「もうあたしのこと、忘れちゃった？」ジョークぽい感じにならなかった。ジョークじゃないから。

パークは首を横にふったけど、あいかわらず窓の外を見ている。

「怒ってるの？」

パークはひざにのせた手を軽く組んだ。祈ろうとしてるみたいに。「まあね」

「ごめんなさい」

「どうしておれが怒ってるかも、わかってないのに？」

「それでも、ごめん」

すると、パークはエレナーのほうを見て、小さくほほえんだ。「知りたい？」

「知りたくない」

「どうして？」

「たぶん、あたしにはどうしようもないことだから」

「例えば？」

「変わり者なところとか」エレナーは言った。「じゃなきゃ……パークんちのリビングで過呼吸症候群になるところとか」

「おれのせいでもあるよ」

「ごめん」

「エレナー、謝らないで、聞いて。おれが怒ってるのは、エレナーがうちに一歩足を踏み入れたとたんに、帰ることに決めたみたいに見えたからだよ。ううん、その前から決めてたみたいだ」「あそこにいちゃいけないような気がしたの」エレナーは言った。でも、うしろの騒ぎのせいで、聞こえなかったかもしれない（まじめな話、どなってるときより、歌のほうがひどいってあり?!)。「パークがあたしにいてほしいと思ってないような気がしたから」エレナーはさっきよりも少し大きな声で言った。

パークがこっちを見たときの、下唇を噛んでる顔を見て、少しは図星だったのかもしれない、とエレナーは思った。

そうじゃないことを、祈ってたのに。

パークに、帰らないでほしかったと言ってほしかった。もう一度、きてみてくれって。

パークがなにか言ったけど、聞こえなかった。うしろはスローガンの大合唱になっていた。スティーヴが通路に立って、ゴリラの腕を指揮者みたいにふりまわしてる。

「ゴーゴー、デカいぞ、レッド」

「ゴーゴー、デカいぞ、レッド」

「ゴーゴー、デカいぞ、レッド」

エレナーはふりかえった。全員がさけんでいた。

「ゴーゴー、デカいぞ、レッド」

「ゴーゴー、デカいぞ、レッド」

指先が冷たくなった。もう一度ふりかえると、みんなが自分を見ているのがわかった。

「ゴーゴー、デカいぞ、レッド」

エレナーのことを言っているのだ。

「ゴーゴー、デカいぞ、レッド」

エレナーはパークを見た。パークも気づいていた。まっすぐ前を見ている。両脇の手はぐっと握りしめられていた。知らない人みたいな顔。

「いいの」エレナーは言った。

パークは目をつぶって、頭をふった。

バスが学校の前に着いた。エレナーは一刻も早く降りたかった。でも、すわったままぐっとこらえ、バスが完全に止まってから、落ち着いたようすで前に向かって歩きはじめた。スローガンが爆笑に変わった。パークはエレナーのすぐうしろにいたけど、バスを降りるなり足を止めた。そして、リュックを地面に投げ捨てると、コートを脱いだ。

エレナーは足を止めた。「ちょっと、だめよ、やめて。なにするつもり?」

「おれが終わらせてやる」

「だめよ。いこう。ほっとけばいいのよ」

「エレナーのことは」激しい口調でパークは言って、エレナーのほうを見た。「エレナーのことはほっておけない」

「あたしのためじゃないでしょ」エレナーはパークを引っぱっていこうかと思ったけれど、そんなことができる仲でもないような気がしてためらった。

「あいつらにエレナーをバカにされるのは、もううんざりなんだ」

スティーヴがバスを降りてくると、パークはこぶしを握り直した。

「あたしをバカにされるのが? それともパークをバカにされるのが?」

パークはショックを受けた顔で、エレナーを見た。そしてまた、エレナーは図星だったのを知った。ああもう。どうしてこんなことばかり、あたしに当てさせるの？

「もしあたしのためだとしたら」エレナーはせいいっぱいきつい口調で言った。「あたしの言うことを聞いて。こんなこと、してほしくない」

パークはエレナーの目を見た。パークの目はあまりにも澄んだグリーンで、黄色く見えた。息は荒く、小麦色の肌が濃い赤に染まってる。

「あたしのためなの？」

パークはうなずいた。そして、探るような目でエレナーを見た。まるでなにかを懇願してるみたいに。

「なら、いいの。お願い。教室にいきましょ」

パークは目を閉じて、ようやくうなずいた。エレナーがしゃがんでパークのコートを拾うと、スティーヴの声がした。「やるな、レッド。デカいケツが目立つぜ」

パークがいなくなった。

ふりかえると、パークはすでにスティーヴをバスに押しつけていた。少年ダビデと巨人ゴリアテみたいだ。聖書の中の話じゃ、ダビデは、ゴリアテにたたきのめされる距離まで近づいたりしないけど。

「けんかだ！」という声があがり、生徒たちが集まってきた。エレナーもパークのほうへ飛んでいった。

パークがどなるのが聞こえた。「おまえの言いぐさにはうんざりなんだよ」

スティーヴが言った。「本気でやるつもりか？」

スティーヴはパークを思いきり押したが、パークは転ばなかった。数歩うしろに下がったかと思うと、片方の肩をさっと前に出し、空中でくるりと回ってスティーヴの口に蹴りを入れた。みんなが息を呑んだ。

ティナが悲鳴をあげた。

スティーヴはパークが着地するのと同時に前へ飛び出すと、巨大な握りこぶしをパークの頭めがけて振りおろした。

パークは死ぬんだ、とエレナーは思った。

エレナーはふたりのほうへ走っていったが、ティナが先にふたりのあいだに入った。バスの運転手も止めに入り、副校長が走ってきた。そして、みんなでふたりを引き離した。

パークはうつむいて、荒い息をしている。

スティーヴは口を押さえていた。あごに血がしたたり落ちている。「なんだよ、パーク、どういうことだよ？　歯が折れちまったじゃないか」

パークは顔をあげた。顔中血だらけだった。よろよろと前に出るパークを、副校長が押しとどめた。「おれの……彼女に……かかわるな」

「マジで付き合ってるなんて、知らなかったんだよ！」スティーヴはどなった。口からまた血が噴き出した。

「だからなんだ。カンケーないだろ」

「あるだろ」スティーヴはつばを吐き出した。「おまえはおれの友だちだろ。おまえらが付き合ってるなんて知らなかったんだよ」

パークは両手をひざにあて、首をふった。舗道に血が飛び散った。「なら、付き合ってんだ」

「わかったよ」スティーヴは言った。「クソ」

そのころには大人たちがわらわらやってきて、生徒たちに校舎へいくよう指導していた。エレナーは、パークのコートとリュックを自分のロッカーへ持っていった。どうすればいいかわからなかったから。

自分の気持ちも、どうすればいいかわからなかった。どう感じればいいか、わからなかった。パークがエレナーを彼女だって宣言したことを喜べばいい？　でも、これじゃ、あまりに一方的だ。それに、そう言ったとき、ちっともうれしそうじゃなかった。うつむいたまま、顔から血をしたたらせながら、言ったんだから。

パークのことを心配すべき？　ちゃんとしゃべってたけど、それでもまだ脳に損傷がある可能性はある？　気を失ったり、昏睡状態になったりすることは？　エレナーのうちでは、だれかがけんかを始めると、母親はいつも「頭はだめよ、頭はだめ！」とどなっていた。

それに、こんなときに、パークの顔のことを心配するのはまちがってる？

だって、スティーヴの顔は歯があってもなくてもたいして変わらない。笑ったときに歯が二、三本欠けてたって、デカいだけのマヌケ面がますますマヌケになるだけ。

でも、パークの顔はアートだ。わざと妙だったり醜《みにく》かったりするアートじゃなくて、未来永劫忘れることのないように絵に描くような、そんな顔なのに。

パークに対してまだ怒ってるべき？　かんかんに腹を立ててなきゃいけない？　国語の授業で会ったら、大声でどなるとか？　「あれはあたしのためだったの？　それとも自分のため？」って？

パークのトレンチコートをロッカーにかけると、中に身を乗り出すようにして深く息を吸いこんだ。〈アイリッシュ・スプリング〉の石けんと、ちょっとポプリに似たような香りと、それから男の子という言葉でしか説明できないにおいがした。

パークは国語にも歴史にもこなかった。放課後のバスにも乗ってこなかった。スティーヴもだ。ティナは頭を高くあげて、エレナーの席の横を歩いていった。エレナーは顔をそむけた。バスの中は、けんかの話で持ちきりだった。「カンフーすげえ、デヴィッド・キャラダインみてえ」「デヴィッド・キャラダインなんてクソだ。同じ俳優なら、カラテのチャック・ノリスだろ」

エレナーはパークのバス停で降りた。

パーク

二日の停学になった。

スティーヴは二週間だった。これで、三度目だったからだ。パークは、申し訳ない気がした。始めたのは、パークのほうだったから。でも、これまでスティーヴは毎日のようにくだらないクソみたいなことをしつづけてたのに、罰せられなかったのだ。

パークの母親はかんかんになって、迎えにこようとしなかった。けっきょく、母親は父親の仕事場に電話をし、父親が迎えにきた。パークの父親を見て、校長はスティーヴの父親と勘違いした。

「いえ」パークの父親はパークを指さした。「こっちがわたしの息子です」

保健室の先生は、病院へいく必要はないけれど、ひどい顔をしてると言った。目にはあざができていたし、鼻も折れているかもしれないということだった。

スティーヴのほうは病院へいかなければならなかった。歯はぐらぐらになっていたし、保健室の先生は、たぶん指の骨が折れていると言った。

パークは、父親が校長と話しているあいだ、顔に氷をあてて待っていた。秘書が、飲みなさいと言って、スプライトを職員室から持ってきてくれた。

父親は、運転しはじめるまでなにも言わなかった。

「テコンドーは防御の武術だ」父親は厳しい声で言った。

パークは答えなかった。顔中ずきずきしている。保健室の先生は痛み止め薬はくれなかった。

「本当にスティーヴの顔を蹴ったのか？」父親がたずねた。

パークはうなずいた。

「跳び蹴りってことか」

「空中回転蹴り」パークはうめいた。

「ほんとか？」

パークは父親をにらみつけようとしたけど、どんな表情をしても、岩で顔を殴られたような衝撃が走った。

「おまえがこんな真冬にテニスシューズを履いてて、スティーヴはラッキーだったな……本当に空中回転蹴りだったのか？」

パークはうなずいた。

「ほう。まあ、おまえの母さんはその顔を見たらかんかんになるだろうな。おばあちゃんの家で泣いてたよ、電話をかけてきたときはな」

父親の言うとおりだった。家に入ってきたパークを見た母親の反応は完全に支離滅裂だった。

母親はパークの両肩をつかむと、じっと顔を見て、首をふった。「けんかとはね!」そして、パークの胸を人差し指でつついた。「バカな白人のサルみたいなまねして……」

母親がジョシュにかんしゃくを起こしたところは見たことがあった。シルクフラワーの入ったカゴを投げつけたのだ。でも、パークには初めてだった。

「むだよ」母親は言った。「けんかなんて、むだ! 自分の顔なのに」

父親が母親の肩に手をかけようとしたけど、母親はふり払った。

「ステーキを食べさせてやったらどうだい、ハロルド」おばあちゃんが言って、パークをキッチンのテーブルにすわらせ、顔の傷を調べた。

「こんなことでステーキなんて食わせないぞ」おじいちゃんが答えた。

パークの父親は戸棚へいって、痛み止め薬を取り出し、水を一杯持ってきてくれた。

「息はできるかい?」おばあちゃんがきいた。

「口からなら」

「おまえの父親は何度も鼻を折ったから、片方の鼻の穴でしか呼吸できないんだよ。だから、貨物列車みたいないびきをかくのさ」

「もうテコンドーはやめて」母親が言った。「けんかもやめて」

「ミンディ……」父親が言った。「理由のあるけんかだったんだ。どこかのいじめられてた女の子をかばってやったんだ」

「どこかの女の子じゃない」パークはうなるように言った。声を出すと、頭の骨という骨が痛みで震えた。「おれの彼女だ」

今もそうだといいけど。パークは心の中で思った。

「赤毛の子かい?」おばあちゃんがきいた。

「エレナーだ」パークは言った。「名前だよ——エレナー」

「ガールフレンドも禁止。だめよ」母親は腕を組んだ。「外出禁止よ」

エレナー

エレナーが玄関のベルを鳴らすと、私立探偵マグナムがドアを開けた。

「こんにちは」エレナーは笑顔を作ろうとした。「パークと同じ学校へ通ってるんです。教科書と荷物を持ってきました」

パークのお父さんはエレナーのことを上から下まで見たけど、別に疑って調べてるわけじゃなさそうだった。よかった。でも。どっちかっていうと、大きさを測ってる感じで、それはそれで居心地が悪かった。「ヘレンかい?」

「エレナーです」エレナーは答えた。

「あ、そうそう、エレナーだった……ちょっと待っててくれ」

荷物を届けにきただけだと言おうとしたけど、パークのお父さんはもういってしまっていた。ドアを開けたままだったので、パークのお父さんが、たぶんキッチンで、たぶんパークのお母さんに話してるのが聞こえてきた。「いいじゃないか、ミンディ……」「ほんの数分だよ……」それから、玄関にもどってくる前にこう言うのが聞こえた。「デカ女とか呼ばれてるっていうから、もっと大きい子かと思ってたよ」

「これを届けにきただけなんです」パークのお父さんが網戸を開けると、エレナーは言った。

「ありがとう。入って」

エレナーはパークのリュックを差し出した。

「いいから、ほら、入りなさい。直接パークにわたしてやってくれ。パークもきみに会いたいだろうから」

どうだか、とエレナーは思った。

エレナーはパークのお父さんのあとについてリビングを抜け、短い廊下の先のパークの部屋までいった。

パークのお父さんはそっとドアをノックして、ドアの隙間から中をのぞいて、ジョニー・ウェイクリンの歌まねで呼びかけた。「ヘイ、シュガー・レイ、おまえに会いにきた子がいるぞ。先に鼻におしろいでも塗るか?」

そして、エレナーのためにドアを開け、いってしまった。

パークの部屋は狭かったけど、ものでいっぱいだった。本とテープとコミックの山。飛行機の模型。車の模型。ボードゲーム。ベッドの上で、赤ちゃんのベッドの上にぶらさげるような太陽系の模型が回っていた。

パークはベッドの上にいて、エレナーが入ってきたのを見ると、ひじをついてからだを起こそうとした。

その顔を見て、エレナーは息を呑んだ。朝よりもずっとひどくなってる。

片目は腫れて開かない状態だし、鼻は紫色に膨れあがってる。エレナーは泣きたくなった。そして、キスしたくなった(本当のこと言って、なにを見ても、パークにキスしたくなる。もしパークが頭にシラミがいて、お腹に虫がいるって言っても、リップクリームを塗り直しそう。あたしてなんなの⁉)。

「大丈夫?」エレナーはきいた。パークはうなずいて、ベッドの背に寄りかかった。エレナーはリュックとコートを置くと、ベッドのほうへ歩いていった。パークが横にずれたので、あいた場所にすわった。

「わっ」すわったひょうしにうしろに倒れて、パークにかすってしまった。

パークはうめいて、エレナーの腕をつかんだ。

「ごめん。どうしよう、ほんとにごめん。大丈夫? まさかウォーターベッドだなんて思わなかったから」ウォーターベッドと言ったとたん、思わずクスッと笑ってしまった。

パークもちょっと笑ったけど、いびきみたいな音が出た。「母さんが買ったんだ。背骨にいいからって」

パークはけがをしてないほうの目も、両方閉じたまま、口もなるべく開かないようにしゃべった。

「しゃべると痛いの?」

パークはうなずいた。エレナーがバランスを取りもどしたあとも、パークは腕を放さなかった。むしろ、ますますきつく握りしめた。

エレナーはもう片方の手を伸ばすと、そっとパークの髪に触れた。そして、顔にかかった髪をどけた。すべすべしてるけどかたくて、指先に毛の一本一本が感じられた。

「ごめん」パークが言った。

エレナーは理由をきかなかった。

パークの左目の開いた隙間から涙があふれ出てきて、右の頰を伝った。エレナーはぬぐおうとしたけど、触れるのが怖かった。

「いいの……」エレナーは手をひざの上にもどした。

まだあたしと別れようとしてる？　だとしたら、耐えられそうにない。

「ぜんぶだめにしちゃった？」パークがきいた。

「ぜんぶって？」エレナーはささやいた。声を聞かせるのも、パークの負担になるような気がして。

「おれたちのことぜんぶ」

エレナーは首を横にふった。でも、パークには見えてないかもしれない。「そんなことない。ぜったいない」エレナーは言った。

パークはエレナーの腕をつかんだ手をすっとおろして、エレナーの手を握った。パークのひじから手首までと、Tシャツの袖のすぐ下の筋肉が収縮するのが見えた。

「パークの顔はだめにしちゃったかもしれないけど」

パークはうめいた。

「それでもいいの」エレナーは言った。「今まであたしにはかっこよすぎたし」

「おれのことかっこいいって思ってるの？」パークは聞き取りにくい声で言って、エレナーの手を引っぱった。

パークがあたしの顔を見られなくてよかった。「パークのこと……」

きれいだと思ってる。息が止まるくらい。ギリシャ神話に出てくる、神がその座を投げ打った人間みたいに。

あざと腫れのせいで、なぜかパークはますますきれいに見えた。さなぎから蝶になったみたいに。

「これからだって、あの子たちはあたしのこと、からかうと思う」思わず口をついて出た。「今回けんかしたからって、それは変わらない。だれかがあたしのことヘンとかブスとか言うたびに、蹴ってまわるわけにはいかないでしょ。もうしないって約束して。気にしないようにするって」

パークはもう一度エレナーの手を引っぱって、おそるおそる首をふった。

「そんなこと、どうでもいいの、パーク。パークがあたしを好きでいてくれるなら。神さまに誓ってもいい。それ以外のことはどうでもいいのよ」

パークはベッドに寄りかかって、エレナーの手を自分の胸にあてた。

「エレナー、何度言えばわかるんだ」パークは歯のあいだからかろうじて言った。「エレナーのことは好きなんじゃなくて……」

パークは外出禁止で、金曜日まで学校にもこられない。

でも、次の日、バスに乗っても、だれもエレナーにちょっかいは出してこなかった。

体育の授業のあと、科学の教科書にまた下品な言葉が書いてあるのを見つけた。**もうヤッた？**ぼてっとした紫のインクで書かれてる。エレナーは上から塗りつぶさずに、表紙ごと破って捨てた。貧乏でみじめでも、新しくカバーを作る紙くらいある。

放課後、家に帰ると、母親が子ども部屋までついてきた。二段ベッドの上に、慈善団体のグッドウィルで買ってきた古着のジーンズが二本、置いてあった。

「洗濯をしてたら、お金を見つけたの」母親は言った。リッチーがズボンにお金を入れたまま、忘れてたってことだ。酔っぱらって帰ってきて、そのあともお金の話を出さなかったら――バーで使ったと思ってることになる。

母親はお金を見つけると、リッチーが気づかないものに使うようにしていた。エレナーの服。ベンの下着。ツナ缶や小麦粉。引き出しや戸棚に隠しておけるようなものだ。

リッチーと付き合いだしてから、母親は天才的二重スパイになっていた。リッチーにばれないように、家族をなんとか生かしてきたのだ。

エレナーは、みんなが帰ってくる前にジーンズをはいてみた。ちょっと大きかったけど、ほかの持ってるパンツに比べればずっといい。ほかのはどれも、どこかしら問題があった。チャックが壊れてるとか、股のところが裂けてるとか。しょっちゅうシャツを引っぱって隠せば、すむけど。でも下がってくる以外、悪いところがないジーンズはうれしかった。

メイジーへのプレゼントは、袋いっぱいのバービー人形だった。人形たちはどれも半分しか服を着てなかったけど、メイジーは帰ってくると、二段ベッドの下に人形をぜんぶ並べて、上下がそろうようにうまく組み合わせた。

エレナーもベッドにあがりこんで、人形たちのほつれた髪をとかして、編むのを手伝ってやった。

「ケンも入ってればよかったのに」メイジーは言った。

金曜の朝、エレナーがバス停にいくと、パークが先にきて、待っていた。

第二十三章　パーク

パークの目のあざは紫から青になり、緑になり、黄色になった。

「いつまで外出禁止なの？」パークは母親にきいた。

「けんかしたことを反省するまで」母親は言った。

「反省してるよ」

でも、本当はしてなかった。けんかしたことで、バスのなにかが変わっていた。今では、前みたいな気が気じゃない感じはなくなって――少しくつろげるようになった。パークがスティーヴに立ち向かったからかもしれないし、もう隠すことがなくなったからかもしれない。

それに、目の前であんな蹴りを見たのは、みんな初めてだったのだ。

「あれ、ほんとすごかった」学校にもどって何日かたったころ、行きのバスでエレナーは言った。

「どこで習ったの？」

「幼稚園のころから、父親にテコンドーを習わされてんだよ……ほんとはあんなの、派手なだけでバカだったよ。スティーヴがまともに考えてたら、足をつかまれるか、突き飛ばされてた」

「まともに考えるってことが、スティーヴにできるならね……」

「エレナーはダサいと思ってると思ってた」

「うん、思ってる」

「ダサいけど、すごい？」

「両方、パークの得意分野でしょ」

「もう一度、試したいんだ」

「なにを？　あの『カラテ・キッド』を？　二度やったらだいなしよ。なにごとも引き際が肝心なんだから」

「ちがうよ、もう一度うちにきてほしいんだ。どう？」

「あたしがうんっていってもしょうがないでしょ。外出禁止ってことは、友だちがくるのもダメってことじゃないの？」

「だね……」

エレナー

パーク・シェリダンがスティーヴ・マーフィーの口に蹴りを入れたのはエレナーが原因だと、学校じゅうに知れわたっていた。

廊下を歩いていると、今までとはちがうヒソヒソ話が聞こえた。

地理の授業で、ふたりはエレナーを争ってけんかしたっていうのは本当かどうかきかれた。

「ちがうから！　ありえない」

でもあとから、そうだって言っとけばよかったと思った。ティナに伝われば、きっとぶち切れたのに。

けんかのあった日、デニースとビービーは流血事件の一部始終をききたがった。デニースなんて、お祝いだと言ってエレナーにアイスクリームをおごってくれた。

「スティーヴ・マーフィーの情けないケツに蹴りを入れたんなら、金メダルものよ」デニースは言った。

「やったのはパークよ。あたし自身はスティーヴのケツの近くにもいってない」と、エレナー。

「でも、あんたが原因なんでしょ。あんたの彼氏に蹴られて、スティーヴは泣きわめいたってきいたわよ」

「ちょっとちがうけど」

「あんたはね、もっと派手に宣伝するってことを学んだほうがいいって。あたしなんて、ジョンジーがスティーヴのケツを蹴飛ばしたら、『ロッキー』のテーマソングを歌いながら練り歩いてやる。ジャン、ジャジャジャン、ジャジャジャジャン……」

それを聞いて、ビービーがクスクス笑った。ビービーはデニースが言うことになんでも笑う。ふたりは小学校からの仲良しで、ふたりを知れば知るほど、エレナーは仲間に入れてもらったことが誇らしくなった。

たしかに、はみだし者グループだけど。

デニースは、オーバーオールの下にピンクのTシャツを着て、ピンクと黄色のリボンを髪に結び、脚にピンクのバンダナを巻いている。アイスクリームの列に並んでいるとき、通りがかりの男子が、なんだ、そのかっこう、黒人版パンキー・ブリュースターかよ、と言った。

デニースはこれっぽっちもひるまなかった。「あんなクズの言うことなんて、どうだっていい」デニースはエレナーに言った。「あたしにはジョンシーがいるから」

ジョンシーとデニースは婚約していた。ジョンシーはすでに卒業していて、チェーンスーパーの〈ショップコー〉で副店長をしている。デニースが結婚できる年になったらすぐに結婚する予定だった。

「いい人だもんね」ビービーがクスクス笑いながら言った。

ビービーが笑うと、エレナーも笑った。ビービーの笑いは伝染する。目にはいつも、めちゃくちゃびっくりしたような表情が浮かんでる。まじめな顔なんてしてられないときによくする顔。デニースがすかさずからかった。「エレナーは気に入らないかも。エレナーの好みは冷徹な殺し屋だから」

パーク

「いつまで外出禁止なんだよ?」パークは父親にきいた。

「それを決めるのはおれじゃない。母さんだ」パークの父親はソファーにすわって、『ソルジャー・オブ・フォーチュン』誌を読んでいた。

「母さんはずっとって言ってる」

「なら、ずっとなんだろう」

もう少しでクリスマス休暇で、学校が休みになる。クリスマス休暇のあいだも外出禁止だとすると、三週間もエレナーに会わずに過ごさなきゃならない。

「父さん……」

「いい考えがある」父親は言って、雑誌を置いた。「マニュアル車の運転を覚えたら、すぐにでも外出禁止を解いてやろう。そうしたら、彼女を乗せてドライブできるぞ……」

「どの彼女？」母親が食料品を抱えて、玄関から入ってきた。パークは立ちあがって、荷物を持ってあげた。父親も立ちあがって、おかえりのディープキスをした。

「運転ができるようになったら、外出禁止を解いてやると言ってたんだ」

「運転ならもうできるだろ！」パークはキッチンからどなった。

「オートマ車の運転なんて、ひざをつけて腕立てをするようなもんさ」父親が言った。

「ガールフレンドは禁止よ」母親は言った。「外出も禁止」

「だけど、いつまで？」パークはリビングにもどってきて、たずねた。両親はソファーにすわっていた。「永遠に外出禁止なんてありえないし」

「いや、ありえる」父親が言った。

「どうしてだよ？」

母親はいらだった顔をした。「あのトラブルの女の子のことを忘れるまで、外出禁止よ」

パークと父親はふたりともピタッと動きを止めて、母親を見た。

「トラブルってなんだよ？」

「デカ女のことだろ？」と、父親。

「あの子のこと、好きじゃないわ」母親はむきになって言った。「わたしの家にきて、泣いて。すごくヘンよ。そしたら今度は、あなたが友だちを蹴飛ばして、学校から電話があって、顔があざだらけになって……それにみんなが、そう、だれもがあの家族はやっかいだって言ってる。トラブルだらけだって。トラブルはお断りよ」

パークは息を吸いこんで、止めた。からだの中がすべてカアッと熱くなって、外に出すことすらできない。

「ミンディ……」父親は、待てというようにパークにむかって手を挙げた。

「いやよ」母親は言った。「だめ。おかしな白人の娘《こ》はうちには入れない」

「気づいてないかもしれないけど、おかしな白人の娘《こ》しか、おれにはいないんだ」パークはせいいっぱい大きな声で言った。これだけ怒っていても、母親にむかって声を荒らげることはできなかった。

「ほかにも女の子はいるわ。いい女の子が」

「エレナーはいい子だ。知りもしないくせに」

父親が立ちあがって、パークをドアのほうへ押しやった。「外へいけ」父親は有無を言わせぬ調子で言った。「外へいってバスケットボールでもしてろ」

「いい女の子は、男の子みたいな服を着ないわ」母親が言う。

「いけ」父親が言った。

バスケをする気分じゃなかったし、コートなしでは外は寒すぎた。しばらく家の前に立っていたが、それから、怒りに任せておばあちゃんの家までぐんぐん歩いていって、ノックしてからドアを開けた。おばあちゃんたちはいつも鍵は開けっ放しだった。

おじいちゃんとおばあちゃんはキッチンで、『クイズ一〇〇人にききました』を見ていた。おばあちゃんはポーランドの燻製ソーセージを作っている。

「パーク！　おまえがくるって予感がしてたんだよ！　テイター・トッツ《フライドポテト》を作りすぎちゃってね」おばあちゃんは言った。

「外出禁止じゃなかったのか？」おじいちゃんが言った。

「いいから、ハロルド。自分の祖父母の家にもいっちゃいけないなんてことはないだろう……気分はどうだい？　顔が赤いけど？」

「寒いだけ」パークは答えた。

「夕食も食べていくかい？」

「うん」

食事のあと、三人で『弁護士マトロック』を見た。おばあちゃんはかぎ針編みで、だれかの赤ん坊の誕生祝いの毛布を編んでいる。パークはテレビの画面をじっと見つめていたけど、なにひとつ頭に入ってこなかった。

おばあちゃんはテレビのうしろの壁を二十センチ×二十五センチの額に入れた写真で埋め尽くしていた。父親の写真、ベトナム戦争で死んだ父親のお兄さんの写真、一年ごとに撮ったパークとジョシュの写真。それよりひとまわり小さい、父親と母親の結婚式の写真もある。父親は礼装し、母親はピンクのミニスカートをはいていた。隅に「一九七〇年ソウル」とある。父親は二十三歳、母親は十八歳で、今のパークと二歳しかちがわなかった。

みんな、子どもができたと思ってたんだよ、と父親は言った。でも、そうじゃなかった。「けっきょくは妊娠してたんだが、それとはちがう。おれたちはただ愛し合って、結婚したんだ」

母親がエレナーのことをすぐには気に入らないのは、予想がついていた。でも、あんなふうに拒絶するとは思ってなかった。母親はだれにでも感じがいい。おまえの母親は天使だよ、いつもおばあちゃんはそう言っている。みんながそう言う。

さらに警察ドラマの『ヒルストリート・ブルース』を見たあと、おばあちゃんたちはパークを家へ帰した。

母親は寝ていたが、父親はソファーにすわって、パークを待っていた。パークはそのまま通りすぎようとした。

「すわれ」父親は言った。

パークはすわった。

「もう外出禁止は終わりだ」

「どうして？」

「理由はどうでもいい。外出禁止は終わりだ。それと、母さんは後悔してる。自分が言ったことぜんぶ」

「父さんがそう言ってるだけだろ」

父親はため息をついた。「まあ、そうかもしれない。だとしても同じことだ。母さんはおまえにとっていちばんいいことを望んでるんだ。わかるだろ？　今までだってそうだっただろう？」

「まあそうだけど……」

「母さんはおまえのことを心配してるんだ。母さんはおまえがガールフレンドを選ぶのに手を貸せると思ってるんだ。これまで授業や服を選ぶのを手伝ってきたみたいに……」

「服は選んでもらったことないよ」

「いいから、だまって聞け」

パークはブルーのひじかけ椅子に寄りかかって、口を閉じた。

「今回のことは、おれたちにとっても新しいことなんだ。わかるだろ？　母さんは後悔してる。おまえの気持ちを傷つけたことを後悔して、おまえの彼女を食事に呼びたいって言ってる」

「それで、エレナーがヘンだってこと、思い知らせようってわけ？」

「そう言うが、彼女は実際、ヘンじゃないか」

パークは怒る気力も残っていなかった。大きく息を吐いて、背もたれに頭を預ける。父親は続けた。「だから、おまえは彼女のことが好きなんだろう？」

まだ怒りつづけるべきだとわかっていた。

今回の状況は、クールでもなければ、まともでもないことだらけだ。

でも、もう外出禁止は解けたし、これからまたエレナーと長い時間過ごせる……もしかしたら、ふたりきりになれる方法が見つかるかもしれない。早くエレナーに伝えたい。朝になるのが、待ち遠しかった。

第二十四章　エレナー

こんなことを言うのはひどいかもしれない。でも正直いって、どなり声が響いていても、眠りつづけることはたまにあった。

もどってきて二ヶ月ほどたつと、そういうことが多くなっていった。リッチーが腹を立てるたびにいちいち起きていたら……奥の部屋でリッチーがどなるたびに、怖がっていたら……。

メイジーが二段ベッドの上に這いあがってきて、エレナーを起こすこともあった。昼間はぜったいにエレナーに泣き顔を見せないメイジーが、夜は小さな赤ん坊のように震えて、指をしゃぶった。子どもたちは五人とも、声を出さずに泣くことを覚えていた。「大丈夫よ」エレナーはメイジーを抱いてやった。「大丈夫」

でも今夜、エレナーは目が覚めたとたん、いつもとはなにかがちがうことに気づいた。裏口のドアが勢いよく開く音が聞こえ、まだ完全に目が覚める前から、外で何人かの男たちがののしりあってるのがわかった。

さらにキッチンでバタンという音がして——銃声が響きわたった。銃声なんて聞いたことはないけど、銃声だとわかった。

ギャングだ、とエレナーは思った。ドラッグの売人か、強姦魔か。ドラッグの売人で強姦魔ってこともありえる。リッチーの頭から骨を抜き取りたいと思ってる凶悪犯なら、いくらでもいるだろう。リッチーは友人さえ、おっかない連中ばかりだ。

銃声を聞いたのと同時に、無意識のうちにベッドからおりたみたいだ。気がつくと、すでに下段までおりて、メイジーを乗りこえていた。「動かないで」メイジーが起きているかもわからないまま、ささやく。

そして、ぎりぎり通れるくらいだけ窓を開けた。網戸はついていない。外に這い出ると、ベランダからおり、足音を立てないようにとなりの家まで走っていった。となりには、ジルという老人が住んでいる。Tシャツにサスペンダー姿で家の前を掃きながら、いつもこっちをにらみつけてくる。

ジルはなかなかドアを開けなかった。ようやく開けたとき、エレナーはノックでアドレナリンを使い果たしていた。

「こんばんは」エレナーは消え入るような声で言った。

ジルは怒りもあらわに、おそろしい形相でエレナーをにらみつけた。これと比べたら、ティナなんて赤ん坊だ。

「電話をお借りしてもいいですか？　警察に電話したいんです」エレナーは言った。

「なんだと？」ジルは吠えるように言った。髪は脂ぎり、パジャマの上にもサスペンダーをしていた。

「警察に通報したいんです」まるで砂糖をわけてもらえませんか、とでも言ってるような口調になってしまった。「そうじゃなければ、代わりに電話していただけますか？　うちに男たちがきて、銃を持ってるんです。お願いします」

ジルはたいしておどろいたようすも見せなかったが、中に入れてくれた。家の中はとてもきれいだった。前は奥さんがいたんだろうか。それとも、レース飾りオタクとか。電話は台所にあった。「家に何人か男がいるようなんです。銃声がしたんです」エレナーは緊急電話のオペレーターに言った。

ジルは帰れと言わなかったので、台所で警察がくるのを待った。カウンターに皿いっぱいのブラウニーが置いてあったが、エレナーに勧める気はないようだ。冷蔵庫はアメリカの州の形をしたマグネットでいっぱいで、ニワトリの形のタイマーまである。ジルは台所のテーブルにすわると、タバコに火をつけた。ちなみに、そっちも勧めてこなかった。

警察がくると、エレナーは外へ出ていった。急に裸足なのが恥ずかしくなる。ジルはバタンとドアを閉めた。

警官は車から降りてこなかった。「電話したのはきみかい？」ひとりがきいた。

「家の中で音がしたんです」エレナーは震えながら言った。「どなり声がして、それから銃声が」

「わかった。ちょっと待ってなさい。いっしょに中へ入るから」

いっしょに？　うちにもどるなんていや。リビングに〈ヘルズ・エンジェルズ〉みたいなギャング団がいたら、どうすればいいわけ？

警官はふたりとも、大柄で黒いブーツを履いていた。ふたりは車を停めると、エレナーのあとについて玄関の階段をあがってきた。

「さあ、ドアを開けて」ひとりが言った。

「むりです。鍵がかかってるから」

「どうやって出たんだ？」

「窓から」

「なら、窓から中に入って」

次に警察に電話するときは、占領された建物にひとりで入れなんて言わない警官をリクエストしなきゃならないらしい。消防士もこうなわけ？　じゃあ、お嬢さん、先に入って、鍵を開けてきてくれるかい？

エレナーは窓から中に入って、メイジーを乗りこえ（まだ眠っていた）、リビングへ走っていって玄関を開け、部屋に駆けもどって、二段ベッドの下の段にすわった。

「警察だ」声が聞こえた。

リッチーがののしる声がした。「いったいなんなんだ？」

母親の声。「どういうことなんです？」

「警察だ！」

小さい子たちも目を覚まし、必死で身を寄せ合おうとした。だれかが赤ん坊を踏みつけ、赤ん坊が泣きだした。

警察が踏みこんでくる音がした。リッチーがどなっている。子ども部屋のドアが勢いよく開き、母親が破れた白いネグリジェを着て、『ジェーン・エア』のロチェスターの発狂した妻みたいなようすで飛びこんできた。

「警察に電話したの？」母親はエレナーにきいた。

エレナーはうなずいた。「銃声がしたから」

「シィィィ」母親は駆けよって、強すぎる力でエレナーの口をふさいだ。「これ以上なにも言わないで」母親は押し殺した声で言った。「なにか聞かれたら、まちがいだったと言って。まちがいだから」

ドアが開いて、母親がぱっと手を離した。二本の懐中電灯が部屋を照らし出した。小さい子たちはみんな起きて、泣いている。目をネコのように光らせて。

「怖がってるだけです」母親が言った。「状況がわからないから」

「だれもいないぞ」警官はエレナーに懐中電灯を向けて言った。「庭も地下室も調べた」

安心させると言うより責めているような口調だった。

「ごめんなさい、なにか聞こえたような気がして……」

光が消え、リビングで三人が話している声が聞こえてきた。警官の重いブーツが外に出ていく音がして、パトカーが走り去った。窓はまだ開けっ放しだった。

それから、リッチーが部屋に入ってきた。これまでリッチーはこの部屋に入ったことはなかった。エレナーはまたアドレナリンが一気に放出されるのを感じた。

「なに考えてやがるんだ？」リッチーは小声で言った。

エレナーはだまっていた。母親が手を握ってきた。エレナーはぐっと歯を食いしばった。

「リッチー、エレナーは知らなかったのよ。銃声が聞こえたから」母親は言った。

「クソめ」リッチーはこぶしでドアをたたいた。ベニア板が裂けた。

「エレナーはあたしたちを守ろうとしたのよ。まちがいだったけど」

「おれを追い払おうとしてんのか？　おれを追い払えると思ってんのか？」

エレナーは母親の肩に顔を埋《うず》めた。でも、盾にはならない。この部屋でいちばんリッチーがなぐりそうな場所に隠れているのだから。

「まちがいだったの」母親はそっと言った。「あたしたちを助けようと思ったのよ」

「二度とやつらを呼んだりするな」リッチーはエレナーに言った。声はかすれ、目は血走っている。「二度とするな」

それから、声を張りあげた。「てめえのことなんか、いつでも追い出せんだ！」そして、バタンとドアを閉めた。

「寝なさい」母親は言った。「みんな——」

「でも、ママ……」エレナーはささやいた。

「寝なさい」母親はエレナーが二段ベッドのはしごをのぼるのを手伝った。それから、身を乗り出して、エレナーの耳に口をつけた。「リッチーだったのよ。公園で子どもがバスケットボールをしてて、うるさかったから……ただ脅かそうとしただけなの。でも、銃の許可証は持ってないし、ほかにもまずいものが家にあるから——逮捕されるかもしれなかったのよ。もう今夜はなにも言わないで。一言も」

母親は弟たちの枕元にひざをつくと、しばらく撫でたり、シィィィと声をかけたりしてから、よろよろと部屋を出ていった。

五つの心臓が鼓動してる音が聞こえる。全員が泣き声をこらえてる。からだの内側で泣いている。エレナーはベッドから出ると、メイジーのところへいった。

「大丈夫」エレナーは弟妹たちにむかって言った。「もう大丈夫だから」

第二十五章　パーク

今朝のエレナーは、どこかぼんやりしていた。バスを待っているあいだもなにも言わなかったし、バスに乗っても、ドサリと席にすわって、壁に寄りかかってしまった。

袖を引っぱってみたけど、エレナーはにこりともしなかった。「大丈夫？」パークはきいた。

エレナーはパークのほうを見あげた。「もう平気」

パークは信じなかった。もう一度袖を引っぱる。

エレナーはパークのほうに倒れてきて、肩に顔を埋めた。

パークはエレナーの髪に顔を埋めて、目を閉じた。

「大丈夫？」パークはきいた。

「なんとか」

バスが止まると、エレナーは離れた。バスから降りると、もう手を握らせてくれない。廊下でも、ぜったいに触れようとしない。人に見られるから、っていうのが理由だ。

本当にそんなこと、気にしてるのか？　見られたくない女の子は、髪にカーテンのタッセルをつけたりしない。スパイクがびっしりついてる男物のゴルフシューズを履いたりしない。

だから、今日はエレナーのロッカーの横に立って、エレナーに触れることだけを考えていた。エレナーに昨日のニュースを伝えたかった。でも、エレナーは完全にうわのそらで、パークの声も届いていないようだった。

エレナー

　今度はどこへいこう？

　ヒックマンさんのところへもどる？

こんにちは、前に母が二、三日あたしを置いてくれって言ったときのことは覚えてます？　それで一年間、迎えにこなかったときのことです。あのときあたしを児童保護施設に預けないでくれたこと、本当に感謝してます。クリスチャンらしい行いだと思います。まだあのソファーベッドはあります？

　って、ファックでしょ。

　こんな言葉、リッチーが越してくるまでは、本やトイレの壁の落書きでしか見たことがなかった。ファック、ファック、ファック・ユー、あばずれ《ビッチ》、——おれのステレオに触ったのは、どこのファック野郎だ？

　前のときは、やられるまで予想もしていなかった。そう、実際家から追い出されるまで。

　予想していなかったのは、そんなことがありえるなんて思ってもいなかったから。リッチーに家から追い出されるなんて想像もしてなかったし、まさか母親がそれを止めないなんて、考えもしなかった（リッチーは、母親が自分の側につきつつあることにエレナーより先に気づいていたにちがいない）。

あの日のことは思い出すだけで、いてもたってもいられなくなる。そう、なによりもまず、耐えられないような気持ちになる。あれは、エレナーのミスだったから。自分からそうしてくれと言ってしまったようなものだから。

そのとき、エレナーは部屋にいて、母親がグッドウィルから持って帰った古いマニュアルのタイプライターで歌詞を打ちこんでいた。新しいインクリボンが必要だったけど（カートリッジは箱いっぱいあったけど、どれも合わなかった）、なんとか文字は打てた。エレナーは、そのタイプライターのすべてを気に入っていた。キーの感触も、ねばりつくようなガシャッガシャッという音も。においも。金属と靴磨きのにおいだった。

その日、エレナーはたいくつしていた。あの事件が起こった日。

暑い日で、ゴロゴロするか、本を読むか、テレビを見るくらいしかすることがなかった。リッチーはリビングにいた。二時か三時にようやく起きてきて、機嫌が悪いのは一目でわかった。母親は不安げに家の中を歩きまわって、リッチーにレモネードを作ったりサンドイッチを用意したりアスピリンを出したりしていた。そういうときの母親が、エレナーは大嫌いだった。際限なく服従する感じが。同じ部屋にいるだけで屈辱だった。

だから、二階へいって、歌詞をタイプしていた。イギリスのバラードの「スカボロー・フェア」だ。

リッチーが文句を言ってるのが聞こえた。「なんだ、あのうるせえ音は？　クソッ、サブリナ、あいつを静かにさせろ！」

母親がつま先立って階段をのぼってきて、エレナーの部屋のドアから顔を出した。「リッチーの具合がよくないの。それ、やめてくれる?」母親は青ざめて、不安そうな顔をしている。エレナーはその顔も大嫌いだった。

エレナーは、母親が下におりていくのを待った。それから、どうしてそうするのか深く考えもせずに、わざとキーを押した。

A

ガシャッ　ピチ。

キーを押した指先が震えた。

R E

ガ、ガ、ガ、ピチ、タン。

なにも起こらなかった。だれも動かない。家は暑くて、こわばって、地獄の図書館みたいに静かだった。エレナーは目を閉じて、くっとあごをあげた。

YOU GOING TO SCRABOROUGH FAIR PARSLEY SAAGE ROSEMAYRY AND THYME

リッチーが猛烈な勢いで階段をあがってきた。エレナーの想像の中では、飛んでいた。そして、想像の中では、火の玉を投げつけてドアを開けた。

エレナーが身構えるより先に、リッチーは突進してきて、タイプライターをもぎ取り、壁にたたきつけた。タイプライターはしっくいをつき破って、下地の板に引っかかった。

ショックのあまり、リッチーがどなっている内容が聞き取れなかった。**デブ、ファック、あばずれ《ビッチ》。**

リッチーがこんな近くまできたことはない。エレナーは恐怖のあまり、うしろに倒れた。目に浮かんだ恐怖を見られたくなくて、両手で顔を隠し、枕に押しつける。

デブ、ファック、あばずれ《ビッチ》。サブリナ、おまえにも言ったはずだ。

「あんたなんか大っ嫌い」クッションにむかって小声で言う。なにかがバタンと音を立て、母親が部屋の入り口で小声でなにか言っているのが聞こえた。赤ん坊を寝かしつけようとするみたいに。

デブ、ファック、あばずれ《ビッチ》。このヤリマン、ヤリマン女め。

「大っ嫌い」エレナーは大きな声で言った。「あんたなんか大っ嫌い、大っ嫌い、大っ嫌い」

クソッタレ。

「大っ嫌い」

てめえらみんなクソッタレだ。

「あんたこそクソよ!」

バカなアバズレめ!

「クソッタレ、クソッタレ、クソッタレ!」

なんて言いやがった?

エレナーの想像の中で、家が震えた。

母親がエレナーを引っぱって、ベッドから引きずり出そうとした。母親についていこうとしたが、恐怖のあまり立ちあがれない。床に腹ばいになって、逃げたかった。部屋に煙が充満してるふりをして。

リッチーはわめきちらしている。母親はエレナーを階段の上まで引っぱっていって、おりろというようにぐいと押した。リッチーはすぐうしろまできていた。

エレナーは倒れこんで手すりにつかまり、文字どおり手足をつくようにして玄関まで駆けおりた。そして、外へ飛びだすと、表の道路まで走っていった。ベンがポーチにすわって、ミニカーで遊んでいた。ベンは手を止めて、エレナーが走っていくのを見ていた。

このまま走りつづけたほうがいい？　でもどこへ？　子どものころですら、家出しようなんて思ったこともないのに？　庭の境界を越えることすら、想像できなかった。どこへいけばいい？　だれのところへいけばいいの？

ふたたび玄関が開き、エレナーは思わず二、三歩、表の道路へ出た。出てきたのは、母親だけだった。母親はエレナーの腕をつかむと、近所の家のほうへ足早に歩きはじめた。

このとき、どうなるかわかっていれば、走ってもどって、ベンにさよならを言ったのに。メイジーとマウスを探して、頰にたっぷりキスをしたのに。赤ん坊を一目見るために、もう一度家にあげてくれるようたのんだかもしれないのに。

そして、もしリッチーが中で待っていたら、ひざまずいて、ここにいさせてくれとたのんだかもしれない。リッチーがエレナーに言わせたいと思っていたことを、言ってしまったかもしれない。

今、リッチーがそれを望んでいるなら――エレナーが許してくれと泣きつくのを望んでいるなら、そうすればここにいさせてもらえるなら、エレナーはそうしてしまうだろう。

リッチーがそれに気づいていないことを、エレナーは祈った。

もはやそこまで落ちぶれている自分に、だれも気づかないことを、エレナーは祈った。

パーク

エレナーは、国語の授業でステッスマン先生を無視した。

歴史では、窓の外をぼうっと見ていた。

帰り道も、イライラしてはいなかった。ただ、なんの感情も感じられなかった。

「大丈夫？」パークはきいた。

エレナーのうなずいた頭がパークにかすった。

エレナーのバス停に着いたとき、パークはまだ話せないでいた。パークはぱっと立ちあがって、エレナーのあとを追いかけた。エレナーがそうしてほしくないのはわかっていたのに。

「パーク……」エレナーは不安げに通りの先の家のほうを見た。

「わかってる」パークは言った。「でも、話しておきたかったんだ。もう外出禁止は解けたって」

「そうなの？」

「うんまあ」パークはうなずいた。

「よかったね」

「うん……」

エレナーはうちのほうをふりかえった。

「だから、またうちにこられるよ」

「そう」

「エレナーがきたいならだけど」パークが思っていた展開とはちがった。エレナーはパークのほうを見ているときも、パークのことを見ていなかった。

「そう」

「エレナー？　本当に大丈夫？」

エレナーはうなずいた。

「今もまだ……」パークは、リュックの肩ベルトをぎゅっとつかんだ。「その、今もまだ、きたいと思ってる？　今もまだ、おれのこと想ってる？」

エレナーはうなずいた。今にも泣きだしそうに見えた。今度はうちで泣かないでほしいとパークは思った……もしまたきたらの話だけど。エレナーが指のあいだからすり抜けていくような気がした。

「ただ疲れてるだけ」エレナーは言った。

第二十六章　エレナー

パークを想ってるかって？

パークの中に溶けてしまいたい。パークの腕が止血帯みたいにぎゅっと抱きしめてくれたら。どれだけあたしがパークを必要としてるか知ったら、パークは逃げてしまうだろう。

第二十七章　エレナー

次の朝、少し気分がよくなっていた。いつも、朝がいちばん調子がいい。

今朝、目を覚ますと、バカなネコがすぐ横で丸まっていた。エレナーが、そのネコのことも、ネコ全般も、好きじゃないことがわかってないみたいに。

それから母親が、リッチーがいらないと言った目玉焼きのサンドイッチをくれて、欠けたガラスの花をエレナーのジャケットにつけた。

「リサイクルショップで見つけたの。メイジーがほしがったんだけど、エレナーにとっておいたのよ」そして、耳のうしろにヴァニラをちょん、とつけた。

「放課後、ティナの家にいくかも」

「いいわ。楽しんでらっしゃい」

バス停でパークが待ってるといいなと思ったけど、いなくても責められる立場じゃない。でも、パークは待っていた。まだうす暗いバス停で、グレーのトレンチコートと黒のハイトップのスニーカーを履いて、エレナーがくるのを待っていた。

最後の二、三軒の前を走って、パークのところまでいった。「おはよう」そして、両手でパークをぐいっと押した。

パークは笑いながら、うしろにさがった。「きみはだれ？」

「あなたの彼女よ」エレナーは言った。「みんなにきいてみれば」

「ちがうよ……おれの彼女は悲しそうで静かで、おれを心配させてひと晩中眠らせてくれないんだ」

「最低。別の子と付き合ったほうがいいんじゃない」

パークはにっこりして、首を横にふった。

寒くて、まだうす暗かったから、パークの吐く息が見えた。エレナーはそれを吸いこみたくなって、必死でこらえた。

「今日、学校の帰りに友だちの家へいくって言ったの……」

「ほんと？」

リュックの肩ひもを、片方からぶらさげないで、ちゃんと両肩にかけてる子はパークしか知らない。それに、いつも肩ひもをしっかり握ってる。飛行機から飛びおりようとしてるみたいに。

そこが、すっごくかわいい。照れて、うつむくところなんて、最高にかわいい。

エレナーはパークの前髪を引っぱった。「ほんと」

「やった」パークは頬を輝かせて、口を大きく開けて笑った。

パークの顔を嚙んじゃだめ、エレナーは自分に言い聞かせた。そんなのヘンだし、がっついてるみたいだし、ラストがキスシーンで終わる映画とかホームコメディじゃ、ぜったいありえないから。

「昨日はごめん」エレナーは言った。

パークは肩ひもをぎゅっと握って、肩をすくめた。「昨日はもう終わったよ」

ああもう、ぜんぶ食べちゃっていいわけ？

パーク

もう少しで母親が言ったことをぜんぶ話してしまいそうになった。

隠し事をするのは、よくないような気がしたのだ。

でも、あんなことを話すほうがよくない気もする。エレナーがよけい緊張するだけだ。やっぱりこないとか、言いだすかもしれないし……。

それに、今日、エレナーはすごく楽しそうだった。まるでちがう子みたいに。何度も手を握ってくれたし、バスから降りるとき、そっとパークの肩を嚙んだ。

だいたい、もし話したら、少なくとも一度帰って、服を着がえるって言いだすだろう。今日のエレナーは、ぶかぶかのオレンジのアーガイルのセーターと、シルクのグリーンのネクタイと、だぼっとしたペインターデニムをはいていた。

そもそもエレナーが女の子の服を持っているかどうかもわからなかった。そんなこと、どうでもよかった。持ってないところが、またよかった。それも、パークがゲイっぽいところなのかもしれないけど、たぶんちがう。だって、もし髪を切って、ひげを生やしたとしたって、エレナーは男には見えない。男物を着ると、かえって彼女が女だってことが強調される。

「きみはだれ?」国語の時間、まだほほえんでいるエレナーにパークはきいた。

「みんなにきいてみれば」

エレナー

スペイン語の授業で、友だちにスペイン語で手紙を書くことになった。生徒たちが書いているあいだ、セニョーラ・ボウソン先生は、『ケ・パサ、USA?』を流していた。マイアミのキューバ系アメリカ人を描いたドラマで、英語とスペイン語で放映されている。

親愛なるシェリダンさま《Estimado senor Sheridan》
あなたの顔を食べちゃいたい《Mi gusta comer su cara.》
キスを《Besos,》
エレナー《Leonor》

そのあとも、不安になったり怖くなったりするたびに、楽しい気持ちになるよう自分に言い聞かせた(本当に楽しくなれはしなかったけど、それ以上悪くならずにすんだ……)。

パークの家族はきちんとした人たちにちがいない、だってパークを育てたんだから。でもこれって、エレナーの家族には当てはまらないけど。それはそれ。別にひとりでパークの家族に立ち向かうわけじゃない。パークもいてくれる。そこが大切なんだから。パークといっしょにいるためなら、どこへだっていけるはず。

七時間目のあと、エレナーはパークを見たことのない場所でパークを見た。顕微鏡を持って、三階の廊下を歩いていくところだった。会えると思ってなかった場所で会えると、うれしさも二倍に感じた。

第二十八章　パーク

昼休みに母親に電話して、エレナーがくることを伝えた。電話は、カウンセラーが使わせてくれた（ミセス・ダンは、なにか困ったことがあったとき、ここぞとばかりに親切にするのが大好きだったから、ただ緊急だとにおわせるだけでよかった）。

「放課後にエレナーがくるってことだけ、言っときたくて。父さんにいいって言われたから」パークは母親に言った。

「わかったわ」母親は認めているふりさえせずに言った。「食事も食べていくの？」

「わからない。たぶん、食べていかないんじゃないかな」

母親はため息をついた。

「エレナーに感じよくしてよ、ね」

「わたしはだれにだって、感じよくしてる」母親は言った。「知ってるでしょ？」

バスに乗ってるときから、エレナーが緊張してるのはわかった。なにも言わずに、何度も下唇を噛むので、唇が白くなって、唇にまでそばかすがあるのが見えた。

パークは『ウォッチメン』の話をしようとした。ちょうど四巻を読んだばかりだった。「海賊のストーリーはどう思う？」

「海賊のストーリーって？」

「海賊のコミックばっかり読んでるキャラクターがいるだろ。物語内の物語だよ。あの海賊のストーリーのこと」

「そこは飛ばして読んだから」

「飛ばしたの？」

「だってつまらないもの。ワーワーワー、海賊だ！　ワーワーワー。意味のないことをくっちゃべってるだけ」

「アラン・ムーアが書いたものに、くっちゃべってるだけのものなんてないよ」パークはムッとして言った。

エレナーは肩をすくめて、また唇を噛んだ。

「エレナーが最初に読んだコミックが、コミックっていうジャンルの五十年の歴史をぜんぶ解体したような作品だったのは、失敗だったかも」

「へぇ、くっちゃべりジャンル？」

エレナーの家の近くでバスが止まると、エレナーはパークを見た。

「うちのバス停で降りよう」パークは言った。「いい？」

エレナーはまた肩をすくめた。

ふたりは、パークのバス停で降りた。スティーヴもティナも、バスのうしろの席にすわってる子たちはみんなここで降りる。スティーヴのバイトのない日は、スティーヴの家のガレージで、冬でもたむろしていた。

パークとエレナーは、スティーヴたちのあとをついていく形になった。

「今日、ヘンなかっこうでごめん」エレナーは言った。

「いつもどおりだよ」エレナーの腕の先にぶらさがっているかばんを持とうとしたけど、エレナーはさっと引っこめた。

「いつもヘンってこと？」

「そういう意味じゃないよ……」

「今、そう言ったじゃない」

今は怒らないで、とエレナーに言いたかった。ほかのときはいいから、今だけはやめてくれ。明日は一日じゅう、理由もなく怒ってたっていいから。

「女の子に自分だけ特別って気持ちにさせるのが、うまいのね」

「女の子のことをわかってるふりなんてしたことないよ」

「へえ、そう？　女の子を部屋にあげてもいいって言われてたって……」

「部屋にはあげたよ。でも、なにも学ばなかった」

ふたりはパークの家の玄関で立ち止まった。パークはエレナーのかばんを持って、落ち着いているふりをしようとした。エレナーは、今にも逃げ出しそうなようすで表の通りのほうをふりかえった。

「おれはただ、ふだんのエレナーとなにも変わらないって言いたかっただけだよ」パークは小声で言った。ドアのむこうに母親が立っているかもしれない。「エレナーはいつもすてきだ」

「すてきなんかじゃない」エレナーは言った。まるでパークがバカだっていうみたいに。

「エレナーのかっこうが、おれは好きなんだ」誉めているというより、けんかしてるみたいな言い方になってしまった。

「それと、すてきとはちがう」

「いいよ、なら、ホーボーみたいだ」

「ホーボー？」エレナーの目が光った。

「そうだよ、貨物列車に乗って、行く先々で働いてる連中さ。ミュージカルの『ゴッドスペル』のキャストにいそうな感じ」

「なに、それ？　知らない」

「かなりひどい」

エレナーはパークに一歩近づいた。「あたし、ホーボーみたい？」

「もっとひどいよ。悲しい顔をしたホーボーの道化だ」

「で、パークはそれ、好きなの？」

「すっごくね」

そう言ったとたん、エレナーはにっこりほほえんだ。エレナーがほほえむと、パークの中でなにかが砕けた。

いつもそうだった。

エレナー

パークのお母さんがあのタイミングでドアを開けてくれて、よかったかも。あのとき、エレナーはパークにキスしたくなってたから。あたし、なに考えてるんだろう。だいたいキスのことなんて、なにも知らないのに。

もちろん、テレビでなら百万回くらい見てる（『ハッピーデイズ』の不良少年フォンジーに感謝ってとこ）。でも、テレビはくわしい方法まで教えてはくれない。キスしようとしたら、小さい女の子がバービーとケンをキスさせるときの実物バージョンになりそう。ただ顔がゴツッてぶつかるだけ。

それに、盛大にぎこちないキスをしてるときに、パークのお母さんがドアを開けたりしたら、ますます嫌われる。

パークのお母さんはエレナーのことを嫌ってる。それはすぐにわかった。もしくは、エレナーの体現しているものが嫌いなのかもしれないけど。つまり、自分のうちのリビングで、自分の長男を誘惑する女っていう図が。

エレナーはパークのあとについてリビングに入っていって、すわった。いつにもまして、とびきり礼儀正しくするよう心がけた。パークのお母さんがお菓子がいるかどうかたずねたときは「うれしいです、ぜひいただきます」と言った。パークのお母さんは、ベビーブルー色のソファーにだれかがこぼしたものでも見るみたいな目をむけたけどクッキーを持ってきて、あとはふたりきりにしてくれた。

パークはすごくうれしそうだった。エレナーは、パークといっしょにいられるということだけに集中しようとした――けど、実際はヘンなことをしないようにしよう、しよう、と思うだけで、集中力の大部分が費やされた。

パークの家のちょっとしたことに、びくついてしまう。そこらじゅうにガラスのぶどうの飾りがぶらさげてあること。カーテンがソファーとおそろいで、ソファーは、照明の下に敷いてある小さなレースのナプキンとおそろいなこと。

こんなにすてきでたいくつな家で、おもしろい子が育つなんて思えない。でも、パークはだれよりも頭がよくて、だれよりもおもしろい。そしてここが、彼の育った母星なのだ。

パークのお母さんや、お母さんのエイボン・レディの家なんてたいしたことない。そう思いたかった。でも、こんな家で暮らせたらどんなにいいだろうと思わずにはいられなかった。自分だけの部屋があって、自分だけの両親がいて、戸棚には六種類のクッキーがあって。

パーク

エレナーが言ったことは本当だった。エレナーはすてきなんかじゃない。エレナーはアートだけど、アートは必ずしもすてきじゃない。アートっていうのは、人になんらかの感情を起こさせるものだから。

エレナーがソファーのとなりにすわってると、窓を開け放った部屋の真ん中にいるような気がした。部屋の空気をぜんぶ、前よりいい真新しい空気に入れ替えたみたいに（二倍、新鮮になったみたいに)。

　エレナーは、手を握らせてくれなかったし、夕食も食べていかなかった。でも、また明日もくると言った。パークの両親がいいって言ってくれるなら。もちろん、両親はいいと言った。

　今までのところ、母親はみごとに感じよくふるまっていた。美容室のお客や近所の人がきたときみたいに愛嬌《あいきょう》をふりまくことはなかったけど、失礼な態度もとらなかった。それに、エレナーがくるたびに隠れていたいなら、キッチンにいるのは母親特権みたいなものだろうし。

　エレナーは木曜と金曜の午後にも遊びにきた。そして、土曜日、ジョシュと三人でニンテンドーで遊んでいると、パークの父親が夕食を食べていくよう誘った。

　エレナーが「はい」と言ったときは、信じられなかった。パークの父親は食卓に一枚板を取りつけて大きくし、エレナーはパークのとなりにすわった。エレナーが緊張しているのは、わかった。ミートソースのはさまったサンドイッチにもほとんど手をつけなかったし、そのうち笑顔が端からじわじわとゆがんでいったから。

　夕食のあと、ケーブルテレビで『バック・トゥ・ザ・フューチャー』を見た。母親はポップコーンを作ってくれた。エレナーはパークといっしょに床にすわってソファーに寄りかかり、パークがこっそり手を握ると、そのままにしていた。パークはエレナーの手のひらをもんだ。エレナーが好きだって知ってたから。エレナーのまぶたが、そのまま寝てしまいそうにさがってきた。

　映画が終わると、父親はパークにエレナーを家まで送るようにと言った。

「今日は、お招きいただきありがとうございました、シェリダンさん。それに、ごちそうさまでした、ミセス・シェリダン。とてもおいしかったです。とても楽しかったです」皮肉めいた響きは一切なかった。

玄関までいくと、エレナーはうしろへむかって大きな声で言った。「おやすみなさい！」

パークはエレナーと外へ出て、ドアを閉めた。エレナーの顔から、こわばった愛想のよさがみるみる消えていくのが、目に見えるような気がした。エレナーを抱きしめて、いっしょに緊張をしぼりだしてやりたくなった。

「うちまでくるのはむりよ」いつものするどい口調でエレナーは言った。「わかってるでしょ？」

「わかってる。でも、途中までならいいだろ」

「でも……」

「いいじゃないか。暗いし。だれにも見られないよ」

「わかった」エレナーは言ったけれど、両手ともポケットに突っこんだ。ふたりはゆっくりと歩いていった。

「パークの家族はほんと、すてきね」しばらくして、エレナーが言った。「ほんとに」

パークはエレナーの腕をとった。「ねえ、ちょっと見せたいものがあるんだ」パークはエレナーを、松の木とキャンピングカーのあいだの私道に引っぱっていった。

「パーク、ここ、人んちでしょ」

「ちがうよ。うちのおばあちゃんたちの家だよ」

「見せたいものってなに？」

「ほんとは、そんなのないんだ。ちょっとでいいから、ふたりきりになりたかっただけ」

私道の奥までいくと、並木とキャンピングカーとガレージの陰に隠れて、表からはほとんど見えなくなった。

「ウソでしょ？　それ、ダサすぎる」

「わかってる」パークはエレナーのほうにむき直った。「今度からこう言うよ、『エレナーいっしょにうす暗い路地にいこう。キスしたいから』って」

エレナーはいつもみたいにあきれたような顔をしなかった。その代わりに、すうっと息を吸いこんで目を閉じた。最近やっと、どうすればエレナーの緊張をとけるか、わかってきた気がする。でも、エレナーがポケットに入れた両手をますます奥へ突っこんだから、パークはエレナーの両ひじに手を置いた。「次からはこう言うよ。『エレナー、あのしげみのうしろに隠れよう。きみにキスしないと、頭がおかしくなりそうだ』」

エレナーが動かないので、顔に触れても大丈夫だろうと思った。エレナーの肌は、見たとおりやわらかくて、白くて、すべすべしていてそばかすのある陶器みたいだ。

「それか、『エレナー、ウサギの穴についてきて』にしようか……」

そして、エレナーの唇に親指をあて、エレナーが離れようとするかどうか、しばらくようすを見る。エレナーは動かない。パークは顔を近づけた。目を閉じたかったけど、エレナーに置いてきぼりにされないという確信が持てなかった。

もう少しで唇がエレナーの唇につきそうになったとき、エレナーが首をふった。エレナーの鼻がパークの鼻にかすった。

「初めてなの」

「いいよ」

「よくない。ひどいことになる」

パークは首を横にふった。「ならないよ」

エレナーはまた首をふった。ほんのちょっとだけ。「きっとパークは後悔する」

思わず笑ってしまって、ちょっと待たなければならなかった。それから、キスをした。ひどくなんかなかった。エレナーの唇はやわらかくて温かくて、エレナーの頬が脈打っているのが感じられた。エレナーがものすごく緊張しているのもよかった——おかげでパークは緊張するわけにいかなかったから。エレナーが震えているのを感じて、かえって落ち着いた。

パークは唇を離した。本当はまだ離したくなかったけど、経験が少なくて、どうやって息をすればいいかわからなかったから。

顔を離すと、エレナーの目はほとんど閉じていた。おばあちゃんたちが玄関先の照明をつけていたので、エレナーの顔が隅々まで見えた。まるで月の男と結婚したみたいな顔してる。

すると、エレナーが下をむいた。パークは手をおろして、エレナーの肩にかけた。

「大丈夫？」パークはささやいた。

エレナーはうなずいた。パークはエレナーを引きよせ、頭のてっぺんにキスをした。耳は髪の中から、探さなきゃならなかった。

「きて」パークは言った。「見せたいものがあるんだ」

エレナーは笑った。パークはエレナーのあごを持ちあげた。

二度目は、ますますひどくなんかなかった。

エレナー

ふたりはおばあちゃんのうちの私道から路地に出た。パークは暗がりに立って、エレナーがひとりで歩いて帰るのを見送ってくれた。

ふりかえっちゃだめ、エレナーは自分に言い聞かせた。

リッチーは家に帰っていた。母親以外、みんなテレビを見ている。そこまで遅い時間ってわけじゃない。日が落ちてから帰宅するなんていつものことっていうそぶりを装う。

「どこへいってたんだ?」

「友だちの家」

「どの友だちだ?」

「言ったじゃない、あなた」母親が鍋を拭きながら部屋に入ってきて、言った。「近所に友だちが住んでるのよ。リサっていう」

「ティナよ」エレナーは言った。

「女か」リッチーは言った。「もう男はあきらめたのか?」すごく面白い冗談だと思ったらしい。

エレナーは部屋へいって、ドアを閉めた。電気はつけなかった。服のままベッドの上にあがり、カーテンを開けて、窓の曇りをぬぐう。外の路地も見えないし、なにかが動いている気配もない。

窓はまた曇ってしまった。エレナーは目を閉じて、おでこをガラスに預けた。

第二十九章　エレナー

月曜の朝、バス停にパークが立っているのを見ると、思わずクスクス笑ってしまった。本当に、まるでアニメのキャラクターみたいにクスクスって……。頬が真っ赤になって、耳から小さなハートがポンポン飛びだして……。
バカみたい。

パーク

月曜の朝、エレナーがこっちへ歩いてくるのを見て、パークは走っていって、エレナーをさっと抱きあげたくなった。母親が見ている昼メロに出てくる男みたいに。リュックのひもをぐっと握って、自分を抑えた……。
最高の気分だった。

エレナー

パークはエレナーとほとんど同じ背だけど、高く感じられた。

パーク

エレナーのまつげは、そばかすと同じ色だった。

エレナー

学校へいくあいだ、ふたりはビートルズの『ホワイト・アルバム』のことを話してたけど、相手の口を見ているための口実だった。はたから見たら、読唇術でもしてるように見えたかもしれない。

だから、パークは笑いつづけてたのかもしれない。「ヘルター・スケルター」の話をしてたのに――ちっとも笑える曲なんかじゃないのに。殺人鬼のチャールズ・マンソンが、これはハルマゲドンの予言の曲だなんて言ってるくらいなんだから。

第三十章　パーク

「おい」カルはビーフサンドにかぶりつきながら言った。「木曜に、いっしょにバスケの試合にいくぞ。いいか、バスケが嫌いだなんて言い訳は通じないからな」

「でも……」

「キムがくるんだ」

パークはうめいた。「カル……」

「おれとすわるんだ。おれたち、付き合ってんだよ」

「え、マジで？」口からサンドイッチのかけらが飛びそうになるのを、手で押さえた。「キムってあのキムだよな？」

「信じられないってか？」カルは牛乳パックの口を全開にして、コップみたいにして飲んだ。「そもそもおまえのことを好きでもなんでもなかったんだ。たいくつしてたんだよ。だから、おまえのことを、静かでミステリアスだと思ったんだってさ。『静かに流れる川は深い』ってことわざ、あるだろ？　だから、言ってやったよ、静かに流れる川は静かなだけだって」

「そりゃどうも」

「でも、今はすっかりおれに夢中なんだ。だから、おまえがよければ、いっしょにいこうぜ。今度の試合は盛り上がるよ。ナチョスとかなんでも売ってるし」

「考えとく」

考えるつもりはなかった。エレナーといっしょじゃなきゃ、どこにもいくつもりはないし、エレナーはバスケの試合ってタイプじゃないから。

エレナー

「ねえ」体育のあと、デニースが声をかけてきた。ロッカールームで着がえてるときだった。「思ったんだけどさ、今週いっしょに〈スプライトナイト〉にいかない？　ジョンシーの車が直ってね、今週の木曜日が休みなんだ。ひと晩中、ヘイ！　ひ・と・ば・ん・じゅう、ヘイ！　遊ぼ、遊ぼ、遊ぼうよ、ヘイ！」

「出かけるのは許してもらえないんだってば」エレナーは言った。

「彼氏んちにいくのも禁止されてるもんねえ」と、デニース。

「あたしも聞いたけどなあ」ビービーが言った。

ふたりにパークの家にいったことを話さなければよかった。でも、だれかに話さずにはいられなかったのだ（だから、完全犯罪を犯した人間もけっきょく刑務所行きになるのかも）。「声が大きいってば」

「いこうよ」ビービーが言った。ビービーの顔はまんまるで、笑うと、えくぼがますます深くなって、ボタンのついたクッションみたいになる。「きっとめちゃめちゃ楽しいよ。今まで踊ったこと、ないでしょ？」

「まあ……」エレナーは口ごもった。

「彼氏のことが気になる？　だったら、彼氏も呼びなよ。あんまりスペースを取りそうもないし」

ビービーがクスクス笑ったので、エレナーも笑った。パークが踊ってるところなんて、想像もつかない。でも、ひょっとしたら、めちゃめちゃうまいかも。全米ヒットチャートとかじゃ、ダサくて耳から血を出しちゃうかもだけど。パークはなんだってうまいから。

でも……デニースとビービーと四人で出かけるところなんて想像できない。ほかのだれとでも、ピンとこない。パークと人目のあるところへ出かけるなんて、ヘルメットなしで宇宙にいくのと同じような気がした。

パーク

パークの母親は、放課後、毎日エレナーに会うなら——実際、会ってるわけだけど——これからは宿題をするようにしなさい、と言った。

「たしかにそうかも」バスで話すと、エレナーは言った。「国語は、今週はずっと適当にごまかしてたし」

「今日のも適当？　あれで？　ぜんぜんわかんなかった」

「前の学校では、シェイクスピアは去年の項目だったから。でも、数学ではそうはいかないし。適当どころか……適当の逆ってなんて言うのかな？」

「数学なら手伝えるかも。代数はぜんぶ終わってるし」

「へえ、すごぉーい、さすがぁー」

「やっぱりやめとこうかなあ」

エレナーのいじわるそうな笑顔すら、パークを夢中にさせた。

ふたりはリビングで勉強しようとしたけど、ジョシュがテレビを見たがったので、勉強道具をキッチンに持っていった。

パークの母親はいいわよ、と言った。それから、用事があるとかなんとか言って、ガレージにいってしまった。

教科書を読むエレナーの唇が動いてる……。

パークはテーブルの下でそっとエレナーを蹴った。それから、丸めた紙をエレナーの髪に投げた。めったにふたりきりになることがないから、こうしてほとんどふたりきりになると、エレナーの気を引きたくてしょうがない。

パークは、ペンでエレナーの代数の教科書を閉じた。

「ちょっと！」エレナーは教科書を開こうとした。

「だめ」パークは教科書を引きよせた。

「勉強するんじゃなかったの？」

「わかってるけど……今、ふたりきりだよ」

「完全にじゃないけど……」

「ふたりきりでしかできないことをしないと」

「その言い方、ヘンタイっぽい」

「しゃべろうって意味」とは言ったけど、本当は自分でもわかっていなかった。パークはテーブルを見た。エレナーの代数の教科書はいたずら書きだらけだ。曲のタイトルのまわりを囲むように、別の曲の歌詞が書いてある。パークは、自分の名前が小さく筆記体で書かれてるのに気づいた。自分の名前は目につくものだ。〈スミス〉の曲のコーラスのところに隠れるように、書いてある。


自分が、にやついてるのがわかった。

「なによ？」

「なんでもない」

「なに？」

パークはまた教科書にもどった。あとでゆっくり想像しよう、エレナーが帰ってから。エレナーが教室にすわって、パークのことを考えながら、パークの名前を自分にしかわからないと思ってるところに書いてるところを。

すると、ふと別のものが目に入った。小さく、気がつかれないように、ぜんぶ小文字で書いてある。ビッチでインランなヤリマン女。

「なによ？」エレナーは教科書を引きもどそうとした。

パークは教科書を押さえた。超人ハルクに変身する前のブルース・バナーみたいに、一気に頭に血がのぼる。「どうして言わなかったんだ？　まだやられてるって？」

「なんのこと？」

パークは口に出して言いたくなかった。指をさすのも、あんな言葉をふたりで見るのもいやだった。

「これだよ」パークはそっちのほうへ手をふった。

エレナーはそっちを見た。そして、すぐさまペンで塗りつぶしはじめた。顔がスキムミルクみたいに白くなり、首筋が真っ赤になる。

「どうして言わなかった？」

「気づいてなかったのよ」

「もうこういうことはないと思ってた」

「どうしてそう思ったわけ？」

どうしてそう思ったんだ？　エレナーは今は、パークの彼女だから？

「それは……どうして言わなかったんだよ？」

「どうしてパークに話すのよ？　こんな下品で、みっともないこと」エレナーはまだペンでぐちゃぐちゃに塗りつぶしている。

パークはエレナーの手首を押さえた。「おれが助けてやれるかもしれないだろ」

「どうやってよ？」エレナーは教科書をパークのほうに押しやった。「これを蹴飛ばす？」

パークは歯を食いしばった。エレナーは教科書を取りかえすと、かばんにしまった。

「だれがやってるか、わかってるのか？」

「また蹴飛ばす？」

「かもしれない」

「そうね……あたしのことを嫌いな人間ってとこまでは絞りこめるわね」

「だれだってできるわけじゃない。エレナーに気づかれずにエレナーの教科書に触れるやつだろ」

十秒前まで、エレナーはネコみたいにキツい顔をしていた。けれど、あきらめたようにテーブルに突っ伏して、指でこめかみを押さえた。「わからないけど……」エレナーは首をふった。「いつも体育のある日って気がする」

「ロッカールームに教科書を置きっ放しにしてるの？」

エレナーは両手で目をこすった。「わざとバカな質問してない？　ダメ探偵すぎ」

「体育のクラスでエレナーのこと、好きじゃないのはだれ？」

「なにそれ」エレナーは顔を隠したまま、言った。「あたしのこと、好きじゃない子って」

「もっと真剣に考えたほうがいい」

「そうじゃない」エレナーはきっぱりと言って、両手を握りしめた。「これは、真剣に考えちゃいけないことなのよ。じゃなきゃ、ティナと取り巻きの思うつぼよ。あたしが傷ついてるって、思われたらどうなると思う？　ますますほっといてくれなくなるだけよ」

「なんでティナが出てくるんだ？」

「体育のクラスであたしを嫌ってる子たちのボスだからよ」

「ティナは、こんなひどいことする子じゃないよ」

エレナーはパークをひたと見すえた。「本気で言ってるの？　ティナはサイテーよ。悪魔が魔女と結婚して、生まれた赤ん坊を刻んだ悪の中で転がしたら、ああなるって感じ？」

たしかに、ティナはパークの母親に秘密をバラしたし、バスでほかの子たちをからかってる

……でも、スティーヴがパークにちょっかいを出すと、いつも止めてくれた。

「ティナのことは小さいころから知ってるんだ。そこまでひどいやつじゃないよ。むかしは仲が良かったんだ」

「そういう感じには見えないけど」

「まあ、今はスティーヴと付き合ってるから」

「なんでそれが関係あるわけ？」エレナーの目が黒い裂け目みたいになった。このことでウソをついたら、一生許してもらえないだろう。

「今はもう、関係ないけど。くだらないことだよ……六年のころ、ティナと付き合ってたんだ。っていったって、どこかへ出かけたり、なにかしてたわけじゃないけどね」

「ティナと？　ティナと付き合ってたの？」

「六年のときの話だよ。意味ないよ」

「でも、彼氏彼女だったってことでしょ？　手はつないだの？」

「覚えてないよ」

「キスは？」

「どうだっていいよ」

そうはいかなかった。エレナーは、赤の他人を見るような目でパークを見ている。実際、そん

な気がしてくる。ティナはいじわるなところはあるけど、あそこまでひどいことはしない。

　でも、エレナーのことはどのくらい知ってる？　たいして知っちゃいない。あまり知ってほしそうにも見えない。パークはエレナーのことで頭も心もいっぱいなのに、実際にはなにも知らないのだ。

「エレナーはいつも小文字で書くだろ……」口から出したとたん、失敗したと思ったけど、パークは最後まで言ってしまった。「自分で書いたんじゃないの？」

　エレナーの青白い顔がますます白くなった。からだじゅうの血液が一気に心臓に押しよせたみたいだ。そばかすのある唇が、あっけにとられたように開いた。

　それから、われに返ったように、教科書を重ねはじめた。

「あたしが自分で自分のことをヤリマンって書いたっていうなら」エレナーはそっけなく言った。「そうなんでしょ。あたしは大文字は使わないし。でも、符号《アポストロフィ》は使うけどね……句点《ピリオド》も。句読点の大ファンだから、使わないなんてありえないわけ、おあいにくさま」

「なにしてるんだよ？」

　エレナーは首をふって、立ちあがった。パークはどうやって止めればいいか、わからなかった。

「教科書に落書きした犯人はわからないままだけど、ティナがあたしのことを嫌う理由は、これでわかったわね」エレナーは冷ややかに言った。

「エレナー……」

「やめて」エレナーの声が途切れた。「これ以上、話したくない」

　エレナーがキッチンを出ていくのと同時に、パークの母親がガレージからもどってきた。パークを見た母親の顔を一目見れば、どう思ってるかくらい、すぐわかった。

あのヘンな白人の娘《こ》のどこがいいの？

パーク

その夜、パークはベッドに寝転んで、パークのことを考えながら教科書にパークの名前を書いているエレナーのことを考えていた。

今ごろ、あれも塗りつぶしてしまっただろう。

自分がどうしてティナをかばったのか、考えようとした。

ティナがいい子かそうじゃないかなんて、どうでもいいはずじゃないか？　エレナーの言うとおりだ。パークとティナは友だちじゃない。友だちとはちがう。六年生のときだって、友だちではなかった。

ティナがパークに付き合ってと言い、パークはオーケーした——ティナがクラスで一番人気の子だっていうのは、みんな知ってたから。ティナと付き合うってことは、強い切り札になる。パークは今もまだ、その恩恵を受けているのだ。

ティナの初めての彼氏だったことで、パークは地元のカーストの最下層にならずにすんでいる。変わってると思われたとしても、黄色人種でも、みんなから少し浮いてたとしても……ヘンタイとか、チンク［中国系に対する侮蔑語］とか、ホモとか、言われることはない。まあ、まず、パークの父親がからだが大きくて、退役軍人で、この界隈で育ったってこともある。でも、第二の理由は、そんなことを言えば、ティナまでバカにすることになるからだ。

それに、ティナは一度もパークになにかしたり、パークとのことはなかったふりをしたことはない。むしろ……そうなのだ。たまに、またなにか起こるのを期待しているように思えることもある。

例えば、ヘアサロンの予約の日をまちがえて、パークの家にくるとか。そういうときはいつも、パークの部屋にあがりこんで、なにか話題を探そうとする。

ホームカミングの夜に髪をセットしにきたときは、パークの部屋にきて、ストラップレスのブルーのドレスをどう思うかきいた。そして、首のうしろの髪にからまったネックレスを、パークに取らせた。

パークはいつも、気づいてないふりをして、その場をやり過ごした。

それに、ティナとくっついたりしたら、スティーヴに殺される。ティナとは共通点がなにもない。ぜんぜんちがう。それも、興味を引かれてわくわくするようなちがいじゃない。たいくつなだけだ。

だいたいティナが本気で自分のことを好きだとも、思ってなかった。どっちかっていうと、パークが完全に自分のことを忘れるのはいやってだけだ。それを言えば、パークも、そこまで本気じゃないけど、ティナに忘れてほしくはなかった。

近所で一番人気の女の子が、ときどきちょっかいを出してくるっていうのは、悪くない。

パークはごろりと寝返りを打ってうつぶせになり、枕に顔を押しつけた。もう前みたいに、人にどう思われるか、気にしないようになったと思っていた。エレナーが好きになったことはその証拠だと思っていた。

でも、まだまだ自分の中には、そういう浅はかなところがたくさんある。今度こそ大丈夫と思っても、また別のところで、エレナーを裏切ってしまうのだった。

と言った。

第三十一章　エレナー

あと一日で、クリスマス休暇だった。エレナーは学校にいかなかった。母親には、具合が悪いと言った。

パーク

金曜の朝、バス停へ着いたとき、謝る用意はできていた。でも、エレナーはこなかった。謝る気持ちが一気になくなった……。

「今度はなんだよ？」パークはエレナーの家のほうへむかって言った。こんなことで別れることになるのか？　これから三週間、パークと話さないつもりなのか？

エレナーのうちに電話がないのはエレナーのせいじゃないとわかっていたし、エレナーの家がスーパーマンの「孤独の砦」なのも、知っている。でも……クソッ！　そのせいで、エレナーはその気になれば、簡単に外界をシャットアウトできる。

「悪かったよ」パークはエレナーの家にむかって、ちょっと大きすぎるくらいの声で言った。うしろの家の庭で、犬が吠えはじめた。「悪かったよ」パークは犬にむかってつぶやいた。

角のむこうからバスが現われ、バス停で止まった。うしろの窓からティナがこっちを見ていた。

悪かったよ、パークは心の中でつぶやいた。

もうふりかえらなかった。

エレナー

リッチーは仕事にいっていたので、部屋に引きこもっている必要はなかったけど、けっきょく一日部屋で過ごした。犬小屋を離れようとしない犬みたいに。

電池が切れた。読むものもなくなった……。

あまり長いあいだベッドにいたので、日曜日の午後の食事のとき、起きたらめまいがした（母親に、お腹がすいたなら穴蔵から出てらっしゃいと言われたのだ）。エレナーは、リビングの床の、マウスのとなりに腰をおろした。

「なんで泣いてるの？」マウスがきいた。持っている豆のブリトーから、Tシャツと床の上に汁がしたたりおちている。

「泣いてない」エレナーは言った。

マウスはブリトーを頭の上にかかげると、汁を口で受け止めようとした。「泣いてたもーん」

メイジーが顔をあげてエレナーを見て、またテレビに視線をもどした。

「パパのことが嫌いだから？」マウスがきいた。

「そう」

「エレナー」キッチンから出てきた母親が強い口調で言った。

「ウソよ」エレナーは首をふりながらマウスに言った。「言ったでしょ、泣いてないって」そして、部屋にもどると、ベッドにあがりこんで、枕で顔をふいた。

だれもようすを見にこなかった。

母親は、一年間他人の家にエレナーを捨てたときに、質問する権利を永遠に失ったと自覚してるんだろう。

もしくは、単にどうでもいいのかも。

あおむけになって、電池の切れたウォークマンを手に取った。テープを取り出して、光のほうへかかげ、指先でリールを回しながら、ラベルのパークの字を見た。

〈セックス・ピストルズ『勝手にしやがれ‼』……エレナーが気に入りそうな曲〉

パークは、エレナーが自分で教科書にあんなひどいことを書いたと思ったのだ。

そして、ティナの肩を持った。よりにもよって、ティナの！

再び目を閉じて、初めてキスされたときのことを思い出した……自分が首をそらせたこと、唇を開いたこと。パークに特別だと言われて、信じたことを。

パーク

休みに入って一週間たったころ、父親にエレナーと別れたのかときかれた。

「まあ、そんな感じ」パークは答えた。

「残念だな」

「ほんとに？」

「そりゃそうだろう。最近のおまえは、Ｋマートで迷子になった四歳児みたいじゃないか……」

パークはため息をついた。

「よりはもどせないのか？」

「話すこともできないからね」

「母さんに相談できないのは、残念だな。おれは、女の子をものにする方法はひとつしか知らないんだ。軍服でびしっと決めるってことしかね」

エレナー

休みに入って一週間たったころ、母親に、日の出前に起こされた。「買い物にいくんだけど、いっしょにいかない？」

「いかない」

「お願いよ、荷物持ちが必要なの」

母親は歩くのが速くて、しかも足が長い。遅れないようにするのに、一歩よけいに歩く感じだ。

「寒い」エレナーは言った。

「だから帽子をかぶれって言ったでしょ」母親は靴下も履くように言ったけど、〈ヴァンズ〉のスニーカーに靴下はダサすぎる。

食料品店までは四十分かかった。

店に着くと、母親は昨日の売れ残りのクリームパンを自分とエレナーにひとつずつと、二十五セントのコーヒーを買ってくれた。エレナーはコーヒーにクリームとローカロリーシュガーを入れると、母親についてバーゲンコーナーにいった。母親は、一番にバーゲンコーナーにいくことに命をかけていて、箱がつぶれたシリアルとかへこんだ缶詰をあさりまくった……。

そのあといったグッドウィルで、エレナーは『アナログ・サイエンス・フィクション・アンド・ファクト』の古い号の束を見つけ、家具コーナーのいちばん汚く見えないソファーにすわりこんだ。

帰る時間になると、うしろから母親がやってきて、ありえないほどダサい毛糸の帽子をエレナーにかぶせた。

「かんべん。今ので、シラミがうつった」

帰り道は、少し気分がよくなっていた（たぶん、そのために母親は誘ったんだろう）。まだ寒かったけど、太陽が顔を出していたし、母親はジョニ・ミッチェルの雲とサーカスの歌を口ずさんでいた。

エレナーはもう少しで母親にぜんぶ打ち明けそうになった。

パークとティナとバスとけんかのこと、パークのおばあちゃんの家とキャンピングカーのあいだの場所のこと。

それが、爆弾みたいにのどの奥にあるのを感じていた。じゃなきゃ、トラみたいに舌の根元でじっと待っているのを。それを外に出さないようにしていたら、涙が出てきた。

レジ袋が手のひらに食いこんだ。エレナーは頭をふって、つばを飲みこんだ。

パーク

パークは自転車で何度も何度もエレナーの家の前を通りすぎた。そして、ようやく継父の車がいなくなると、小さい子のひとりが外に出てきて、雪で遊びはじめた。上の弟だった。名前は思い出せない。パークが家の前で自転車を止めると、怯えたように階段を駆けあがった。

「待って」パークは声をかけた。「待って、ごめん……彼女、いるかな？」

「メイジーのこと？」

「いや、エレナー……」

「教えない」男の子は家へ駆けこんでしまった。

パークは自転車を前へ出し、その場を去った。

第三十二章　エレナー

クリスマスイヴにパイナップルの箱が届いた。それだけで、サンタクロース本人がプレゼントの入った袋を持って現われたような騒ぎになった。

メイジーとベンはさっそく箱の取り合いでけんかを始めた。メイジーはバービーを入れるからと言い、ベンは特に入れるものはないようだけど、エレナーはベンが勝つといいと思った。

ベンはこのあいだ十二歳になった。リッチーは、もう女の子と赤ん坊といっしょに寝るのはよくないと言って、どこからかマットレスを持ってかえってきて、地下室に敷いた。ベンはそこで、犬とリッチーのトレーニング用品といっしょに寝ることになった。

前の家に住んでいたとき、ベンは洗濯物を洗濯機に入れるために地下室におりるのさえ、いやがった――それだって、前の家の地下室は乾いていたし、一応部屋の体裁をなしていたのだ。ベンは、ネズミやコウモリやクモや、電気を消すと動き出すようなものが怖くてたまらず、もうすでに二回、階段の上で寝ようとして、リッチーにどなられていた。

パイナップルには、おじさんとおばさんの手紙もついていた。先に読んだ母親は、すっかり涙目になって、興奮したように言った。「まあ、エレナー、ジェフおじさんが夏に遊びにこないかって。大学で特別講習があってね、成績優秀な高校生のキャンプで――」

エレナーがその意味を考える間もなく――だれもエレナーのことを知らない場所、パークみたいな人がひとりもいないキャンプ――リッチーが却下した。

「ひとりでミネソタになんか、いかせないぞ」

「兄がいるのよ」

「思春期の娘のことなんて、知らないだろうが」

「あたしは高校のとき、兄と暮らしてたのよ」

「なるほど、それでおまえを妊娠させたってわけか……」

ベンはパイナップルの箱の上にしがみつき、メイジーはベンの背中を蹴って、ふたりともわめきちらしている。

「くだらねえ箱のことで騒ぐな！」リッチーがどなった。「クリスマスに箱がほしいって知ってりゃ、おれも無駄金使わずにすんだんだ」

みんなしんとなった。リッチーがクリスマスプレゼントを買ったなんて、だれも思っていなかったのだ。「クリスマスの朝まで待たせるべきだろうがな。もうおまえらの争いにはうんざりだ」

リッチーはタバコをくわえると、靴を履いて出ていった。車のドアが開く音が聞こえ、リッチーはショップコーの袋を持ってもどってきた。そして、袋から次々箱を出し、床に放りはじめた。

「マウスだ」リモコン付きのモンスタートラックだった。

「ベン」ミニカー用の大きなレース場。

「メイジー……おまえは歌うのが好きだからな」リッチーはキーボードを取り出した。本物の電子キーボードだ。ノーブランドのものだろうけど、それでもキーボードはキーボードだった。それは床に放らずに、メイジーに手わたした。

「それから、ちびリッチー……ちびリッチーはどこだ？」

「昼寝してる」母親が答えた。

リッチーは肩をすくめて、テディベアを床に放った。袋は空っぽになり、エレナーはほっとしたせいで寒気に襲われた。

すると、リッチーは財布を取り出して、お札を出した。「ほら、エレナー、取りにこい。これでふつうの服を買え」

エレナーはキッチンの入り口に立っている母親を見た。うつろな顔をしている。そこで、歩いていって、お金を受け取った。五十ドルだった。

「ありがとう」エレナーはせいいっぱい感情のこもらない声で言った。それから、ソファーにいって、すわった。弟妹たちはプレゼントを開けはじめていた。

「ありがとう、パパ」マウスは何度も何度も言った。「ほんとにありがとう、パパ！」

「ああ、いいさ、いいさ。本物のクリスマスだ」

リッチーは一日家にいて、小さな子たちがおもちゃで遊ぶのを見ていた。クリスマスイヴには、行きつけのブロークン・レイル亭が休みなのかもしれない。エレナーはリッチーといたくなくて（そして、メイジーのキーボードを見たくなくて）、部屋にもどった。

パークに会いたいと思うことに疲れていた。一日でいいから会いたい。自分で自分に句読点もろくにない悪口を書くイカレた変質者だと思われていたとしても、会いたい。成長期にティナとディープキスしてたとしても、会いたい。パークがどれだけひどくても、会いたいという気持ちを止めることはできなかった（じゃあ、なんなら、会いたくなくなるわけ？）。

今すぐパークの家にいって、なにもなかったふりをすればいいのかもしれない。本当にそうしていたかもしれない、今日がクリスマスイヴじゃなければ。どうして神さまはあたしに味方してくれないの？


夕方になって、母親が部屋に入ってきて、クリスマスディナーの買い物にいくと言った。

「リビングで、マウスたちの面倒を見てるから」エレナーは言った。

「リッチーがみんなでいっしょにいきたいって」母親はほほえんだ。「家族みんなで」

「でも……」

「やめて、エレナー。今日はみんな、楽しんでるの」母親は小さい声で言った。

「ママ、お願い。それに、どうせずっと飲みつづけてるんでしょ」

母親は首をふった。「大丈夫。リッチーにお酒の問題なんてないわ」

「あれだけしょっちゅう飲酒運転してちゃ、だれも信じちゃくれないでしょうけどね」

「あなたはただ気に入らないだけでしょ」母親はかっとなって、押し殺した声で言うと部屋に入ってきて、ドアを閉めた。「いい、あなたが今――」母親はエレナーを見て、また首をふった。「――いろいろあるのはわかってる。でも今日、この家のほかの人たちは楽しんでるの。この家のほかの人たちは、楽しい日を過ごす権利があるのよ。

あたしたちは家族でしょ、エレナー。あたしたちみんな。リッチーもよ。そのせいであなたが不幸なのは、残念よ。あなたにとって、いつもいつもすべてが完璧じゃないのは残念だけど、それが今のあたしたちの生活なの。いつまでも気に入らないってかんしゃくを起こしてるわけにはいかないの。いつまでもあの手この手であたしたちの家族を傷つけようったって、そうはいかない。あたしが許さない」

エレナーはぐっと歯を食いしばった。

「あたしはみんなのことを考えなきゃならない」母親は続けた。「わかる？　自分のことだって考えなきゃならない。あと数年で、あなたは独立して出ていく。でも、リッチーはあたしの夫なの」

まるでまともなこと言ってるみたい、とエレナーは思った。母親が発狂寸前になると、かえってまともなふるまいをするのを知らなければ。

「起きて」母親は言った。「それで、コートを着て」

エレナーはコートを着て、新しい帽子をかぶり、弟妹たちのあとについて、イスズのトラックの荷台に乗った。

スーパーの〈フード・フォー・レス〉に着くと、リッチーは車で待ち、あとのみんなは店に入った。中に入るとすぐに、エレナーは丸めた五十ドル紙幣を母親の手に押しこんだ。

母親はありがとうも言わなかった。

パーク

パークは家族とクリスマスディナーの買い物に出かけた。ぜんぜん終わりそうにない。パークの母親は、おばあちゃんを食事に呼ぶときはいつも神経質になる。

「おばあちゃんは、七面鳥の詰め物はなにが好きかしら?」

「ペパリッジファームの既製品でいいよ」パークはカートのうしろに立って、車輪を蹴りながら言った。

「ふつうのペパリッジファーム? それとも、コーンブレッドタイプ?」

「どうかな。ふつうのじゃない?」

「わからないなら言わないで……あら」母親はうしろをちらりと見た。「エレナーよ」

母親はエラノーと発音した。

ぱっとふりむくと、エレナーが肉売り場に四人の赤毛の弟妹たちと立っていた(といっても、エレナーの横にいると、だれも赤毛には見えなかった)。

女の人がカートにきて、ターキーを入れた。

エレナーのお母さんにちがいない。そっくりだった。でも、エレナーよりとがった感じがして、凹凸がある。エレナーと似てるけど、エレナーより背が高い。エレナーより疲れてる。ひどいことがあったあとのエレナー、という感じ。

母親も、エレナーたちをじっと見ていた。

「母さん、いこう」パークはささやいた。

「あいさつしないの？」

パークは首を横にふったけど、まだエレナーのことを見ていた。エレナーはあいさつしてほしいと思ってないだろうし、もし思っていたとしても、そのせいでいやな思いをさせたくなかった。継父もいっしょかもしれない。

エレナーはどこかちがって見えた。いつもよりも暗い印象がする。髪になにもぶらさがってないし、手首にもなにも巻いてない……。

でも、きれいだった。パークの目はエレナーを欲していた。目以外だって。エレナーに駆けよって、言いたかった——どれだけ後悔しているか、どれだけエレナーにそばにいてほしいか。

エレナーはパークに気づかなかった。

「母さん」パークはもう一度ささやいた。「いこう」


車の中でもっとなにか言ってくるだろうと思っていたけど、母親はだまっていた。そして、家に着くと、疲れたと言ってパークに食料品を運ぶようにたのみ、自分は部屋にいって、午後じゅうドアを閉めたまま出てこなかった。

夕食の時間になって父親がようすを見にいった。そして、一時間後、ふたりはいっしょに出てきて、〈ピザハット〉にいこうと言った。「クリスマスイヴに？」ジョシュが言った。いつもはワッフルを食べて、映画を見るのが決まりだ。すでに『明日の壁をぶち破れ』も借りてある。「車に乗れ」父親は言った。母親の目は真っ赤で、いつもみたいに、出かける前に化粧も直さなかった。

家に帰ると、パークはすぐに自分の部屋にいった。ひとりになって、エレナーに会ったことについて考えたかった――けど、数分後に母親がきた。母親はすわるわよ、という身ぶりひとつせずにベッドに腰をおろした。

母親はクリスマスプレゼントを差し出した。「これ……エレナーに」母親は言った。「わたしから」

パークはプレゼントを見た。そして、受け取ったけど、首をふった。「エレナーに渡せるかどうか、わからないよ」

「エレナーは、あの子の家族は、大家族なのね」

パークはプレゼントをそっとふってみた。

「わたしの家族も大家族だった。妹が三人いて、弟も三人いた」母親は、六人の頭を撫でようとするみたいに手を伸ばした。

夕食のとき、ワインクーラーを飲んでいた。そのせいだろう。これまでほとんど韓国の話はしたことがなかったのに。

「名前は?」パークはきいた。

母親は手をそっとひざに置いた。

「家族が大勢いると、なにもかもが……みんながうすく伸ばされてしまう。紙みたいに。わかる?」母親は紙を破るしぐさをした。「わかる?」

二杯飲んだのかも。

「よくわからない」

「だれひとり、じゅうぶんにはもらえない。だれひとり、必要なものが手に入らない。いつもお腹がすいてると、頭の中もお腹がすくの」母親はひたいをトントンとたたいた。「わかる？」

パークはなんて言ったらいいのか、わからなかった。

「わからないわよね」母親は頭をふった。「パークにはわかってほしくない……ごめんなさい」

「謝らないで」

「エレナーにあんな態度を取って、ごめんなさい」

「母さん、いいんだ、母さんが悪いんじゃない」

「うまく言えてないわね……」

「もういいよ、ミンディ」部屋の入り口から父親がそっと言った。「寝室へいこう」父親はパークのベッドまでくると、母親を立たせてやり、両腕で守るように包みこんだ。「おまえの母さんは、おまえに幸せになってほしいだけなんだ」父親はパークに言った。「おれたちに気をつかってムスコを縮ませんなよ」

母親は眉をひそめた。下品な言葉かどうか、判定できないみたいだった。


パークは、両親の寝室のテレビが消えるまで待った。そしてそれからさらに半時間、待つ。そして、コートをつかんで、裏口からこっそり家の裏側に出た。

そして、路地の突き当たりまで走った。

もう少しでエレナーの家だ。

エレナーの継父の車が、家の前に止まっていた。でも、むしろそっちのほうがいいかもしれない。パークが玄関に立ってるときに、もどってこられるほうが困る。パークの見るかぎり、電気はすべて消えていた。犬の姿も見えない……。

できるだけ音を立てないように階段をあがる。

エレナーの部屋はわかっていた。前に、窓側で寝ていると話してくれたことがある。二段ベッドの上だ。パークは影が映らないよう、窓の脇に立った。そっとノックして、顔を出したのがエレナーじゃなかったら、飛んで逃げるつもりだった。

ガラスの上側をそっとたたいた。しんとしている。カーテンも窓もなにひとつ、動く気配はない。

眠ってるんだろう。さっきより強くノックして、逃げる用意をした。窓がほんの少しだけ開いた。でも、中までは見えない。

逃げたほうがいい？　隠れるか？

窓の前に立ってみた。窓がさらに開いた。エレナーの顔が見えた。怯えきってる。

（だめ）エレナーは声は出さずに口だけ動かして言った。

パークは首を横にふった。

（ここはだめ）エレナーはもう一度、声に出さずに言った。それから、外を指さした。（学校）少なくともパークにはそう言ったように、思えた。パークは走り出した。

エレナー

エレナーの頭に浮かんだのは、窓からだれかが押し入ってきたら、どうやって逃げようってことだった。どうやって警察を呼ぶ？

このあいだのことがあったあとだから、警察はきてくれないかもしれない。でも、少なくともジルじいさんをたたき起こして、ブラウニーを食べてやるくらいのことはできる。

まさかパークだなんて、夢にも思わなかった。

エレナーが止める前に、心臓は勝手にパークのもとへ飛んでいってしまった。でも、このままじゃ、ふたりとも殺される。もっとくだらないことでも発砲騒ぎになったんだから。

パークが姿を消すとすぐに、メイジーのバカネコさながらにベッドを抜け出し、真っ暗な中でブラをつけて靴を履いた。大きくてぶかぶかのTシャツと父親のフランネルのパジャマズボン姿だけど、コートはリビングにある。しかたないので、上からセーターを着る。

メイジーがテレビを見たまま寝てしまっていたので、ベッドから抜け出して、窓から出るのは、そんなに大変ではなかった。

今度こそ、パークは別れる気だ。ポーチの上をこっそり歩きながら、エレナーは思った。なら、あたしが最高のクリスマスにしてあげる。

パークは学校の階段にすわっていた。ふたりで『ウォッチメン』を読んだところ。エレナーの姿を見たとたん、パークは立ちあがって、走ってきた。本当に、走ってた。

パークは走ってきて、エレナーの顔を両手で包みこんだ。そして、いやという前に、キスをした。エレナーも、気づいたら、キスを返していた。二度とだれにも――もちろんパークにも、キスしないと誓ったことも忘れて。そのせいで、あんなにみじめな気持ちになったのに。

エレナーは泣いていた。パークも。パークの両頬に手をやると、濡れていた。

そして、温かかった。すごく。

頭をのけぞらせ、キスをする。キスなんてしたことなかったみたいに。まちがってたらどうしようなんて思ってないみたいに。

パークが唇を離して謝ろうとしたけど、エレナーは首を横にふった。本当はずっと謝ってほしいって思ってたけど、それ以上にキスをやめたくなかったから。

「ごめん」パークがエレナーに顔を押しつけた。「ぜんぶおれが悪かった。ぜんぶおれのせいだ」

「あたしもごめん」

「なにが?」

「いつもいつも怒ってて」

「いいよ。そこがいいときもあるし」

「でも、いつもじゃないよね」

パークはうなずいた。

「自分でもどうしてかわからないの」

「いいさ」

「でも、ティナのことで怒ったのは、悪いと思ってないから」

パークは痛いくらいぎゅっと、ひたいを押しつけた。「彼女のことは、名前も出すな。どうだっていい。おれにとって大切なのは……エレナーだから。エレナーがすべてだ」

パークはまたキスをし、エレナーは唇を開いた。

ふたりはずっと外にいた。パークがいくらもんでも、エレナーの手が温かくならなくなるまで。エレナーの唇が寒さとキスのせいでじんじんしてくるまで。

パークは家まで送りたがったけど、エレナーは自殺行為だと言った。

「明日、会いにきて」パークは言った。

「むりよ、クリスマスだもの」

「じゃあ、次の日」

「次の日ね」

「それから、その次の日も」

エレナーは笑った。「パークのお母さんがいやがるんじゃないかな。あまり好かれてない気がする」

「それはない」パークは言った。「だから、きて」

階段をのぼりはじめたとき、パークがささやくようにエレナーの名前を呼んだ。ふりかえったけど、暗くてパークの顔は見えなかった。

「クリスマスおめでとう」パークが言った。

エレナーはにっこりほほえんだけど、答えなかった。

第三十三章　エレナー

クリスマス当日、エレナーは昼まで眠っていた。とうとう母親が入ってきて、起こされた。

「どうしたの？」母親がきいた。

「眠ってただけ」

「風邪っぽいわよ」

「まだ寝てていいってこと？」

「そうね。ねえ、エレナー」母親は部屋の中に入ってきて、声を落とした。「今年の夏のこと、リッチーに話してみるわ。例のキャンプのこと、リッチーの気を変えさせることできると思うの」

エレナーは目を開けた。「え、あたし、いきたくない」

「ここから出ていけるチャンスがあれば、喜ぶと思ったのに」

「そんなことない。みんなと離れるのは、いやなの……また離れるのは」自分でも、こんなことを言うなんて人間として最低だと思ったけど、パークと夏を過ごすためなら、どんなことだって言えた（もう前みたいに、そのころにはパークが飽きてるかもしれないとか、自分に予防線を張ることさえしなかった）。「ここにいたい」

母親はうなずいた。「わかったわ。なら、言わないでおく。でも、もし気が変わったら……」

「変わらないから」

母親が部屋を出ていくと、エレナーはまた眠るふりをした。

パーク

クリスマス当日、パークは昼まで眠っていた。とうとうジョシュが入ってきて、母親のサロンからとってきたボトルの水を噴きかけた。

「父さんが、起きないなら、兄ちゃんのプレゼントをぜんぶおれにくれるって」

パークは枕で反撃した。

みんながパークを待っていた。うちじゅうに七面鳥の香りがただよってる。おばあちゃんに言われて、おばあちゃんのプレゼントを一番に開けた——もちろん、いつもの〈キス・ミー、アイム・アイリッシュ〉のTシャツ。去年のより、ワンサイズ大きい。つまり、パークには大きすぎるってことだ。

両親からのプレゼントは、〈ドラスティック・プラスティック〉のギフト券五十ドルぶんだった。ダウンタウンのパンクロック専門のレコード店だ（パークはびっくりした。両親がそんなことを思いつくなんて思ってなかったし、〈ドラスティック・プラスティック〉がギフト券を売ってるなんて知らなかったから。パンクっぽくない）。

それに、実際に着そうな黒のセーターを二着と、エレキギター型のボトルに入ったエイボンのコロン、それからなにもついてないキーホルダーをもらった。なにもついてないってところを強調するのを、父親は忘れなかった。

十六歳の誕生日はすぎたけど、もう免許のことも、車で通学することも、どうでもよくなっていた。エレナーと必ずいっしょにいられる時間を手放すつもりはない。

昨日の夜は最高だったって、エレナーは言ってくれたし、もちろん自分も同じ気持ちだったけど、もう二度と夜中に抜け出すような危険はおかせないとも言われていた。

「弟たちか妹が目を覚ます可能性はあったし、これからもあるから。もし目を覚ましたら、ぜったい言いつけられる。どっちの味方か、本人たちもよくわかってないのよ」

「でも、音を立てないようにすれば……」

それで、エレナーは打ち明けてくれた。一部屋を弟妹たちといっしょに使ってるってことを。五人全員で。パークの部屋から「ウォーターベッドをなくしたくらい」の広さの部屋で。

ふたりは小学校の裏口の、ちょっとへこんだところに寄りかかってすわっていた。ここなら、よほどのぞかないかぎり見えないし、雪が直接顔にふりかかることもない。ふたりはぴったりからだを寄せて向き合い、手を握ってすわっていた。

もう、ふたりのあいだにはなにもない。バカみたいなことも身勝手さも、ふたりをじゃまをしていたものはなにも。

「じゃあ、弟がふたり、妹がふたりいるの?」

「弟が三人、妹はひとり」

「名前は?」

「どうして?」

「ただどんな名前なのかなと思ってさ。機密事項?」

エレナーはため息をついた。「ベン、メイジー……」

「メイジー?」

「そう。それからマウス。本名はジェレマイア。五歳よ。あと、赤ん坊。リトル・リッチー」

パークは笑った。「リトル・リッチーって呼んでるの?」

「うん、父親がビッグ・リッチーだから。からだが大きいって意味じゃなくて……」

「わかるよ。ほら、リトル・リチャードみたいじゃん。『トゥッティ・フルッティ』を歌ってるロックの創始者」

「ほんとだ、考えたこともなかった。どうして思いつかなかったんだろう?」

パークはエレナーの手を胸元に引きよせた。まだ、エレナーのあごより下とひじより上には触れたことがない。エレナーは止めないような気もした。けど、もし拒否されたら？　耐えられそうにない。それに、手と顔だけだって、最高だった。

「小さい子たちは、仲いいの？」

「まあね……イカレてるけど」

「五歳がイカレてるなんてこと、ある？」

「まさかマウスのこと、言ってる？　あの子が一番イカレてるわよ。いっつもうしろのポケットにハンマーかウサギを入れて、ぜったいシャツを着ようとしないんだから」

パークは笑った。「じゃ、メイジーは？」

「手に負えない。まずそれね。けんかは、町をうろついてる不良なみ。『けんかの前にイヤリングは取っとけ』ってタイプ」

「何歳なの？」

「八歳。あ、九歳だった」

「ベンは？」

「ベンね……」エレナーは顔をそむけた。「会ったことあるでしょ。ジョシュとたいして変わらない年なのに。髪くらい切らないと」

「リッチーはベンたちのことも、かわいがってないの？」

エレナーはパークの手を押しやった。「どうしてこんな話、したいの？」

パークは手を押しかえした。「とうぜんだろ。エレナーがどんな毎日を送ってるかってことなんだから。だから知りたいんだ。謎のバリアでも張り巡らせてるみたいだ。エレナーのほんのわずかな部分にしか、おれを近づけまいとしてる」

「そうよ」エレナーは腕を組んだ。「バリアよ。立ち入り禁止のテープ。パークのためよ」

「必要ない。すべて受け止める」パークは言って、エレナーの眉間《みけん》のシワを親指で伸ばそうとした。「隠すから、こうやってバカバカしいけんかをするはめになるんだ」

「パークだって、悪魔の元カノのこと隠してたじゃない。あたしには、悪魔の過去はないし」

「リッチーはベンやメイジーたちのこと、嫌ってるの？」

「その名前、口にしないで」エレナーはささやくような声で言った。

「ごめん」パークも小声で言った。

「あいつはだれのことでも嫌ってんのよ、たぶん」

「お母さんはちがうだろ」

「いちばん嫌ってるわよ」

「お母さんにもひどいこと、するの？」

エレナーはあきれたように目を回し、パジャマの袖で頬をぬぐった。「うん、まあ」

パークはふたたびエレナーの手を取った。「どうして別れないの？」

エレナーは首を振った。「むりだと思う……その気力も残ってないのよ」

「怖いから？」パークはきいた。

「たぶん……」

「エレナーも？」

「あたし？」

「家を追い出されるのが怖いのはわかってるけど、やつのことも怖いの？」

「それはない」エレナーはくっとあごをあげた。「そんなことない……ただおとなしくしてればいいのよ。関わらないようにしてれば、問題ないから。ひたすら目立たないようにしていれば」

パークはほほえんだ。

「なによ？」

「エレナーがね。目立たない、ね」

エレナーもにやっとした。パークはエレナーの手を離し、エレナーの顔に触れた。頬が冷たい。暗いと、瞳はよけい底知れないように見えた。

もうエレナーしか、目に入らない。

そのうち、これ以上外にいられないくらい冷えてきた。ふたりとも口の中まで、凍えきっていた。

エレナー

クリスマスの食事のときは部屋から出てこいと、リッチーは言った。かまいやしない。今では本当に風邪を引きかけていたから、少なくとも仮病には見えないだろう。

食事は最高だった。（豆だけでなく）まともな材料さえあれば、母親は料理がうまいのだ。詰め物をした七面鳥、ディルとバターをたっぷりまぜたマッシュポテト。デザートは、ライスプディングと、クリスマスにだけ作ることになっているペッパークッキーだった。

少なくとも、母親がいろいろなクッキーを作っていたころは、そういう決まりになっていた。

あのころは、クリスマスでなくてもクッキーを焼いてくれた。小さな子たちは、そういうときがあったことさえ、知らない。エレナーとベンが小さかったころは、学校から帰ってくると、キッチンにはいつも焼きたてのクッキーが置いてあった。朝だって、本物の朝食をたべていた。卵料理とベーコン、パンケーキとソーセージ、そうじゃなければ、ミルクとブラウンシュガーをかけたオートミール。

あのころは、だから太ってるんだと思っていた。でも、今だって——四六時中お腹をすかせてるのに、あいかわらず太ってる。

みんな、猛烈な勢いで食べた。まるでこれが最後の食事だとでもいうみたいに。まあ、実際それに近い。少なくともしばらくのあいだは。ベンは七面鳥の脚を両方とも食べ、マウスはマッシュポテトを一皿まるまる平らげた。

リッチーはまた一日じゅう飲んでいたから、夕食のときはすっかり浮かれて、やたら笑って、やたら大声を出していた。でも、機嫌がいいからといって安心できない。このはしゃぎっぷりは、不機嫌の一歩手前だってみんな、知ってる。いつリッチーが最後の一歩を踏み出すかと……。

踏み出したのは、パンプキンパイがないとわかったときだった。

「おい、なんだこれは?」リッチーはリサラマンデの皿にスプーンを放り投げた。

「ライスプディングだよ」七面鳥ですっかり気が緩んでいたベンは、思わず言ってしまった。

「そんなことはわかってる。パンプキンパイはどこだ、サブリナ?」リッチーは台所にむかってどなった。「本物のクリスマスディナーを作れと言ったはずだ。そのぶんの金をやったろう」

母親は台所の入り口に出てきた。まだ一度もすわって食べていなかった。「それは……」

それは、デンマークの伝統的なクリスマスのデザートなのよ、とエレナーは心の中で続けた。あたしのおばあちゃんも作ってたし、そのまたおばあちゃんも作ってたお菓子で、パンプキンパイなんかよりずっといいのよ！　特別なんだから！

「それは……その、パンプキンパイを買うのを、忘れちゃって」母親は言った。

「クリスマスの日にパンプキンパイを忘れるなんて、どういう了見なんだ？」リッチーはライスプディングの入ったステンレスの器を投げつけた。器は母親のすぐ横の壁に当たり、プディングがじくじくとそこいらじゅうに飛び散った。

リッチー以外は凍りついた。

リッチーはおぼつかない脚で立ちあがった。「パンプキンパイを買いにいってくる……おれの家族がまともなクリスマスディナーを食えるようにな」

そして、裏口にむかった。

車が出ていく音がするとすぐに、母親は器を拾いあげた。中にはまだ少し、プディングが残っていた。それから、床に落ちたプディングの上だけすくい取った。

「チェリーソースをかけたい人？」

全員が手をあげた。

エレナーは残ったプディングを拭きとり、ベンがテレビをつけた。そして、『いじわるグリンチのクリスマス』と『クリスマス・キャロル』を見た。

母親まで。いっしょにすわって見た。

うちの家族の状況を見たら、『クリスマス・キャロル』に出てくる〈過去の幽霊〉だって絶望するだろう。エレナーはそう思わずにいられなかった。でも、ベッドに入ったエレナーはお腹も心も満たされていた。

第三十四章　エレナー

次の日、エレナーを見ても、パークのお母さんは意外そうな顔をしなかった。パークが前もって言っておいてくれたみたいだ。

「エレナー、クリスマスおめでとう。さあ、入って」パークのお母さんはとびきり感じよく言った。

リビングに入っていくと、パークはちょうどシャワーから出たところだった。エレナーはどぎまぎした。髪はまだ濡れていて、Tシャツが肌に張りついてる。エレナーを見ると、ものすごくうれしそうな顔をした。一目でわかるくらい（最高！）。

プレゼントをどうしたらいいのかわからなかったので、パークがこっちへくると、押しつけるようにしてわたした。

パークはおどろいてにっこりした。「おれに？」

「ちがうわよ。えっと……」なにかおもしろいことを言いたかったけど、思いつかずに、エレナーは言った。「うん、まあそう」

「プレゼントなんて買ってくれなくてよかったのに」

「買ったわけじゃないの。ほんとよ」

「開けていい？」

やっぱり気の利いたセリフを思いつけなくて、エレナーはただこくんとうなずいた。パークの家族がキッチンにいるのが、せめてもの救い。少なくとも見られずにすむから。

プレゼントは便せんで包んだ。いちばん気に入ってる、妖精と花の水彩画がついているもの。

パークは慎重に包み紙をはがして、中の本を見つめた。『ライ麦畑でつかまえて』。かなり古い版で、エレナーは、ブックカバーを敢えてそのまま残すことにした。表紙には油性鉛筆で走り書きした古本屋の値段がまだ残っていたけど、カバーがすごくいいから。

「なんか狙ってる感じなのはわかってるんだけど。ほんとは『ウォーターシップ・ダウンのうさぎたち』にするつもりだったの。でも、あれってウサギの話だから。そういうのが好きかどうかわからないし……」

パークは笑みを浮かべて、本を見つめた。一瞬、本を開くんじゃないかと思って、エレナーはひやっとした。そこに書いたことを（目の前では）読んでほしくなかったから。

「これ、エレナーの本？」パークがきいた。

「そう。でも、もう読んだから」

「ありがとう」パークはほほえんだ。本当にうれしいとき、パークの目は頬に埋もれて見えなくなる。

「うん」エレナーはうつむいた。「だからって、ジョン・レノンとか、殺さないでよ［ジョン・レノンを暗殺したマーク・チャップマンの愛読書だった］」

「こっちきて」パークはエレナーのジャケットを引っぱった。

エレナーはパークの部屋までついていったけど、まるで見えない塀でもあるみたいにドアのとところで立ち止まった。パークは本をベッドにおいて、棚から小さな箱をふたつおろした。両方とも、クリスマスの包装紙で包まれ、大きな赤いリボンが結んである。

パークはもどってきて、ドアのところにいるエレナーの前に立った。エレナーは思わずドアの柱に背中を押しつけた。

「これは、母さんから」パークは片方の箱をかかげた。「香水なんだ。つけなくていいから」そして一瞬、目を下にむけた。それから、ふたたびエレナーのほうを見て言った。「こっちがおれから」

「プレゼントなんて買ってくれなくてよかったのに」

「いいって」

エレナーが受け取らないので、パークはエレナーの手をとって、箱を持たせた。

「ほかの人が気づかないようなものにしようと思ったんだ」パークは顔にかかった髪を払った。「エレナーがお母さんに説明しなくてすむようなもの……例えば、気の利いたペンとかさ。でも、そしたら……」

パークが、箱を開けるのをじっと見ているので、エレナーは緊張して、包装紙を破ってしまった。パークが包装紙を持ってくれたので、エレナーは小さなグレーの箱を開いた。

ネックレスだった。細いシルバーのチェーンに、シルバーのパンジーのペンダントトップがついている。

「受け取れないっていうんだったら、いいよ」パークは言った。

受け取っちゃいけない。

でも、それはむりだった。

パーク

ダメだ。ペンにしとくべきだった。ネックレスなんて目立ちすぎるし……重荷かも。でも、だから買ったのだ。ペンなんて買えなかった。しおりも。エレナーに対する気持ちは、しおりなんかじゃない。

ネックレスを買うのに、カーステレオのために貯めていたお金をほとんど遣ってしまった。見つけたのは、ショッピングモールの、婚約指輪を買う客がくるような店だった。

「レシートも取っておいてあるから」パークは言った。

「ううん」エレナーはパークを見あげた。不安げな顔をしてたけど、どの種類の不安かはわからなかった。「いいの。だってすごくきれいだから。ありがとう」

エレナーはうなずいた。

「じゃあ、つけてくれるの?」

パークは髪をかきあげ、はやる気持ちを抑えようと首のうしろに手をやった。「今?」

エレナーは一瞬パークを見て、それからまたうなずいた。パークはネックレスを箱から取り出すと、エレナーの首のうしろで注意深く留めた。買ったとき、想像したとおりに。もしかしたら、このために買ったのかもしれない。この瞬間のために――髪の下の、エレナーの首の温かさを感じるために。パークは指先ですうっとチェーンをなぞり、ペンダントヘッドが首のところにくるようにした。

エレナーがぶるっと震えた。

チェーンを引っぱって、自分の胸に入れ、エレナーをつなぎとめてしまいたかった。
それから、急に恥ずかしくなって手を離し、ドアの柱に背中を押しつけた。

エレナー

ふたりはキッチンで、トランプをして遊んだ。スピードだ。遊び方を教えたのはエレナーで、最初の何回かはエレナーの全勝だった。でもそれから、だんだんといいかげんになった（メイジーもいつも、何回かやると勝ちはじめる）。

パークのお母さんはいるけど、キッチンでトランプをしていたほうが、リビングでただすわって、ふたりきりだったらどんなことができるだろうって、あれこれ考えるよりましだった。

パークのお母さんにクリスマスはどうだったかきかれたので、楽しかったと答えた。「クリスマスの食事はなんだったの？　七面鳥？　それともハム？」

「七面鳥です。ディルで味付けしたポテトと……母はデンマーク人なんです」

パークが手を止めて、エレナーを見た。エレナーはパークにむかって目をぐっと見開いた。なによ、デンマーク人で悪い⁉　パークのお母さんがいなかったら、そう言ってただろう。

「じゃあ、きれいな赤い髪はお母さん譲りね」パークのお母さんはもっともらしくうなずいた。

パークはエレナーにむかってにっこりした。エレナーは目をぐるりと回して見せた。

パークのお母さんがちょっとおじいちゃんたちのところへいってくると言って出ていくと、パークはテーブルの下でそっとエレナーの足を蹴った。靴は履いていなかった。「エレナーがデンマーク人なんて知らなかったよ」

「秘密がない同士がするすてきな会話っていうのが、これ?」

「そうさ。お母さん、デンマーク人なの?」

「そうよ」

「お父さんは?」

「クズ」

パークは顔をしかめた。

「なによ? 隠し事のない、なんでも話せる関係がいいんでしょ。スコットランド人ってよりクズってほうが、よっぽど正しいのよ」

「スコットランド人か」パークは言って、にこっとした。

パークが望んでいる関係については、ずっと考えていた。隠し事のない、なにもかもオープンな関係。でも、昨日のみじめで最低な出来事についてすべて話すなんて、できそうになかった。もしパークがまちがってたら? 受け止めることなんてできなかったら?

謎めいていて、興味をそそられるって思ってたところが、実はぜんぶ、殺伐《さつばつ》とした現実のせいにすぎないって気づいてしまったら?

クリスマスのことをきかれたとき、エレナーは母親のクッキーや、映画のことや、マウスが映画に出てくる「ダレモ村」を「ヨダレ村」と聞きちがえていたことを話した。

どこかでパークにたずねてほしいって思いながら……そうなんだ、でも最低だったことのほうもきかせて、って。でも、パークは大笑いしただけだった。

「エレナーのお母さんはおれのこと、平気かな?」パークはきいた。「つまりさ、義理のお父さんがいなければ」

「どうかな……」エレナーは口ごもった。自分がシルバーのパンジーを握りしめていることに気づいた。

そのあと、冬休みはパークの家で過ごした。パークのお母さんは気にしてないみたいだったし、お父さんはいつも夕食を食べていくようにと言ってくれた。

エレナーの母親は、ティナと遊んでいると思っていた。一度、「あまり長いあいだおじゃましないようにね」と言い、そのあと「たまにはティナにうちにきてもらいなさいよ」と言ったけど、本気じゃないことくらいふたりともわかっていた。

だれも、家に友だちを連れてきたことはない。小さい子たちも、リッチーさえ、一度もない。母親にはもう友だちはいなかった。

前はいたのに。

母親と父親がまだ別れていなかったころ、家にはいつもお客がきていた。パーティもしょっちゅうだった。髪の長い男の人。長いスカートをはいた女の人。あちこちに置いてある赤ワインのグラス。

父親が出ていってからも、女友だちは遊びにきていた。シングルマザーたちは、子どもとバナナダイキリの材料を持ってやってきて、遅くまでひそひそ声で前の夫のことを話したり、新しいボーイフレンドのことをああでもないこうでもないと言い合ったりしていた。そのあいだ、子どもたちはとなりの部屋で〈トラブル&ソーリー!〉のゲームで遊んだ。

リッチーのことも、そういう日常の中で始まった。

エレナーの母親はいつも、早朝の子どもたちがまだ寝ている時間に買い物にいっていた。当時も、家に車はなかった（母親は高校以来、一度も自分の車を持ったことがない）。だから、リッチーは毎朝、仕事場にむかう車から、母親を見ていたというわけ。そしてある日、車を止めて、電話番号をきいた。きみみたいにきれいな女は見たことがない、と言って。

初めてリッチーのことを聞いたとき、エレナーは前の家にあったソファーにすわって、『ライフ』誌を読みながら、アルコール抜きのバナナダイキリを飲んでいた。別に盗み聞きをしてたわけじゃない。母親の友だちはエレナーがそばにいるのをむしろ歓迎していた。文句も言わず小さい子たちの面倒を見てくれるからだ。年齢よりしっかりしてると、みんな口々に言っていた。静かにしていれば、母親たちはエレナーが同じ部屋にいるのを忘れるようだったし、酔っぱらうと、まったく気にしなくなった。

「男なんて信用するんじゃないわよ、エレナー！」ひところ、よくそう言っていたものだ。

「特にダンスの嫌いな男はね！」

けれども、母親がリッチーに春の日みたいにきれいだと言われた話をすると、みんなため息をついて、もっと聞かせてとせがんだ。

そりゃ、きみみたいにきれいな女は見たことがないくらい言うでしょうよ、とエレナーは思った。実際、ママくらいきれいな女はいないんだから。

エレナーはそのとき十二歳で、父親よりもひどい男が母親を食い物にしているなんて、想像もつかなかった。

身勝手よりもひどいものがあるなんて、知らなかったのだ。

それはともかく、エレナーはいつも、夕食前にはパークの家を出るようにしていた。母親の言うとおり、本当は迷惑かもしれない。それに、早く出れば、リッチーよりも早く帰れる可能性が高まる。

毎日パークと会うようになったから、前みたいに決まった時間にお風呂に入れなくなった（どんなに「なんでも話せる」関係になったって、そんなことは言えない）。

家で安心してお風呂を使うには、学校から帰ってすぐに入るしかない。だから、学校から直接パークの家へいくのなら、あとは、家に帰ったときにリッチーがまだブロークン・レイル亭にいることを祈るしかなかった。帰ると、急いでお風呂に入る。裏口は洗面所の正面で、いつ開くかわからないからだ。

そんなふうにこそこそお風呂に入るのを、母親も気にしているのはわかってたけど、そもそもエレナーのせいじゃない。学校の更衣室でシャワーを浴びようかとも思ったけど、ティナとかいろんなことを考えると、そっちのほうがもっと危ないかもしれない。

このあいだも昼休みに、ティナはわざわざエレナーのテーブルまできて、「マ」から始まる言葉を声には出さず、口だけ動かして言った。リッチーさえ、その言葉は使わないんだから、どれだけ下品なの？　ってこと。

「ティナって、なんなわけ？」デニースは言った。怒りの言葉というより、文字どおり質問だった。

「完璧、なんでしょ。本人的には」ビービーが言った。

「どこがよ」デニースが言った。「ミニスカートはいた小学生男子みたいなかっこうでうろうろしてるくせに」

ビービーがクスクス笑った。

「あの髪型もヘンだし」デニースがティナを見つめたまま、言った。「もう少し早く起きて、フアラ・フォーセットにするのかリック・ジェームズにするのか、決めろって感じ」

ビービーとエレナーは爆笑した。

「どっちか選べってことよ」デニースはさらに笑いを引き出すように言った。「え、ら、べ」

「あ、ほら！」ビービーがエレナーの脚をぴしゃりとたたいた。「彼氏がいるよ」三人はカフェテリアのガラス張りの壁のむこうを見た。パークが何人かの男友だちと歩いてる。ジーンズにハードコア・バンドの〈マイナー・スレット〉のロゴの入ったTシャツを着て。カフェテリアのほうを見て、エレナーを見つけるとにっこりした。ビービーはクスクス笑った。

「イケてる」それが認定可能なことみたいに、デニースは言った。

「うん」エレナーは言った。「彼の顔を食べちゃいたいくらい」

三人はキャアキャア笑って、最後にはデニースが「うるさすぎるって」と言った。

パーク

「で、」カルが言った。

パークの顔にはまだ笑みが浮かんでいた。カフェテリアはとっくに通りすぎたのに。

「おまえとエレナー、そうなんだろ？」

「え……まあな」

「だろうな」カルはうなずいた。「みんな、知ってるよ。てか、おれはずっと前からわかってたけどな。国語の時間におまえが彼女のこと、見てる目つきでわかるよ。おまえがいつ言うか、待ってたんだ」

パークはカルのほうを見た。「ああ、ごめん。おれ、エレナーと付き合ってんだ」

「どうして言わなかったんだよ？」

「知ってるだろうと思ってさ」

「たしかにな。けど、おれたち、友だちだろ。そういうことを話す仲ってことじゃないのかよ」

「わかってもらえないだろうと思って……」

「ああ、わからないさ。怒るなよ。エレナーってなんかコエーんだよ。まあでも、おまえがいいって言うならさ――わかるだろ、いいって言うなら、知りたいんだよ。ちくいち報告しろよな」

「それだよ」パークは言った。「だから、おまえには言わなかったんだよ」

第三十五章　エレナー

パークのお母さんが、食卓に皿を並べるようにパークに言った。エレナーはいつも、それを合図に帰ることにしている。日はほとんど暮れかけていた。パークに引き止められる前に、エレナーは玄関の階段を駆けおり……もう少しで、家の前に立っていたパークのお父さんにぶつかりそうになってしまった。

「やあ、エレナー」それだけでエレナーはビクッとした。パークのお父さんは、車のトランクを引っかきまわしていた。

「こんにちは」エレナーはあいさつして、急いで通りすぎようとした。やっぱり私立探偵マグナムそっくり。どうしても慣れない。

「ちょっと待って。こっちへおいで」

お腹の具合がおかしくなりそうな気がした。でも、立ち止まって、ほんのちょっとだけ近づいた。

「いいかい、もう、夕食を食べていくようにきみを誘うのにはうんざりなんだ」

「わかりました……」

「つまり、わが家ではフリーパスだと思ってほしいんだよ。だから……そう、きみはいつでも歓迎だ。いいね?」パークのお父さんが気まずそうなので、エレナーまで気まずくなった。いつものさらに数倍くらい。

「わかりました……」

「ええとだな、きみの義理のお父さんのことは知ってる」

この続きは百万通りあるし、どれだとしても悲惨だ、とエレナーは思った。

パークのお父さんは片手を車にかけ、もう片方の手を首のうしろにあてながら続けた。まるで首が痛いみたいに。「幼なじみなんだよ。わたしのほうが年上だが、狭い街だからね。それに、わたしは……」

日はだいぶ沈んで、パークのお父さんの顔は見えなかった。エレナーはまだ、パークのお父さんがなにを言おうとしているのかよくわからなかった。

パークのお父さんはしばらく言葉をとぎらせてから、言った。「きみの継父がいっしょに暮らしやすい男じゃないのは知ってる。つまり、こういうことなんだ。うちにきたほうが楽なら、おいで。そうしてくれたほうが、ミンディもわたしもうれしいんだ。いいね？」

「はい」

「じゃあ、夕食を食べていくように誘うのはこれが最後だ」

エレナーはほほえんだ。パークのお父さんもほほえんだ。その一瞬、パークのお父さんはマグナムよりパークに似ていた。

パーク

エレナーはソファーにすわって、パークの手を握っていた。正面のキッチンのテーブルには、エレナーの宿題が置いてある……。

パークがおばあちゃんの買い物を運ぶのを手伝ってくれたし、母親が作ったものを、レバーとかタマネギみたいに苦手なものもぜんぶ残さず食べたし……。

しかも、いつもいっしょだ。なのに、それでもまだ足りなかった。

いまだにどうやったらエレナーのからだに腕を回せるか、わからない。それにキスだってぜんぜん足りない。エレナーはぜったいにパークの部屋にこようとしないし……。

「音楽が聴けるよ」パークは言う。

「でも、お母さんが……」

「平気だって。ドアを開けっ放しにしときゃいいんだから」

「どこにすわるの？」

「ベッド」

「むり。だめ」

「じゃ、床」

「パークのお母さんにだらしない女の子だって思われたくない」

そもそも女の子だと思ってるかどうかだって怪しい。

でも、エレナーのことは気に入っていた。前よりずっと。ついこのあいだも、エレナーは本当にお行儀がいいわね、と言ったばかりだった。

「本当におとなしいのね」パークの母親はそれがいいことみたいに言った。

「緊張してるだけだよ」

「どうして？」

「わかんないよ。緊張しちゃうんだろ」

でも、エレナーの服装のことはまだ気に入ってないのは、わかった。エレナーが見ていないと思ったときに、エレナーのことを上から下まで見て、頭をふっていることがよくあったから。

エレナーはいつも変わらず、礼儀正しくふるまった。それどころか、ちょっとした会話だってしようとしていた。土曜日の夕食後、ふたりがトランプをしている横で、パークの母親がエイボンから届いた品物を整理していたときだった。「どのくらい美容師をなさってるんですか？」食卓の上に広げられた容器を見て、エレナーはたずねた。

パークの母親は美容師と呼ばれるのが好きだった。

「ジョシュが学校に上がってからね。一般教育修了検定をとって、美容学校にいって、免許を取って、許可証をもらって……」

「すごい」と、エレナー。

「前から髪をセットしたりはしてたの。免許を取る前から」パークの母親はピンクのローションのボトルのふたをあけて、においをかいだ。「小さいころから、人形の髪を切ったり、お化粧をしたり」

「妹もそうなんです。あたしはぜんぜんだめだけど」

「難しいことじゃないわ……」母親はそう言って、エレナーのほうを見あげた。その目がぱっと輝いた。「そうだわ、いい考えがある。髪をセットしてあげる。今夜、ふたりで大変身しましょ」

エレナーはあんぐりと口を開けた。フェザーカットの髪につけまつげをした自分の姿が浮かんだにちがいない。

「え、そんな……あたし、むりです」

「むりじゃないわよ。楽しいわよ！」

「母さん、やめろよ。エレナーは変身なんてしたくないんだ」パークは言った。それから、急いで付け加えた。「変身なんて必要ないし」

「そんなに変えるわけじゃないわよ」母親はすでにエレナーの髪のほうへ手を伸ばしていた。「切りはしないから。洗い流せないようなものも使わないし」

パークはたのむよ、という顔でエレナーのほうを見た。母親が喜ぶからであって、エレナーが変だからじゃないと、わかってくれるよう祈りながら。

「切らないんですね？」エレナーはたしかめた。

パークの母親はエレナーのカールした髪をすっとなぞった。「ガレージのほうが明るいから。いきましょ」

パークのお母さんはエレナーをシャンプー台にすわらせ、パークにむかってパチンと指を鳴らした。パークがこっちへくるのを見て、エレナーはビクッとした。それをいうなら、ずっとビクビクしっぱなしなのだが。パークはシンクにお湯をためはじめ、何枚も重ねてあるピンクのタオルを一枚取って、慣れた手つきでエレナーの首の周りに巻いてパチンと留めた。そして、そうっと髪を持ちあげた。

「ごめんね。おれに出ていってほしい?」パークは小声でささやいた。

ううん、エレナーは口だけ動かしてそう言うと、パークのシャツをつかんだ。それから、うん、やっぱり出ていってほしい、と思った。恥ずかしさで溶けてなくなりそう。指先の感覚がない。でも、パークが出ていったら、パークのお母さんを止める人がいなくなる。もしパークのお母さんが前髪をかぎ爪みたいにカールさせるか、スパイラルパーマをかけようとしたら? ううん、それどころか、両方するかもしれない!

もしそうでも、エレナーには止められない。お客の立場だし、彼女の作った食事を食べ、彼女の息子をひどい目にあわせてるのに。いやですなんて言えるわけない。

パークのお母さんはパークを押しのけると、エレナーの頭をシンクのほうにぐいっと押した。

「いつもどんなシャンプーを使ってるの?」

「わかりません」

「わからないってどうして?」パークのお母さんはエレナーの髪に触れながら言った。「パサパサよ。カールしてる毛は乾燥しやすいの、知ってる？」

エレナーは首を横にふった。

「そうねえ……」パークのお母さんはエレナーの頭をそらせてお湯につけた。そして、パークにホットオイルのパックを電子レンジで温めてきて、と言った。

パークのお母さんに髪を洗ってもらうのは、かなりヘンな感じだった。パークのお母さんはまるでエレナーのひざの上にのっかってるみたいなかっこうになる。天使のペンダントトップがエレナーの口の上でぶらんぶらん揺れている。それに、なにをされても、くすぐったくてたまらない。パークは？　どうか見ていませんように。

数分後、髪にはオイルが塗られ、しっかりとタオルで包まれた。おでこが痛いくらいだ。パークは正面の椅子にすわっていた。エレナーを見てにっこりしようとしたけど、エレナーと同じくらい落ち着かないようすだ。

パークのお母さんはエイボンのサンプル品が入った箱を片っ端から引っかきまわした。「どこかこのへんにあるはずなのに。シナモン、シナモン、シナモン……あったわ！」

そして、車輪付きの椅子をさっとすべらせ、エレナーのほうへきた。「いいわ。目を閉じて」

エレナーはパークのお母さんをまじまじと見つめた。小さな茶色のペンシルを持っている。

「目を閉じて」パークのお母さんはもう一度言った。

「どうしてですか？」

「大丈夫。洗えば落ちるから」

「でも、お化粧はしないんです」

「どうして？」

だめだと言われているって言えばいいかもしれない。そっちのほうが、化粧なんてまやかしだから、というよりいいだろう。

「わかりません。あたしに合わないし」

「合うわよ」パークのお母さんはペンシルを見た。「あなたにぴったりの色よ。シナモン」

「口紅ですか？」

「いいえ、アイライナーよ」

アイライナーなんてぜったい使わない。

「なにに使うんですか？」

「お化粧よ」パークのお母さんは憤慨《ふんがい》したように言った。「あなたをきれいにするの」

目になにかが入ったような気がする。ひりひりする。

「母さん……」パークが言いかけた。

「じゃあ」パークのお母さんは言った。「見てて」そして、パークのほうを向くと、なにをしようとしているか、ふたりが計りかねているうちに、パークの目の端に親指をあてた。

「シナモンじゃ、うすすぎるわ」パークのお母さんはぶつぶつ言って、別のペンシルを取りあげた。「オニキスね」

「母さんってば……」パークはやっとの思いで言ったが、じっとしている。

パークのお母さんはエレナーに見えるように椅子にすわると、パークのまつげにそって手際よくラインをひいた。「目を開けて」パークは言うとおりにした。「いいわね……閉じて」そして、もう片方の目にもラインを入れた。それから、目の下にもラインをひき、親指をなめると、こすってぼかした。「ほら、いいじゃない」

「ね?」パークのお母さんはエレナーに見えるようにからだをうしろに引いた。「簡単にきれいになれるでしょ」

きれいではなかった。なんだか危険な感じがする。『フラッシュ・ゴードン』のミン皇帝みたいだ。か、UKロックの〈デュラン・デュラン〉のメンバー。

「ロバート・スミスみたい、〈ザ・キュアー〉の」エレナーは言った。でも……たしかに、きれいかも。

パークのお母さんがさっとふたりのあいだに入った。「さあ、じゃ、目を閉じて」パークのお母さんはエレナーに言った。「開けて。いいわ……もう一度閉じて……」まさに目の上に鉛筆で描かれている感触だった。それが終わると、パークのお母さんはなにか冷たいものをエレナーの頬にすりこんだ。

「簡単な手順よ。ファンデーションを塗って、パウダーをはたいて、アイライナーをひいて、アイシャドウとマスカラ、それからリップライナーで縁取って、リップを塗って、チーク。八ステップ。多く見ても十五分」

パークのお母さんはてきぱきと、まるでPBSテレビの料理番組の人みたいに言った。それから少しして、エレナーの髪のタオルをとり、うしろに立った。

エレナーはパークのほうを見たかったけど、見るとしても、こっちは見てほしくなかった。なんだか顔が重くてべとべとしてる。ドラマの『浮気なおしゃれミディ』に出てくる女の人みたいな顔にちがいない。

パークは椅子をすべらせてエレナーのほうにくると、エレナーのひざをこぶしでトントンとたたきはじめた。一瞬、間があいたあと、パークがじゃんけんをしようとしてることに気づいた。

だから、それに乗った。そう。パークに触れられるなら、なんでもいい。パークを直接見なくてすむなら。パークは目をこすっていたので、もうお化粧しているようには見えなかった。それでもまだちょっと、ちがった感じがする。うまく説明できないけど。

「小さい子のときは、そうやっておとなしくさせておくの」パークのお母さんが言った。「そんな怖そうな顔しないで、エレナー。大丈夫、切らないから」

エレナーとパークは思わずチョキを出した。

パークのお母さんは容器のムースの半分をエレナーの髪にすりこみ、ディフューザーのついたドライヤーで乾かした（エレナーは聞いたこともなかったけど、そのディフューザーとやらがとても、とても重要らしかった）。

パークのお母さんによれば、いいかげんなもので洗うことから始まって、ブラシでとかすのも、ビーズとかシルクフラワーで留めるのも、エレナーがしているのはぜんぶ髪に悪いことばかりらしい。

ディフューザーで、髪を押しつぶすようにして乾かし、できれば、サテン生地の枕カバーで眠るのがいいという。

「前髪を作ったら、すごくかわいいと思うわ。次は、前髪を作ってみましょうね」パークのお母さんは言った。

次はないから。心の中でエレナーは自分と神に誓った。

「さあ、できたわ」パークのお母さんはにこにこしながら言った。「すごくかわいいわよ……じゃあ、見てみる？」そして、エレナーを鏡のほうへむけた。「ジャーン！」

エレナーは自分のひざを見た。

「エレナー、見なきゃ。ほら、鏡を見て。すごくかわいいわよ」

それでも、エレナーは見られなかった。パークとお母さんが自分を見ているのを感じる。このまま消えてしまいたい、床の跳ね上げ戸がパカンと開いて、下に落ちちゃいたい。こんなこと、しなきゃよかった。なんでやっちゃったんだろう。泣いてしまいそうだった。みっともないことをしてしまいそうだった。そしたらまた、パークのお母さんに嫌われてしまう。

「おい、ミンディ、電話だぞ」パークのお父さんがドアを開けて、顔を出した。「やあ、エレナー、すごいじゃないか。テレビの『ソリッド・ゴールド』のダンサーみたいだ」

「ほらね？」パークのお母さんが言った。「かわいいって言ったでしょ。わたしがもどってくるまで、鏡を見ないでね。鏡を見るのが、いちばんいいところなんだから」

パークのお母さんは急いで家に入っていった。エレナーはなにも崩したりしないように気をつけながら、両手に顔を埋めた。パークの手が手首に触れた。

「ごめん。エレナーがいやなのはわかってたんだけど、ここまでいやがるとは思ってなかった」

「恥ずかしいだけ」

「どうして？」

「だって。パークがあたしのこと見るし」

「いつも見てるよ」パークは言った。

「わかってる。やめてほしい」

「母さんはエレナーのことを知ろうとしてるだけなんだ。これが母さんのやり方なんだよ」

「あたし、『ソリッド・ゴールド』のダンサーみたい？」

「いや……」

「やっぱり」と、エレナー。「そうなのね！」

「そうじゃない。ええと……見てごらんよ」

「見たくない」

「今のうちに見ときなよ。母さんがもどってくる前に」

「パークが目をつぶっててくれるなら」

「わかった。つぶったよ」

エレナーは手をどけて、鏡を見た。思ったほど、ぶざまではなかった。というのも、別人を見てるみたいだったから。頬骨がちゃんとあって、目が大きくて、つやつやの唇をした別人。髪はあいかわらずカールしていて、前よりもくるくるになってるくらいだけど、なぜか落ち着いてみえた。ぐしゃぐしゃな感じじゃなくなってる。

いやだった。すべてがいやだった。

「目を開けていい？」パークがきいた。

「いや」

「泣いてるの？」

「ううん」もちろん泣いていた。これじゃ、偽の顔がぐちゃぐちゃになっちゃう。そしたら、パークのお母さんにまた嫌われる。

パークは目を開けて、エレナーの前の鏡台にすわった。「そんなにいや？」

「これ、あたしじゃない」

「エレナーに決まってるじゃないか」

「これじゃ、まるで仮装してるみたい。あたしじゃないものになろうとしてるみたい」

きれいになって、学校でみんなに好かれようとがんばってるみたい。この「がんばってる」っていうのが耐えられない。

「髪はすごくいいと思うよ」パークが言った。

「これじゃ、あたしの髪じゃない」

「そんなことない……」

「パークのお母さんにこんなところ、見られたくない。パークのお母さんをがっかりさせたくない」

「キスして」

「えっ？」

パークがキスをした。エレナーはふっと肩の力が抜けて、お腹のねじれがもどるような気がした。でも、またすぐに反対方向にねじれだした。

エレナーはパークから離れた。「あたしが別人みたいだから、キスしてるの？」

「別人みたいじゃないよ。だいたい、そんなのおかしいだろ」

「こういうふうにしてたほうが好き？」エレナーはきいた。「二度とこういうふうにするつもりはないから、きいてるの」

「どっちだって好きだよ……でも、そばかすがないのは残念かな」パークはエレナーの頬をシャツの袖でこすった。「これでいい」

「パークは別人みたいよ。アイライナーをひいただけなのに」

「こっちのほうが好き？」

エレナーはやめてというように目をぐるりと回した。でも、首がカアッと熱くなった。「ちがう人みたいに見える。なんだか落ち着かない」

「エレナーはエレナーに見えるよ。ボリュームをあげたエレナーって感じ」

エレナーはもう一度、鏡を見た。

「ひとつたしかなのはさ、これでも母さんは抑えたんだと思うよ。母さんにとっては、こっちが自然な顔なんだ」

エレナーは笑った。家からガレージに入るドアが開いた。

「ああ、待っててって言ったのに」パークのお母さんは言った。「おどろいた？」

エレナーはうなずいた。

「泣いたの？　ああ、見損なっちゃったわ！」

「ぐしゃぐしゃにしちゃってごめんなさい」

「なってないわ。ウォータープルーフのマスカラに落ちないファンデーションだもの」

「ありがとうございます。こんなにちがうなんて、ウソみたいです」エレナーは言葉を選びながら言った。

「道具を一式用意してあげるわ。どっちにしろ、その色はぜんぶ使わない色だし。ほら、パーク、すわって。ついでに髪を切ってあげる。ぼさぼさよ……」

エレナーはパークの前にすわって、じゃんけんで遊んだ。

パーク

エレナーは別人みたいだった。そっちのほうが好きかどうかは、よくわからなかった。ぜんぜんわからない。

どうしてエレナーがあんなにうろたえたのかもよくわからなかった。ときどき、エレナーは自分のきれいなところをぜんぶ隠そうとしているようにさえ見える。わざときれいじゃなく見せようとしてるみたいに。

これって、母親が言いそうなことだな、とパークは思った。だから、エレナーには言っていない(これも、隠し事ってことになるんだろうか?)。

どうしてエレナーが必死になって、みんなとちがうように見せようとするのかは、わかっていた。たぶん。実際に、みんなとちがうからだ——そしてそれを恐れていない(もしくは、同じになってしまうことのほうが、もっと恐いのかも)。

そこが、パークをどきどきさせる。パークもそれに近づきたい。そのくらい勇敢になりたい。クレイジーになりたい。

落ち着かないって、どんな感じ? きいてみればよかった。

次の朝、パークはオニキスのアイライナーを洗面所に持ちこんで、使ってみた。母親よりも下手だったけど、こっちの顔のほうがいいような気がした。男らしくなる気がする。

鏡を見てみた。目が強調されるんですよ、母親はいつもお客にそう言っている。たしかにそうだ。アイライナーをひくと、目が強調される。それにますます白人ぽくなくなる。

それから、いつもどおり髪型を整えた。真ん中をくしゃくしゃにして立てる。なにかに届かせようとするみたいに。いつもは、そのあとすぐに、くしでとかして元どおりにしている。

でも、今日はそのままにした。

父親は朝食の席で激怒した。激怒だ。父親に会わずにこっそり出かけようとしたけど、母親は朝食抜きなんてぜったいに許さない。パークはシリアルの器に覆いかぶさるようにすわった。

「なんだ、その髪は？」父親が言った。

「別に」

「おい、こっちを見ろ……こっちを見ろと言っているんだ」

パークは頭をあげたが、目をそらした。

「おいクソ、どういうことだ、パーク？」

「ジェイミー！」母親がどなった。

「パークを見てみろ、ミンディ。化粧なんてしやがって！　からかってるのか？」

「どんなときでも、汚い言葉はだめ」母親は言った。それから、おろおろしたようすでパークのことを見た。自分の責任だと思っているのだ。たしかにそうかもしれない。パークが幼稚園のときに、口紅のサンプルを試したりしてたんだから。パークがつけたがったわけでもないのに……。

たぶん。

「ふざけるな！」父親がどなった。「顔を洗ってこい、パーク」

パークは動かなかった。

「パーク。顔を洗ってこい」

パークはシリアルを食べた。

「ジェイミー……」母親が言いかけた。

「だめだ、ミンディ。ぜったいに許さん。子どもたちには好きほうだいにさせてきた。だが、これはだめだ。女みたいな顔でこの家を出ることは許さない」

「化粧をしてる男もたくさんいるだろ」パークは言った。

「なんだと？　なんの話だ？」

「デヴィッド・ボウイとか。マーク・ボランも。〈Tレックス〉のボーカルだよ」

「そんな話は聞かん。いいから、顔を洗ってこい」

「どうして？」パークは両手をぎゅっと握って、テーブルに押しつけた。

「おれがそうしろと言ったからだ。女みたいだからだ」

「じゃ、なにも変わらないだろ。父さんはこれまでだってずっとそう思ってたんじゃないの？」

パークは頬を涙が伝うのを感じたが、目に触りたくなかった。

「学校へいきなさい、パーク」母親がやさしく言った。「バスに乗り遅れるわよ」

「ミンディ……」父親はなんとか自分を抑えて言った。「学校でぼこぼこにされるぞ」

「パークはもう大きいんだって、あなた、わたしに言ったじゃない。もうすぐ大人なんだって。自分で自分のことは決める歳だって。なら、パークに決めさせなさい。いかせてやって」

父親はなにも言わなかった。父親は決して母親には声を荒らげない。パークはその機会を逃さずに、家を出た。


パークはエレナーのではなく、自分のバス停にいった。エレナーに会う前にスティーヴとのことを片付けておきたかったのだ。スティーヴが手を出してきた場合、エレナーに見られたくなかった。

ところが、スティーヴはほとんどなにも言わなかった。

「おい、パーク、なんだよ、化粧してんのか？」

「ああ」パークはリュックのひもをぐっと握りしめた。

スティーヴのまわりの子たちがクスクス笑って、次の展開を待った。

「オジー・オズボーンみたいだな。ヘビメタしてるぜ。オジーみたいに、コウモリの頭を食いちぎんな」

みんなが笑った。スティーヴはティナにむかって歯をむき出してうなって見せた。それで終わりだった。

エレナーはバスに乗ってくると、うれしそうな顔をした。「乗ってたんだ！　バス停にいないから、具合が悪いのかと思った」パークはエレナーのほうを見あげた。エレナーはおどろいた顔をしたが、だまってすわると、自分の手をじっと見た。

「『ソリッド・ゴールド』のダンサーみたい？」沈黙に耐えられなくなって、パークはたずねた。

「ううん」エレナーはちらりとパークのほうを見た。「どっちかって言うと……」

「落ち着かない？」

エレナーは笑って、うなずいた。

「どんなふうに？」パークはたずねた。

エレナーはキスをした。舌を入れて。バスで。

第三十六章　パーク

　パークはエレナーに、今日は学校のあと、家には呼べないといった。たぶん罰で外出禁止になるだろう。家に帰るとすぐに顔を洗って、部屋に引きこもった。

　母親がようすを見にきた。

「外出禁止？」パークはきいた。

「わからないわ。学校はどうだった？」

　いじめでトイレの水に顔をつけられた、とか？

「問題ないよ」

　廊下で何人かにからかわれたが、思っていたよりも気にならなかった。むしろ、カッコいいと言ってくれた子が多かった。

　母親はベッドにすわった。疲れた顔をしてる。リップライナーだけがくっきり残ってる。

　母親は、ベッドの上の棚にごちゃごちゃに置いてあるスター・ウォーズのアクションフィギュアをじっと見つめた。もう何年も触っていない。

「パーク」母親は切り出した。「パークは……女の子みたいになりたいの？　そういうことなの？　エレナーは男の子みたいなかっこうをしてるでしょ。パークは女の子みたいなかっこうをするってこと？」

「そうじゃない……ただ気に入ってるだけ。そうしてるときの感じが」

「女の子みたいにしてるときってこと？」

「ちがうよ。自分らしくしてるときってこと」

「お父さんがね……」

「父さんの話はしたくない」

母親はしばらくだまってすわっていたが、出ていった。

パークは、ジョシュが夕食に呼びにくるまで部屋にいた。食卓の席についても、父親は顔をあげなかった。

「エレナーはこなかったのか？」父親はきいた。

「外出禁止になると思ったから」

「別に外出禁止にはしない」父親はミートローフに集中しながら言った。

パークは食卓を見まわした。ジョシュだけが目を合わせた。「今日の朝のことについて、なにか言わないの？」パークはきいた。

父親はミートローフをもう一口食べると、ゆっくりと嚙んで、飲みこんだ。「ああ。今はおまえに言いたいことはひとつも思いつかない」

第三十七章　エレナー

パークの言うとおりだ。あたしたちは、ふたりきりになったためしがない。また夜にこっそり抜け出すことも考えたけど、ばれたらどうなるか、想像もつかない。それに、外はめちゃくちゃ寒い。凍傷で片耳がもげたっておかしくないくらい。そうなったら、さすがの母親も気づくだろう。

すでにマスカラには気づいた（ライトブラウンで、パッケージにはナチュラルな仕上がり、ってあったけど）。

「ティナにもらったの」エレナーは言った。「お母さんがエイボンの販売員なんだって」

パークの名前をティナに変えるだけなら、百万回の小さなウソじゃなくて、大きなウソをひとつついてるだけのような気になれた。

考えると、笑っちゃう。毎日ティナの家に遊びにいって、爪の塗りっこをしたりリップグロスを試したりしてるなんて……。

万が一どこかで母親がティナに会ったら、かなりマズいけど、そんなことはありそうになかった。母親は近所の人と話したりしない。この地域で生まれたんじゃなければ（十世代前から続いている家だったり、同じひいひいひいおじいさんがいたりするんじゃなければ）、ここではよそ者なのだ。

おれがちょっと変わっててアジア系でも、みんなが手を出さないのはそのせいだってパークはいつも言ってる。このあたりがまだトウモロコシ畑だったころから、パークの家はここに土地を持っていたのだ。

パーク。パークのことを考えるたびに、頬が赤くなる。前からそうだったけど、最近ますますひどくなってる。前からパークはクールでカッコよかったけど、今はそれよりずっとクールでカッコいいから。

デニースとビービーもそう言っていた。

「ロックミュージシャンぽいよね」デニースは言った。

「うん、エル・デバージに似てる。いろんな血が混じってる感じが」ビービーも言った。

パークはパークよ、とエレナーは心の中で思った。っていうか、前よりもっとパークっぽい。

ボリュームをめいっぱいあげたパークって感じだった。

パーク

おれたちは、ふたりきりになったためしがない。

バス停からパークの家までいくときも、いつまでも着かないようにのろのろ歩いたり、玄関の階段のところでしばらくぐずぐずしたりもしたけど、そのうちドアが開いて、母親に寒いから中に入りなさいと言われてしまう。

夏になったら、少しはマシかもしれない。外に出かけられる。そのへんをぶらっとしたり。もしかしたら免許も取れるかもしれないし……。

いや、それはむりだ。あの日、言い争って以来、父親とは一度も話していない。

「お父さん、どうかしたの？」エレナーは玄関の階段の一段下に立っていた。

「おれに怒ってるんだ」

「どうして？」

「おれが父さんみたいじゃないから」

エレナーは半信半疑の顔をした。「十六年間、ずっと怒りつづけてきたわけ?」

「まあそんなとこ」

「いい関係に見えてたけど……」

「ううん、ちがうよ。まあ、たしかにしばらくはうまくやってたけど、それはおれがついにけんかしたとか、母さんのエレナーに対する態度がひどすぎるんじゃないかって思ったからとか、そういう理由」

「やっぱり、パークのお母さんはあたしのこと気に入ってなかったんだ!」エレナーはパークの腕をつついた。

「でも、今は気に入ってるだろ。だから、父さんはまた、おれのことを気に入らなくなったってわけ」

「パークのお父さんはパークのこと愛してるわよ」エレナーは言った。それは、エレナーにとってすごく大切なことみたいだった。

パークは首をふった。「それが義務だからさ。おれにがっかりしてるんだ」

エレナーがパークの胸に手を置いた。すると、母親がドアを開けた。

「ほらほら、入って。寒いでしょ」

エレナー

「髪がすてきよ、エレナー」パークのお母さんが言った。

「ありがとうございます」

ディフューザーは使ってなかったけど、パークのお母さんにもらったコンディショナーは使っていた。それに、子ども部屋のクローゼットに重ねてあったタオル類のなかにサテンの枕カバーがあるのもちょうど見つかり、もっと髪をケアしなさいという神さまからの啓示だって思うことにした。

実際、パークのお母さんは前よりもエレナーのことが好きになったみたいだった。あのあとは、あそこまで本格的なメイクは断っていたけど、パークとキッチンのテーブルにいると、パークのお母さんはしょっちゅうエレナーに新しいアイシャドウをつけたり、髪をいじくったりした。

「娘がいたらよかった」パークのお母さんは言った。

こんな家族がいたらよかった、エレナーは心の中で言った。そしてときどき、そんなふうに考えた自分が裏切り者のように思えるのだった。

第三十八章　エレナー

水曜日の夜は最悪だ。

パークはテコンドーのクラスがあるから、エレナーは学校のあと、まっすぐ家に帰ってシャワーを浴び、あとはずっと部屋に引きこもって本を読んでいた。

寒くて外では遊べないので、小さな子たちはこっそり壁を這いあがって部屋に入ってきた。リッチーが帰ってくると、隠れられるところはなくなる。ベンはリッチーに、早いうちに地下室へ追いやられるのが怖くて、子ども部屋のクローゼットの中に入ってミニカーで遊んでいた。

リッチーが『私立探偵マイク・ハマー』を見はじめると、リッチーがいいと言っても、母親はメイジーも子ども部屋にいかせた（セックスとバイオレンスが過激だからかも）。

メイジーはすることがなくて、イライラしながら部屋をいったりきたりして、ベッドの上でも歩きまわった。

「上のベッドにいっていい？」

「いやよ」

「ねえ、いいでしょ……」

二段ベッドは子ども用で、ふつうのシングルベッドよりも小さく、エレナーがぎりぎり横になれるくらいしかない。それに、メイジーは、よくいるひょろひょろの棒みたいな体型の九歳児ではない……。「わかったわよ」エレナーはうめくように言った。

エレナーはうすい氷の上にいるみたいにそっとからだをずらすと、グレープフルーツの箱を隅に押しやって自分のからだで隠した。

メイジーはのぼってきて、エレナーの枕の上にすわった。「なに読んでるの？」

「『ウォーターシップ・ダウンのうさぎたち』」

メイジーは興味はないようだった。そして腕を組むと、からだを寄せてきてささやいた。「お姉ちゃんに彼氏がいるって、みんな知ってるよ」

心臓が止まった。「彼氏なんていない」エレナーはすかさず、とぼけた顔で言った。

「もうみんな知ってるもん」

エレナーはクローゼットの中にすわってるベンを見た。ベンはこっちを見たけど、その表情にはなんのとっかかりもなかった。リッチーのおかげで、みんなすっかり無表情な顔が得意になってる。ポーカー大会に家族で参加するといいかも……。

「ボビーにきいたんだ。ボビーのお姉さんはジョシュ・シェリダンと付き合ってんの。ジョシュが、お兄さんとお姉ちゃんが付き合ってるって言ってたんだって。ベンがそんなはずないって言ったら、ボビーは笑ってた」

ベンは顔色ひとつ変えなかった。

「ママに言うつもり？」遠まわしにきいてもしかたないから、エレナーはたずねた。

「まだ言ってないよ」と、メイジー。

「言うつもりなの？」エレナーはメイジーをベッドから突き落としたい衝動を抑えた。そんなことをしたら、メイジーは完全にキレるだろう。

「もし言ったら、あたし、あいつに追い出される」エレナーはきつい口調で言った。「それに、それですめば、運がいいほうよ」

「言わないよ」ベンが小さな声で言った。

「でも、ずるいわ」メイジーはドサッと壁に寄りかかった。

「え？」

「お姉ちゃんだけしょっちゅう出かけられるなんて、ずるい」

「あたしにどうしてほしいわけ？」エレナーはきいた。ふたりとも、思い詰めたような、そう、すがるような目つきでエレナーを見ている。

この家では、だれの、どんな発言にも、悲壮感が漂う。

悲壮だろうとどうだろうと、知ったことじゃない。でも、エレナーの心を汚れた小さな手でわしづかみにしたのは、悲壮感でなく希望だった。

あたしのスイッチを入れるプラグは、どこか配線がまちがってるとエレナーは思った。本当だったら、ふたりがかわいそうになって、やさしさを感じるところなのに、自分が冷たくいじわるになるのがわかったからだ。「連れていくのはむりよ。それを期待してんなら」

「どうして？」ベンが言った。「ほかの子たちと遊ぶだけだよ」

「ほかの子なんていないのよ。そういうんじゃないの」

「あたしたちのことなんて、どうでもいいんだ」メイジーは言った。

「どうでもよくないわよ」エレナーは声を押し殺して言った。「ただあたしには……あんたたちを助けてあげることはできない」

ドアが開いて、マウスが入ってきた。「ベン、ベン、ベンったら！　ぼくの車はどこ？　ねえ、ベン、ぼくの車は？　ねえねえ！」マウスはいきなりベンの上に飛びのった。マウスに飛びかかられると、抱きつかれたのか、殺されかけてるのか、わからないときがある。

ベンはできるだけ音を立てずにマウスを押しのけようとした。エレナーは本を投げつけた（まだマシ。文庫だから）。

マウスは部屋を飛びだしていった。エレナーはベッドから身を乗り出して、ドアを閉めた。ベッドから出ずに鏡台のひきだしだって開けられる。

「あたしにはどうしようもできない」エレナーはもう一度言った。ふたりを深い淵に突き落としたような気持ちだった。「自分のことだって、どうにもならないんだから」

メイジーの顔がこわばった。

「お願いだから、言わないで」エレナーは言った。

メイジーとベンは視線を交わした。それから、メイジーがこわばった無表情な顔をむけた。

「じゃあ、お姉ちゃんのものを使わせてくれる？」

「なんのことよ？」

「コミック」ベンが言った。

「あれは、あたしのじゃないの」

「化粧品」メイジーが言った。

エレナーのベッドにあるものをすべて、一覧表にでもしたにちがいない。最近、グレープフルーツの箱は禁制品でいっぱいだった。パークからもらったり借りたりしたものばかりだ……メイジーたちはぜんぶチェック済みにちがいない。

「使い終わったら、片付けてよ。あと、ベン、コミックはあたしのじゃないの。借り物だから、汚さないようにして……」

それから、メイジーのほうを見た。「もし見つかったら、ママにぜんぶ捨てられちゃうから。特に化粧品はぜったいにだめ。そうしたら、もう手に入らないからね」

ふたりともうなずいた。

「どっちにしろ、使わせてあげたのに」エレナーはメイジーに言った。「言えばよかったのよ」

「ウソつき」メイジーは言った。

メイジーの言うとおりだった。

パーク

水曜日は最悪だった。

エレナーに会えない。父親は食事のあいだじゅう、パークには一言も口をきかない。しかも、テコンドーがある。

こうなったのは、本当にアイライナーだけのせいだろうか、とパークは思った。アイライナーでとうとうがまんの限界を超えたってだけじゃないか。これまで十六年間、パークがひ弱で、ほかの子とはちがっていて、女っぽいことに、父親は耐えつづけてきた。そしてある日、パークが化粧をしたことで、臨界点に達し、もうパークのことはどうでもよくなったのだ。

お父さんはパークのことを愛してるわよ、とエレナーは言った。それはまちがいない。でも、そんなことは関係ない。そんなのは、最低限あたりまえなことだ。義務として愛してるだけ。パークがジョシュのことを愛してるのと同じだ。

父親はパークを見るのも耐えられないのだ。

パークはあいかわらず学校にアイライナーをしていっていた。そして、家に帰るとすぐに洗い流した。父親もパークがいないようにふるまいつづけていた。

エレナー

時間の問題だった。メイジーとベンが知ったということは、じきに母親にも知られる。どっちかが言ってしまうか、エレナーが見過ごしているなにかがきっかけで、母親が気づくかもしれない。きっとなにかが起こる。

エレナーには秘密を隠す場所がなかった。箱かベッドだけ。それから、たった一ブロック先のパークの家。

パークといられる時間は尽きようとしていた。

第三十九章　エレナー

木曜日の夕食のあと、パークのおばあちゃんが髪のセットにきたので、お母さんはガレージにいってしまった。お父さんはシンクの下でパイプをいじくって、生ゴミ処理機を取り替えている。パークは新しく買ったテープの話をしていた。エルヴィス・コステロだ。パークは話したくてしょうがないみたいだった。

「エレナーが好きそうな曲が二曲あるんだよ。バラードでさ。あとはアップテンポなんだ」

「パンクっぽいの？」エレナーは鼻にシワを寄せた。〈デッド・ミルクメン〉の何曲かはまだ許せる。でも、それ以外は、パークの好きなパンク・ミュージックは大嫌いだった。「どなられてるみたいな気がするの」パークが作ってるテープにパンクを入れようとするたびに、エレナーは言った。「あたしにどならないでよ、グレン・ダンジグ！」

「これは、ヘンリー・ロリンズだって」

「どなってると、みんな同じに聞こえるの」

最近はずっと、パークはニューウェーブにハマってた。あとは、ポストパンク系。エレナーが片っ端から本を読むのと同じで、パークは次から次へとバンドをチェックしてる。

「同じじゃないよ。エルヴィス・コステロはもっと音楽的なんだ。曲調もおだやかだし。ダビングしてあげる」

「それか、かけてみてよ。今」

パークは首をかたむけた。「おれの部屋にいくってことだよ」

「いいよ」なにげなくもない口調で、エレナーは言った。

「いいの？　ずっとだめって言ってたのに、今日はいいんだ？」

「いいの」エレナーは言った。「パークのお母さんは気にしないって、いつも言ってたじゃない……」

「じゃあ？」

「母さんは気にしないさ」

パークはぱっと立ちあがると、うれしそうな顔でエレナーを引っぱって立たせた。それから、キッチンへいった。「部屋で音楽聴いてくる」

「わかった」パークのお父さんはシンクの下から言った。「子どもを作るなよ」

本当ならかなり決まり悪くなるところだけど、パークのお父さんはそういうことをさらりと言える。ふだんからもっと話しかけてくれればいいのに。

パークのお母さんが部屋に女の子を入れるのを許してるのは、リビングからもほぼ丸見えなうえ、お手洗いにいく人は、必ず前を通ることになるからだろう。

それでも、エレナーには、信じられないくらいプライベートな空間って感じがした。パークがほとんどの時間、この部屋で横になってるってことに、すでにやられてしまう。立ってるか寝てるか、たった九十度のちがいだけど、寝っ転がってるパークを想像するだけでどうかなりそう。それに、服だってここで着がえてるわけだし。

ベッド以外すわる場所はないけど、エレナーは即座に却下した。なので、ふたりはベッドとステレオのあいだの、脚を曲げればぎりぎり入れる場所にすわった。

すわるとすぐに、パークはエルヴィス・コステロのテープを早送りしはじめた。テープが山のようにある。エレナーはいくつか引っぱり出した。

「あ、それ……」パークが顔をゆがめた。

「え？」

「アルファベット順に並べてるんだ」

「平気よ。アルファベットなら読めますから」

「だね」パークは決まり悪そうな顔をした。「ごめん。カルはくるたびに、ぐしゃぐしゃにするから。あった。聴いてほしかったのはこれなんだ。いい？」

「カルも遊びにくるの？」

「ああ、ときどきね」パークはボリュームをあげた。「最近、きてないけど」

「あたしがくるようになったから……」

「別にいいんだよ、おれはエレナーのほうが好きなんだから」

「でも、ほかの友だちとも遊びたいと思わない？」

「ちゃんと音楽、聴いてる？」

「パークだって」

パークはテープを一時停止させた。ただのBGMじゃもったいないってことらしい。「ええと、カルともっと遊びたいかって？　やつとならほとんど毎日、昼メシ食ってるよ」

「でも、それ以外はずっとあたしと過ごしてること、カルはなんとも思ってない？　ほかの友だちは？」

パークは髪をかきあげた。「あいつらには学校で会ってるし……わかんないよ。別に会いたいとか思わない。エレナーだけだよ、会えなくてさみしいのは」

「でも、今はさみしくないでしょ。ずっといっしょなんだから」

「マジで言ってる？　いつだってさみしいよ。いつだってエレナーに会いたい」

パークは家に帰ってすぐに顔を洗ったけど、アイラインは完全に落ちていなかった。これのせいで、パークのやることすべてが、前よりよけいオーバーな感じがする。

「どうかしてる」エレナーは言った。

パークは笑いだした。「だね……」

エレナーは、メイジーとベンのことや、ふたりの日々に終わりが近づいてることや、いろんなことを話したかった。でも、きっとパークにはわからない。それに、パークにどうしてほしいわけ？

パークが再生ボタンを押した。

「なんて曲？」

「『アリソン』」

パーク

エレナーにエルヴィス・コステロを聴かせた——それから、ジョー・ジャクソンとジョナサン・リッチマンと〈モダン・ラバーズ〉も。

エレナーに、ぜんぶメロディが整っててまとまってる感じだよね、と言ってからかわれた。「〈ホール＆オーツ〉と同じ項目に入る感じ」パークは部屋から強制退去させるぞ、と言って脅した。あんな白人のブルー・アイド・ソウルといっしょにするなよってことだ。

母親がようすを見にきたとき、ふたりのあいだにはカセットケースが百個くらい積みあがっていた。母親が出ていくとすぐに、パークは身を乗り出してキスをした。それがいちばん見つからなそうだから。

ちょっと遠すぎたので、エレナーの背中に手を回して、引きよせた。こんなことはしょっちゅうやってるっていうふうに。これまで触れたことのないところに触れるくらいなんともない、前人未踏の北西航路を発見しようってわけじゃあるまいし、って感じで。

エレナーが近くにくる。ふたりのあいだの床に両手をついて、こっちへ乗り出す。それに勇気を得て、もう一方の手をエレナーの腰に回す。そうしたら、抱きしめてるようだけど完全には抱きしめてないっていうこの状態にもう耐えられなくなって、パークは前のめりになってひざに体重をかけ、エレナーをぐっと抱きよせた。

ふたりの下でカセットテープが五、六個バキンと音を立てた。エレナーがうしろに倒れ、パークは前につんのめった。

「ごめん」エレナーは言った。「あ、たいへん。〈スミス〉の『ミート・イズ・マーダー』が割れちゃったかも」

パークはすわり直すと、テープを見た。こんなものぜんぶ、押しのけてしまいたかった。「ケースだけだよ、たぶん。気にすることないって」そして、プラスティックのかけらを拾いはじめた。

「〈スミス〉、〈ザ・スミサリーンズ〉……割ったのまで、アルファベット順」

パークはエレナーに笑いかけようとしたけど、エレナーはこっちを見ようとしなかった。「帰らなきゃ。もう八時前だし」

「え、ああそっか。送ってくよ」

エレナーは立ちあがり、パークもあとからついていった。外へ出て、門までいき、おばあちゃんたちの家の私道まできたけれど、エレナーは立ち止まらなかった。

エレナー

メイジーはエイボン・レディみたいなにおいをぷんぷんさせて、古代都市バビロンの娼婦みたいな化粧をしていた。これじゃ、ぜったいにばれる。まさにトランプの家が崩れる寸前って感じ。サ、イ、テ、イ。

なのに、なんの戦略も考えられない。考えられるのは、腰に回されたパークの手のことだけ。背中に、そしてお腹に。どれもきっとパークは経験したことがないはず。パークの家族はみんなシリアルのコマーシャルに出られるくらい細いから。そう、おばあちゃんまで痩せてる。

エレナーが参加するとしたら、お腹のぜい肉を三センチをつまんで、世界の終わりって顔でカメラを見る女優役。

あの家族の中に入るなら、瘦せないとならない。エレナーのからだはどこをとっても、三センチどころか、五センチ、ううん、七センチくらいつまめる。おでこだって、三センチくらいいけるかも。

手をつなぐのはいい。手はさすがに恥ずかしいってほどじゃない。キスも大丈夫そう。唇が太ってるのは悪いことじゃないから。それに、パークはいつも目を閉じてる。

でも、上半身には大丈夫なところなんてひとつもない。首からひざまでは、骨が確認できる場所なんてひとつもない。

パークが腰に触れたとたん、ぐっとお腹を引っこめて、前に出た。そのせいで、巻き添え被害を起こしてしまった……ゴジラになった気分だった（でも、ゴジラだって太ってはいない。超大きいだけだ）。

自分でもどうかしてると思うのは、それでもまたパークに触れてほしいと思ってること。いつもいつも触れてほしい。そのせいで、こんなセイウチみたい子、彼女にしておけないって思われたとしても……それくらい、触れられるのはすてきだった。一度人間の血を味わって、噛まずにはいられなくなった犬みたいに。ううん、人間の血を味わったセイウチみたいに。

第四十章　エレナー

　パークは、すぐに教科書を調べることにしようと言った。特に体育のあと。

「もしティナなら――」その言い方で、今もそう思っていないのがわかった。「だれかに相談したほうがいい」

「だれかってだれよ？」ふたりはパークの部屋でベッドに寄りかかっていた。カセットテープの山を崩して以来パークがエレナーに腕を回すのはこれが初めてなんてことはない、ってふりをして。まだ完全に回してるわけじゃないし。すれすれ。

「ミセス・ダンに言えばいいよ。気に入られてるだろ」

「なるほど。ミセス・ダンに言って、ティナのスペルミスだらけの悪口を見せるとするでしょ。で、『どうしてティナが書いたってわかるんですか』って、やっぱり疑わしげな口調できかれる。ややこしい過去の恋愛はなしだけど、あとはだれかさんそっくりな感じでね……」

「ややこしい過去の恋愛なんてないよ」パークは言った。

「キスはした？」こんなこときくつもりはなかったのに。本人に直接きくなんて。心の中で何度も何度もくりかえしていたから、外に漏れちゃったのかもしれない。

「ミセス・ダンと？　してないよ。ハグは何度もしたけどね」

「はぐらかさないで……彼女とキスはしたの？」

したに決まってる。それ以上のことだって。ティナはすごく細いから、パークは腰に腕を回して、うしろで握手することだってできたにちがいない。

「その話はやめよう」パークは言った。

「そっちがしたからでしょ」

「どうでもいいよ」

「どうでもよくない。ファーストキスだったの？」

「まあね」パークは言った。「それも、どうでもいい理由のひとつだよ。つまり、本当のキスのうちには入らないってこと。投球練習みたいなものだったんだから」

「あとの理由は？」

「相手はティナだよ。十二歳だったんだ。まだ女の子に目覚めてもいなかったんだって……」

「でも、一生忘れないわ。ファーストキスだから」

「忘れないよ、どうでもよかったってことをね」

もうこの話はやめたかった。自分の中でいちばん信頼できる声が「もうやめろ！」と叫んでる。

「でも……」エレナーは言った。「どうしてティナにキスなんて？」

「十二歳だったんだって」

「あんなひどい女」

「ティナも十二歳だったんだから」

「でも……ティナにキスして、あたしにもするなんて」

「そのときは、エレナーがこの世に存在してるなんて知らなかったんだ」パークの腕がふいに押しつけられた。ぐっと、エレナーの腰に。脇腹をぎゅっと押されて、エレナーは思わずからだを起こした。少しでも縦に伸ばして、細くなろうとして。

「ティナとあたしに共通点なんてひとつもないじゃない……ふたりとも好きなんて、ありえる？ 中学で頭にケガして、人生変わったとか？」

パークはもう片方の腕もエレナーの腰に回した。「お願いだから、聞いてよ。なんでもなかったんだ。どうでもいいことなんだよ」

「どうでもよくない」エレナーはささやいた。いまやパークに両腕で抱きしめられ、ふたりの距離はほとんどなかった。「だって、あたしがキスしたのはパークが初めてだから。どうでもよくなんかない」

パークがおでこをエレナーのおでこにくっつけた。どこを見ればいいか、手をどこに置けばいいか、わからない。

「エレナーに出会う前のことなんて、どうでもいいんだ。後のことだって、想像できない」

エレナーは首をふった。「しないで」

「え？」

「先の話はしないで」

「おれが言いたかったのは……エレナーにキスする最初で最後の男になりたいってこと。こんなこと言うなんてダサいし、脅迫してるみたいだけど、でも、言いたいのは、エレナーが理想だってこと。おれが求めてた女の子ってことなんだ」

「やめて」そんなことを言ってほしくなかった。パークのことを押しやろうとしたけど、でも、そこまでできない。

「エレナー……」

「先のことなんて、考えたくないの」

「おれの言いたかったのもそれだよ。それに、後なんてないかもしれない」

「もちろんあるわよ」エレナーはパークの胸に両手をあてた。いつでも押しのけられるように。

「だって……ああもう、あるに決まってる。結婚するわけじゃないんだから」

「今はね」

「やめて」エレナーはあきれた顔をしようとしたけど、つらくてできなかった。

「結婚しようって言ってるわけじゃないよ。ただ……好きなんだ。そうじゃなくなるなんて、想像できない……」

　エレナーは首をふった。「十二歳のくせに」

「十六だ」パークは言った。「〈U２〉のボノが結婚相手に出会ったのは、十五のときだった。ロバート・スミスなんて十四で――」

「ロミオ、ああ、ロミオさま……」

「そういうんじゃないんだ、エレナー。エレナーだってわかってるだろ」エレナーを抱くパークの腕に力が入る。声からふざけた感じはなくなっていた。「おれたちがたがいに好きじゃなくなる理由なんてないだろ。ずっと好きでいる理由ならいくらでもある」

　あたしは一度も好きだなんて言ったことない、とエレナーは心の中で思った。

　パークにキスされたあとも、両手はパークの胸に置いたままだった。


　話をもどすと、パークは教科書を調べることにしようと言った。特に体育のあと。だから、エレナーはほとんどの子が着がえて、更衣室を出るのを待ってから、教科書を一冊一冊調べた。

まるで診察みたいに客観的に。

いつも、デニースとビービーは待ってくれる。そうすると、ランチタイムに遅れることもある代わりに、大勢の目のあるところで着がえずにすんだ。もっと前に気づけばよかった。

今日は、下品なことはなにも書かれてないみたいだ。そういえば、ティナは授業中ずっとエレナーを無視していたし、ティナの取り巻きの子たちにしても、チンピラみたいなあのアネットすら、エレナーには飽きたみたいだった。

「もう赤毛ネタもなくなったって感じかもね」代数の教科書をチェックしながら、エレナーはデニースに言った。

「まだ〈マクドナルド〉のロナルドがいるじゃん。もうそれは出た？」デニースは言った。

「〈ウェンディーズ〉のウェンディも赤毛だよね？」ビービーは言ってから、わざと声を低くして〈ウェンディーズ〉のコマーシャルのまねをした。「〝どこにビーフが入ってるの？〟」

「シイイッ」エレナーはわざとおおげさに更衣室を見まわした。「ほら、『子どもは早耳』って言うでしょ」

「もうお子さまたちは、いないよ」デニースは言った。「いっちゃったよ。今ごろカフェテリアであたしのマッチョ・ナチョス食べてる。なくなっちゃう。急いでいこ！」

「先いって、並んでて。まだ着がえ、終わってないから」エレナーは言った。

「オッケー」デニースは言った。「でも、教科書見るのはもうやめなよ。自分で言ってたじゃん、なにも書いてないって。いこ、ビービー」

エレナーは教科書をしまいはじめた。ビービーが更衣室のドアのところから「どこにビーフが入ってるの？」とさけんだ。ったく。エレナーはロッカーの扉を開けた。

空っぽだった。

こうきたってわけ。

ひとつ上のロッカーを開けてみた。なにもない。下も空っぽ。着がえがない……。

もう一度、今度はその並びのロッカーをぜんぶ開けた。それから、となりの壁に移る。パニックを起こしちゃだめ。どこかに移しただけに決まってる。

ハ！　笑える。やるじゃない、ティナ。

「なにしてるの？」バート先生が入ってきた。

「服を探してるんです」エレナーは答えた。

「毎回、同じロッカーを使うようにしなさい。そうすれば、忘れないでしょ」

「いえ、そうじゃなくて……だれかに盗られたんです」

「まったくどうしようもない子たちね……」バート先生はため息をついた。こういう面倒な問題には耐えられないというように。

そして、反対側のロッカーからひとつひとつ開けはじめた。エレナーはゴミ箱とシャワー室ものぞいてみた。すると、トイレからバート先生の声が聞こえた。「あったわ！」

トイレへいくと、床が濡れていて、先生は個室の中に立っていた。「袋を持ってくるわ」そう言って、先生はエレナーを押しのけるようにして、出ていった。

エレナーはトイレの中を見た。わかっていたのに、それでも頬をぴしゃりとたたかれたような気がした。便器の中に新しいジーンズとカウボーイシャツが黒っぽい塊になって浮かんでいた。靴は便座の下にはさんである。トイレの水を流したらしく、縁から水があふれ出ていた。エレナーは流れていく水をじっと見つめた。

「はい、これ」バート先生が安売りスーパーの黄色い袋を差し出した。「これに入れなさい」

「もういりません」エレナーはうしろに下がった。どっちにしろ、あの服はもう着られない。みんながトイレの服だと知ってるから。

「でも、あのままにしとくわけにはいかないでしょ。拾いなさい」エレナーは自分の服をじっと見た。「ほら」バート先生は言った。

エレナーはトイレのほうへ手を伸ばした。涙が頬を伝うのがわかった。バート先生が袋の口を開けた。「こういうことをさせないようにしないと。泣いてちゃ、ますますつけあがらせるだけよ」

それはまた、いいアドバイスをありがとう。エレナーは心の中で皮肉交じりに言うと、便器の上でジーンズを絞った。涙をぬぐいたかったけど、両手とも濡れていた。

バート先生が袋を差し出した。「いきましょう。許可書を書いてあげるから」

「なんのですか？」

「カウンセラー室への」

エレナーはすっと息を吸いこんだ。「このかっこうで廊下を歩くなんてむりです」

「わたしにどうしてほしいわけ？」先生は言ったが、答えを求めているわけではないのはわかった。エレナーのほうを見てもいない。エレナーは先生のあとについてコーチ室までいって、許可証を受け取った。

廊下に出ると、涙がボロボロこぼれてきた。こんなかっこうで、体育着なんかで、校内は歩けない。男子がいるのに。みんな、いるのに。ティナがいるのに。今ごろ、食堂の前で見物料を取ってるにちがいない。こんなのぜったいにムリ。こんなかっこうじゃ。

体育着がみっともないってだけじゃない（ポリエステル製の上下一体型。赤と白のストライプで、超長い白いファスナーがついてる）。

で、超ピッチピチ。

短パンはぎりぎり下着が隠れるくらいしかないし、胸のところは生地がこれでもかってくらい伸びてて、腕の下の縫い目が今にもはじけそうになってる。

体育着姿のエレナーは悲惨なのだ。十台の玉突き事故なみに。

すでに次の体育の授業の子たちが集まりはじめていた。一年生の女子が何人かエレナーを見て、ひそひそとやりだした。袋からは水がポタポタ垂れてる。

よく考える間もなく、エレナーは廊下を反対方向に歩きはじめた。フットボールのグラウンドへ出るドアのほうへむかう。いかにも外で用事がありますって感じで。真っ昼間に、泣きながら、半裸みたいなかっこうで、水を垂らしている袋を抱えていく用事が。

外に出て、ドアがカチリと音を立ててしまると、しゃがみこんでドアに寄りかかった。今だけ、ボロボロになる。ほんの一分だけ。最低。ああ、最低！

ドアのすぐ外にゴミ箱があったので、立ちあがると、スーパーの袋を放りこんだ。それから、体育着で目をふいた。（さあ）エレナーは深く息を吸いこんだ（しっかり。あいつらの思うつぼにはならない）。ゴミ箱に入っているのは新しいジーンズと、いちばん気に入ってる〈ヴァンズ〉の靴だ。ゴミ箱までいって、さっと頭をふると、袋をもう一度拾いあげた。ティナ、あの最低女、クソ女。

そして、ふたたび深く息を吸いこむと、歩きはじめた。

校舎のこちら側に教室はない。だから、少なくとも、だれも見てないはず。校舎の壁にぴったたりくっつくようにして進み、角を曲がると、ずらりと並んだ窓の下を歩いていった。このまま家へ帰ろうかとも思ったけど、もっとひどいことになるかもしれない。そっちのほうが遠いし。正面入り口までいければ、入ってすぐのところにカウンセラー室がある。ミセス・ダンなら助けてくれるだろう。少なくとも泣くなとは言わないはずだ。

正面入り口の警備員は、体育着の女子が出入りするなんて日常茶飯事だって感じで、許可証をちらりと見ただけで、すぐに通してくれた。

あともう少し。走っちゃだめ。あと、ドアがふたつ三つあるだけ……。

そのひとつからパークが出てくる可能性なんて、頭をかすめもしなかった。

初めて会った日から、しょっちゅう意外な場所でパークを見かけていた。まるでふたりの人生がいろいろなところで重なりあってるみたいに。ふたりだけの引力を持ってるみたいに。いつもは、そうした偶然の出会いは、世界がくれる最高の贈り物だって思ってた。

パークは廊下の反対側のドアから出てきて、エレナーを見たとたん、ぴたりと足を止めた。エレナーは目をそらそうとしたけど、間に合わなかった。パークの顔が真っ赤になった。まじまじと見つめてる。エレナーは短パンをぐいっと引っぱりおろすと、よろめくように最後の数段を駆けあがって、カウンセラー室に飛びこんだ。

「学校にいかなくてもいいわよ」エレナーがその日の出来事を（ほぼ）ぜんぶ話すと、母親は言った。

エレナーは一瞬、学校へいかないならなにをするんだろう、と思った。一日うちにいる？　そのあとは？

「大丈夫」エレナーは言った。ミセス・ダンは車でエレナーを家まで送り届け、ロッカー用のダイヤル錠を持ってくる約束をしてくれた。

母親はスーパーの袋をバスタブの中に放りこむと、鼻にシワを寄せて服を洗いはじめた。においなんてしないのに。

「女っていじわるよね……少なくともひとり、信用できる友だちがいるだけよかったわよ」

戸惑った顔をしたにちがいない。

「ティナのことよ」母親は言った。「ティナがいてよかったわね」

エレナーはうなずいた。

その夜、エレナーは出かけなかった。金曜は、パークのうちでは映画を見ながら、ポップコーンメーカーで作ったポップコーンを食べるのに。

でも、パークの顔を見られそうになかった。

廊下で会ったときのパークの顔が頭から離れない。まるでまだ体育着で突っ立ってるような気分だった。

第四十一章　パーク

その日、パークは早くベッドに入った。母親がエレナーはどうしたんだと言ってうるさかったのだ。「今日はエレナーはどうしたの？」「遅れてるの？」「けんかしたの？」

母親がエレナーの名前を口にするたびに、顔がカアッとほてるのがわかった。

「なにかあったんでしょ」夕食のとき、母親は言った。「けんかしたの？　また別れちゃったの？」

「ちがうよ。具合が悪くて早退したんだと思う。帰りのバスに乗ってなかったから」

「おれも彼女ができたんだ。うちに呼んでいい？」ジョシュが言った。

「ガールフレンドはだめ。まだ早すぎるわ」母親が言った。

「もうすぐ十三だよ！」

「いいだろう」父親が言った。「おまえの彼女も呼んでいいぞ。その代わり、ニンテンドーはなしだ」

「え？」ジョシュはショックを受けてさけんだ。「どうしてだよ？」

「おれがそう決めたからだ」父親は言った。「決まりだな？」

「やだよ！　ぜったいやだ！　兄ちゃんもニンテンドーはなしなの？」

「そうだ。それでいいか、パーク？」

「いいよ」

「おれは『明日の壁をぶち破れ』のビリー・ジャックなんだ。戦士でシャーマンなのさ」と、父親。

会話とまでは言えないけど、父親がパークにしゃべりかけた言葉の中では、この数週間でいちばん多かった。パークがアイライナーをひいているのを見たとたん、近所の人たちがたいまつや熊手を持って襲撃にくるのをずっと警戒していたのかもしれない。まあ、実際そういう時代もあったわけだけど。

でも、現代では、男が化粧したくらいでほとんどの人が気にもしなかった。おじいちゃんとおばあちゃんですら、どうってことなくて、おばあちゃんは、「ルドルフ・ヴァレンティノみたいじゃない」なんて言ってたし、おじいちゃんは父親に「おまえが韓国にいってるころ、ガキどもがどんなかっこうをしてたか、見せたかったよ」と言った。

「もう寝るよ」パークは立ちあがった。「おれもあんまり具合がよくないんだ」

「兄ちゃんがもうニンテンドーで遊ばないなら、おれの部屋に持っていっていい?」ジョシュが言った。

「パークは好きなときにニンテンドーで遊んでいい」父親が言った。

「なんだよ。父さんたちのやることは不公平だらけだ」ジョシュは言った。

パークは電気を消して、ベッドにもぐりこんだ。そしてあおむけになった。前の部分がもぞもぞしそうだったし、手ももぞもぞしそうだったし、脳みそだってもぞもぞしそうだったから。

今日、エレナーを見たあと、少なくとも一時間は、どうして体育着で廊下を歩いてたんだろうという疑問すら浮かばなかった。本当なら声をかけるとか、「どうした?」とか「なにかあった?」くらい、たずねるべきだったのに。なのに、初めて見るみたいにぽかんと見つめてしまった。

本当に初めて見たような気持ちだったから。

今まで考えてなかったわけじゃない。それどころかしょっちゅう考えていた――エレナーの服の下のことは。でも、どうしても細かいところまでは想像できなかった。思い浮かぶ裸の女の人と言えば、父親がたまにベッドの下に隠すべきだってことを思い出す雑誌の女の人だけだった。

そういう雑誌を、エレナーはひどく嫌っていた。ヒュー・ヘフナーの名前を口に出すだけで、たちまちスイッチが入って、ヘフナーが創刊した『プレイボーイ』誌のことから始まって、売春とか奴隷とかローマ帝国の滅亡にいたるまで半時間も話しつづけた。だから、父親の二十年前の『プレイボーイ』のことはとても話せなかったけど、どちらにしろ、エレナーと付き合うようになって以来、雑誌には指一本触れていなかった。

でも今はもう、細かいところまで想像できた。エレナーの姿を思い浮かべることができる。思い浮かべずにはいられない。女子の体育着がピチピチだってことに、どうして今まで気づかなかったんだろう？　それに、あんなに短いなんて……。

エレナーがすっかり大人の体つきだってこと、どうして想像してなかったんだ？　あんなに凹凸があるって？

目を閉じると、またエレナーの姿が浮かんできた。そばかすのついたハートを重ねたような、きれいに盛られたデイリークイーンのソフトクリームみたいなからだ。太い線で描いたベティ・ブープみたいな。

エレナー。どうした？　なにかあった？　心の中で呼びかける。

なにかあったにちがいない。帰りのバスには乗ってなかったし、パークの家にもこなかった。明日は土曜日だ。週末ずっと会えなかったら？

これからどんなふうにエレナーを見ればいいんだ？　とても見られそうにない。体育着一枚の姿でしか。あの長い白いファスナーしか。

どうすりゃいい？

第四十二章　パーク

次の日は、家族でボートショーにいって、昼ごはんを食べ、そのあとショッピングモールあたりにいく予定だった。

パークはおそろしくゆっくりと朝食を食べ、シャワーを浴びた。

「急げ、パーク」父親がきつい声で言った。「さっさと着がえて、化粧しろ」

ボートショーに化粧していくわけないだろ。

「早くしなさい」母親が廊下の鏡で口紅をチェックしながら言った。「お父さんが混んでるのを嫌うのは知ってるでしょ」

「おれもいかなきゃだめ？」

「いきたくないの？」母親は髪をくしゃくしゃっとしてうしろを膨らませた。

「いや、いきたいよ」パークは言った。ウソだけど。「でも、エレナーがくるかもしれないだろ？話しそびれるのがいやなんだ」

「なにかあったの？　本当にけんかじゃないの？」

「ちがうって、けんかじゃないよ。ただ……心配なんだ。エレナーのうちに電話できないのは知ってるでしょ」

母親はこちらをふりむいた。「わかったわ……」母親は顔をしかめた。「こなくていいわ。その代わり、掃除機をかけといて。いいわね？　あとあなたの部屋の床に積み重なってる黒い服を片付けておきなさい」

「ありがとう」パークは母親にハグした。

「パーク！　ミンディ！」父親が玄関に立っていた。「いくぞ！」

「パークは残ることになったから。わたしたちだけでいきましょ」母親が言った。

父親はちらりとパークを見たが、なにも言わなかった。


パークはひとりで家にいるのに慣れていなかった。掃除機をかけた。服を片付けた。サンドイッチを作って、ＭＴＶで放映してたイギリスのコメディ番組『若者たち』を通しで見た。そのうち、ソファーで眠ってしまった。

玄関のベルの音が聞こえ、跳び起きて、寝ぼけ眼《まなこ》のままドアを開けにいった。胸がバクバクしてる。真っ昼間にぐっすり眠りこんでしまって、どうやって目を覚ませばいいかわからなくなったときみたいに。

エレナーだと確信があった。パークはたしかめもせずに玄関のドアを開けた。

エレナー

パークの家に車がなかったので、だれもいないのだと思った。家族のすてきなイベントに出かけてるんだろう。ステーキハウスの〈ボナンザ〉でランチをするとか、おそろいのセーターで家族写真を撮るとか。

だから、ほとんどあきらめていたら、玄関のドアが開いた。そして、昨日のことで気まずかったり恥ずかしがったりする間もなく――なんとも思っていないふりをする間もなく、網戸を開けたパークに袖をつかまれ、中に引っぱりこまれた。

パークはドアも閉めずに、エレナーに腕を回した。腕をいっぱいに伸ばして、エレナーの背中まで。

ふだんはエレナーの腰に両手をそえるだけ。スローダンスを踊ってるみたいに。でも、今日はスローダンスじゃない。もっとなにか……別のもの。パークの両腕に抱きかかえられ、髪に顔を埋められ、エレナーは身動きひとつできなかった。

パークは温かかった……本当にすごく温かくて、羽根みたいにふわふわしてる。まるで眠ってる赤ん坊（みたい、ってこと。でも、そのままじゃない）。

エレナーはもう一度、恥ずかしがろうとした。

パークは足でドアを閉め、そのまま寄りかかると、ますます強くエレナーを抱きしめた。パークのまっすぐで清潔な髪が目にかかり、目はほとんど閉じてる。ふわふわで。やわらかくて。

「寝てたの？」エレナーはささやいた。まだ寝ぼけてるんじゃない？　って感じで。

パークは答えなかった。でも唇が、開いたまま、エレナーの唇に重ねられ、エレナーののけぞった頭を手で支えた。きつく抱きよせられているので、隠れようがない。からだを起こすことも、息を吸うことも、秘密を守ることもできない。

パークが声を出した。エレナーののどに響く。パークの指が十本とも感じられる。首と、背中と……エレナーの両手はバカみたいに両脇にだらんと垂れてる。パークの手とは別の世界にいるみたいに。エレナー自身も別のところにいるみたいに。

パークにもわかったにちがいない。唇を離したから。自分のTシャツで拭こうとして、エレナーのことを見つめた。エレナーがここにきてから、初めて見たみたいに。

「あのさ……」パークは息をついて、集中した。「どうした？　なにかあった？」

エレナーはパークの顔を見た。はっきりとはわからないなにかの感情にあふれてる。まるで唇が離れたがってないみたいに口が前に出てるし、目はあまりにもグリーンで、二酸化炭素を酸素に変えちゃいそうなくらい。

エレナーがずっと触られるのを恐れてた場所ぜんぶに触ってる……。

エレナーは最後にもう一度だけ、恥ずかしがろうとした。

パーク

一瞬、やり過ぎたと思った。

そんなつもりさえなかった。実際、眠りながら歩いていたような感じだ。エレナーのことを考えて、エレナーの夢を見て、何時間ものあいだエレナーのことを求めていたから、頭がどうかしてしまったんだ。

エレナーはまだ腕の中にいる。やり過ぎたと思った。張りめぐらされてる警戒線に足を引っかけたと思った。

そしたら、エレナーのほうからパークに触れてきた。パークの首に。

うまくは言えない。どうしてそれが、これまで触れられたときとちがうか。エレナー自身がちがった。とても静かだったけど、でもそうじゃなかった。

エレナーはパークの首に触れ、それからすうっと線を引くように手を胸までおろした。ああ、背がもっと高くて、肩幅もがっしりしてたら。エレナーがやめないでくれたら。パークに比べて、エレナーはおだやかだった。もしかしたら、パークがエレナーを求めてるほど、エレナーはパークを求めてないのかもしれない。でも、自分の半分でも想ってくれてるのなら……。

エレナー

いつも頭の中でこんなふうにパークに触れていた。

あごから首、そして肩へ。

思っていたよりパークのからだはずっと熱くて、かたかった。筋肉も骨もぜんぶ表面にあるみたい。心臓がTシャツのすぐ下で鼓動してるみたい。

エレナーはおそるおそる、そっと触れた。触れ方とか場所がまちがってたときのために。

パーク

ドアにからだをもたせかける。

エレナーの手がのどを伝う。そして胸へ。それからもう片方の手が、ぐっと顔に押しつけられる。痛がってるみたいな声を出してしまったけど、気にするのはあとまわしにする。

今、恥ずかしがってたら、ほしいものをなにひとつ手に入れられないから。

エレナー

パークは生きている。あたしも目覚めてる。許されたのだ。

パークはエレナーのものだって。

あたしのもの。永遠じゃないかもしれないけど——永遠のはずはないけど——でも、ただの比喩じゃなくて。文字どおりの意味。そう、今は。今。今、パークはエレナーのもの。そして、エレナーに触れてもらいたがってる。手の下に頭を押しこんでくるネコみたいに。

指先を広げてパークの胸に押しあてた両手をすっと下へすべらせる。そしてそのまま、また上へすべらせた。今度はシャツの下から。

そうしたのは、そうしたかったから。いつも頭の中で描いていたようにパークに触れはじめたら、止められなくなったから。それに……こんな機会は二度と訪れないかもしれないから。

パーク

エレナーの指が腹に触れたのを感じて、また声が出てしまった。エレナーを抱いてぐっと引きよせ、それからうしろへ押した。よろめきながらコーヒーテーブルをよけて、ソファーへ。

映画では、こういうことはスムーズに、そうじゃなければ、コミカルに笑っちゃう感じで進む。でも、自分の家のリビングだと、ひたすらかっこ悪いだけだった。ふたりとも相手のことを離さないので、エレナーはソファーの隅にしりもちをつくかっこうになり、パークはその上に倒れこんでしまった。

エレナーの目を見たいのに、こんなに近くじゃ、見られない。「エレナー……」ささやくように言う。

エレナーがうなずく。

「好きだよ」

エレナーがこっちを見あげる。黒い瞳が輝く。そして、目をそむける。「知ってる」

パークは片方の腕をエレナーの下から引っぱり出して、ソファーに寄りかかっているエレナーのからだの線をたどった。一日じゅう、こうしていられそうだ。わきをなぞるように腰へ手をすべらせ、ヒップまでいったらまたもどり……。でも、そんな時間はない。それに、エレナーにはほかの奇跡も秘められている。

「知ってる？」エレナーの答えをくりかえす。エレナーは笑う。パークはキスをする。「ハン・ソロのセリフを言うなら、ふつう、おれのほうだろ」

「あたしがハン・ソロよ」エレナはささやく。エレナーの声はすてきだ。初めて触れる肉体の下にいるのはいつものエレナーだって、思い出すのはすてきだ。

「でも、おれがレイア姫ってこともないだろ」

「男か女かってことにこだわらないの」

パークはエレナーの腰まで手をおろし、また上へすべらせながら、親指でセーターの下を引っかけた。エレナーはハッと息を呑んで、あごをあげた。

さらにセーターを引きあげる。それから、自分でもどうしてかわからないまま、自分のシャツもたくしあげ、腹をエレナーに押しつける。

エレナーの顔がゆがみ、パークは自分が抑えられなくなる。
「じゃあ、エレナーがハン・ソロだ」パークは言って、エレナーののどにキスをする。「おれはボバ・フェット。登場するのは、『帝国の逆襲』からだけどね。きみのために空を超えていくよ」

エレナー

二時間前は知らなくて、今、わかったこと。

✓ パークは皮膚で覆われてる。からだじゅう、ぜんぶ。どこも、手と同じですべすべしていて、きれいな蜂蜜色をしてる。場所によっては厚く、濃い。シルクというよりつやつやしたビロード。でも、どこもパークの皮膚。どこもすてき。

✓ 自分も皮膚に覆われている。そしてその皮膚は、超高度化した末端神経に覆われてる。これまでたいした働きもしてこなかったくせに、パークが触れたとたん、氷か火か蜂の針みたいに息を吹きかえす。パークが触れるたびに。

✓ お腹も、そばかすも、ブラが二本の安全ピンでとめてあることも恥ずかしくてたまらないのに、パークにもっと触れてほしかった。恥ずかしいと感じられなくなるくらいに。それに、パークはちっとも気にしてないみたいだった。むしろいいと思ってるところもあるみたい。そばかすとか。アイスにかけるトッピングのスプレーみたい、だって。

✓

パークに、からだじゅうに触れてほしかった。ブラのへりで手を止めて、ジーンズのうしろにちょっと手を入れるだけでやめてしまった。でも、エレナーが止めたわけじゃない。エレナーは止めてない。パークに触れられるのは、これまでの人生でなによりもすてきだった。なによりも。だから、もっともっと、できるだけその気持ちを味わいたかった。味わって、ためておきたかった。

✓

汚いところなんてない。パークには。みっともないところもない。パークは太陽だから。エレナーにはそうとしか説明できなかった。

パーク

日が暮れはじめると、今にも親が入ってきそうな気がしてきた。とっくに帰っていても、おかしくない。こんな姿は見られたくなかった。片方のひざをエレナーの脚のあいだに入れ、手を腰にやり、唇でセーターの首をできるだけ押し下げてるような状態は。

エレナーから離れて、冷静に考えようとした。

「どこいくの？」エレナーがきく。

「わからない。どこもいかないよ……親がもうすぐ帰ってくるんだ。ちゃんとしとかないと」

「わかった」エレナーもからだを起こした。でも、その姿があまりにも途方に暮れていてきれいだったので、パークはまた上にのしかかって、押し倒してしまった。

半時間後、パークはもう一度、試みた。そして、今回は立ちあがった。

「洗面所にいってくる」

「うん。ふりかえらないでね」

パークは一歩踏み出した。そしてふりかえった。

「あたしがいく」数分後、エレナーが言った。

エレナーが洗面所へいっているあいだ、パークはテレビのボリュームを大きくした。そして、ふたりぶんのコーラをとってくると、秘め事の証拠はないかとソファーをじっと見た。大丈夫そうだ。

もどってきたエレナーの顔は濡れていた。

「顔を洗ったの?」

「うん……」

「どうして?」

「ヘンだったから」

「洗えば、もどるって?」

ソファーをチェックしたのと同じように、エレナーをさっと見た。唇は腫れぼったいし、目もいつもより興奮してる感じだ。でも、エレナーのセーターはふだんからのびのびだし、髪もくしゃくしゃにからまってる。

「ヘンじゃないよ」パークは言った。「おれは?」

エレナーはパークを見て、ほほえんだ。「大丈夫……ただすごく、すっごくすてきなだけ」

パークは手を伸ばして、エレナーをソファーに引っぱりおろした。今回はスムーズにいった。

エレナーはとなりにすわって、じっとひざを見つめた。

パークはエレナーに寄りかかった。「今度はへんなことはしない。ね?」

エレナーはうなずいて、笑った。「うん」それから、「一分だけ。ほんの少しだけ」こんなすなおなエレナーの顔を見たのは初めてだ。眉もひそめてないし、鼻にシワも寄ってない。エレナーの腰に手を回すと、エレナーはなにも言わずに胸に頭をもたせかけた。

「あ、見て。『若者たち』がやってる」エレナーが言った。

「ああ……そうだ、まだ話してもらってないよ。昨日、どうしたの? 廊下で会ったとき? なにかあった?」

エレナーはため息をついた。「ミセス・ダンの部屋にいくところだったの。体育の授業で服を隠されたから」

「ティナ?」

「わからない。たぶんね」

「信じられない……ひどいよ」

「もういいの」本当にそう思っているような口ぶりだった。

「見つかったの? 服は?」

「うん……この話、本当にしたくないの」

「わかったよ」

エレナーはパークの胸に頬を押しつけた。パークはエレナーを抱きしめた。こんなふうにして人生を過ごせればいいのに。からだを張って、エレナーを世界から守れたらいいのに。

ティナは本当に最低なやつなのかもしれない。

「パーク？」エレナーが言った。「あともうひとつだけ。きいてもいい？」

「なんだってきいていいんだ。そういう約束だろ」

エレナーはパークの心臓の上に手を置いた。「今日……今日、こんなことしたのは、昨日のことと、関係ある？」

本当は答えたくなかった。昨日のなんともいえない欲望は、なにがあったか知った今ではますますそぐわないように思えた。「うん、まあ」パークは小声で答えた。

エレナーはしばらくなにも言わなかった。一分がたち、二分がたって……。

「ティナはくやしがるだろうな」

エレナー

パークの両親はもどってくると、エレナーがいるのを見て、心の底からうれしそうな顔をした。

パークのお父さんは、ボートショーで買った新しい猟銃を見せてくれて、仕組みを説明しようとした。

「ボートショーで銃が買えるんですか？」エレナーはたずねた。

「なんだって買えるよ。買いたいと思うようなものなら」お父さんは言った。

「本も？」

「銃やボートについての本ならね」

土曜日だったので、エレナーは遅くまでパークの家にいた。そして、帰り道はいつものように、パークのおばあちゃんの家のところで立ち止まった。

でも、今夜は、パークはキスをしようとしなかった。その代わり、エレナーを強く抱きしめた。

「いつかまた今日みたいにふたりきりになること、あるかな?」エレナーは目に涙が溢れてくるのを感じた。

「いつか? もちろんだよ。すぐかどうかはわからないけど……」

エレナーはせいいっぱい力をこめてパークを抱きしめた。そして、ひとりで家へむかった。


リッチーは家にいて、『サタデー・ナイト・フィーバー』を見ていた。ベンは床の上で、メイジーはソファーのリッチーのとなりで、ぐっすり眠っていた。

まっすぐ寝室へいきたかったけど、洗面所にいかなければならない。つまり、リッチーとテレビのあいだを横切ることになる。二度も。

洗面所に入ると、髪をうしろできつく結わえ、もう一度顔を洗った。そして、顔を伏せたまま、急いでテレビの前を横切った。

「どこへいってたんだ」リッチーがきいた。「しょっちゅうどこへいってるんだ?」

「友だちの家」エレナーは足を止めずに答えた。

「どの友だちだ?」

「ティナ」エレナーは寝室のドアに手をかけた。

「ティナか」リッチーは言った。タバコをくわえ、手にはビールの缶を持っている。「ティナの家はディズニーランドみてえなんだろうな。え?! いくらいってもいきたりないってか?」

　エレナーはそのまま待った。

「で、クリスマスにやった金はなにに使ったんだ? なにかいいものを買えって言ったろう?」

　寝室のドアが開いて、母親が出てきた。リッチーのバスローブを着ている。よくアジア土産にありそうな、赤いサテン生地にけばけばしい大きな虎の刺繍《ししゅう》がしてあるものだ。

「エレナー、寝なさい」

「エレナーにクリスマスの金でなにを買ったか、きいてるんだ」

　適当なことを言えば、見せろと言われるにちがいない。まだ使ってないと言えば、返せと言うだろう。

「ネックレス」

「ネックレスか」リッチーはくりかえした。そして、なにかひどいことでも言ってやろうとするように、とろんとした目でエレナーを見まわした。けれども、けっきょくまた一口ビールをすって、背もたれに寄りかかった。

「おやすみなさい、エレナー」母親が言った。

第四十三章　パーク

　パークの両親はほとんどけんかはしなかったし、するとすれば、それはいつもパークかジョシュのことだった。

父親と母親は一時間以上寝室で言い争い、日曜日の夕食にいく時間になると、母親が出てきて、子どもたちで先におばあちゃんたちのところへいっているようにと言った。「母さんは頭が痛いと伝えて」

「兄ちゃん、なにしたんだよ?」家の前の芝生を横切って近道しながら、ジョシュがきいてきた。

「なにもしてないよ。おまえこそ、なにしたんだよ?」

「してないよ。兄ちゃんだよ。トイレにいったとき、母さんが兄ちゃんの名前を言ってるのが聞こえたもん」

でも、パークはなにもしていない。アイライナー事件のあとは。解決したわけではなかったけど、沈静化していた。まさか昨日のことがバレたとか……。

だとしても、昨日したことは、はっきりするなと言われてるわけじゃない。母親はそういうことについては一切口にしない。父親も、五年生のときにセックスのことを説明し、「相手を妊娠させるなよ」と言って以来、特になにも言っていない(ジョシュもいっしょだった。ったく、バカにしてる)。

とにかくエレナーとパークはまだそこまでいってない。テレビで映せないようなところにはどこにも触れてない。もちろん、触れたいけど。

触れておけばよかった。またふたりきりになれるのは、何ヶ月も先かもしれないのに。

エレナー

月曜日の朝、授業の前にミセス・ダンの部屋へいった。ミセス・ダンは真新しいダイヤル錠をくれた。ショッキングピンクの。

「クラスの女子の何人かと話してみたの」ミセス・ダンは言った。「でも、みんな知らないふりよ。ぜったい真相をつきとめるから。ぜったいにね」

真相もなにもない、とエレナーは思った。ティナに決まってるんだから。

「いいです。別にこのままで」エレナーは言った。

その朝、エレナーがバスに乗ってくるのを、ティナは上唇をなめながらじっと見ていた。エレナーがいきなりキレるのを期待してるみたいに。それか、トイレの服を着てるかどうか、チェックしてたのかも。でも、パークがそこにいて、ひざにのっけるみたいにぐいと引っぱってくれた。だから、ティナのこともみんなのことも無視できた。今朝のパークは、めちゃくちゃすてきだった。いつもの、バンドのロゴのついた怖めの黒いTシャツじゃなくて、〈キス・ミー、アイム・アイリッシュ〉って書いてある緑のシャツを着てた。

パークはカウンセラー室までついてきて、今日も服を盗まれたら、すぐにおれのところにこいよ、と言ってくれた。

そういうことはなかった。

ビービーとデニースはクラスのだれかに聞いて、すでに知っていた。ってことは、クラスじゅうの子が知ってるってことだ。ふたりとも、これからはぜったいにエレナーをひとりでランチにいかせないと言ってくれた。「マチョ・ナチョスは二の次よ」

「スカンク女に、エレナーには友だちがいるってことを知らせとかないとね」デニースは言った。

「そうそう」ビービーもうなずいた。

パーク

月曜の午後、パークとエレナーがバスを降りると、パークの母親がインパラに乗って待っていた。

「こんにちは、エレナー。ごめんなさい。今日、パークは用事があるの。また明日きてちょうだい。ね？」

「もちろんです」エレナーはパークを見た。パークはエレナーの腕をぎゅっと握って、エレナーが去っていくのを見送った。

そして、車に乗りこんだ。「ほら、早く早く」母親がせかした。「パークはなんでものんびりなんだから。ほら」母親はパンフレットを差し出した。『ネブラスカ州、ドライバーの手引き』。

「うしろに模擬試験の内容が出てるから。さあ、シートベルトして」

「どこにいくの？」

「運転免許を取りにいくのよ、もちろん」

「父さんは知ってるの？」

運転するとき、母親はクッションの上にすわって、ハンドルにぶらさがるように前のめりになる。「知ってるけど、お父さんとは話さなくていいから。わかった？　これはふたりの問題なの。パークとわたしの。ほら、試験の内容を見ときなさい。難しくないから。わたしは一回目で受かったわよ」

うしろのページをめくると、模擬試験の内容がのっていた。十五歳になったときに、ぜんぶ勉強して、仮免許は取っている。

「父さんが怒りくるわない？」

「これは、だれとだれの問題だって言った？」

「おれたち」

「パークとわたしよ」母親は言った。

パークは一回目で合格した。宇宙戦艦スター・デストロイヤーを縦列駐船するみたいに、インパラを縦列駐車し、母親にテッシュでまぶたを拭いてもらってから、写真を撮った。

帰りは、運転させてくれた。「あのさ、父さんに言わないってことは、おれは永遠に運転できないってこと？」エレナーをドライブに連れていきたかった。場所はどこでもいいから。

「今、交渉中。そのあいだは、免許証は必要なときのために持っときなさい。非常用にね」

免許を取る理由としては今ひとつ説得力に欠ける。これまで十六年間、運転しなきゃいけないような非常事態なんてなかったんだから。

次の朝、エレナーに秘密の用事はなんだったのかきかれて、パークは免許証を差し出した。

「ウソ！　パークの写真！　すてき！」

エレナーは免許証を返したがらなかった。

「パークの写真、持ってないんだもの」

「ほかのをあげるよ」

「ほんと？　ほんとにくれる？」

「学校の写真を一枚、持ってくるよ。母さんが腐るほど持ってるから」

「裏になにか書いて」エレナーはたのんだ。

「どんなこと？」

「『キュートなエレナーへ　ＫＩＴ、ＬＹＬＡＳ、パークより』［連絡して、妹みたいに大好き　keep in touch, love you like a sister の略。女子同士のやりとりでよく使われるフレーズ］とか」

「でも、おれはエレナーのこと、妹みたいに好きなわけじゃない。それに、エレナーはキュートじゃないし」

「ひどい」エレナーは憤慨したように言って、免許証を持った手をさっとうしろへ引いた。

「そうじゃなくて……もっと別のよさがあるってこと」パークは免許証をひったくった。「キュートって感じじゃない」

「ここで、パークはあたしのこと『悪党』って言って、あたしが『悪党だから惚れたんだろ？』って言わなきゃ。このあいだの続き。あたしがハン・ソロ役ね」

「じゃ、こう書くよ。『エレナーへ　愛してる、パーク』」

「だめ、やめて。ママに見られたら困る」

エレナー

パークは学校の写真をくれた。十月に撮ったものだったけど、すでに今とは感じがちがう。今のほうが大人に見える。けっきょく、裏にはなにも書かせなかった。写真をだめにしたくなかったから。

食事のあと（テイタートッツのオーブン焼きだった）、ふたりでパークの部屋にいって、むかしの学校写真を見ながら、隙を見てはキスしていた。子どものころのパークを見ると、ますますキスしたくなる（それってどうかと思うけど。まあ、本物の小さい子どもにキスしたくなったら、悩むことにしよう）。

パークに写真をほしいと言われたときは、写真がなくてよかったと思った。

「じゃあ、撮ろう」パークは言った。

「うーん、いいけど……」

「じゃ、決まり。母さんのカメラをとってくる」

「今？」

「今じゃだめなわけ？」

だめな理由を思いつかなかった。

パークのお母さんは、大喜びだった。大変身パート2が始まりそうだったけど、パークが割って入ってくれた。「母さん、おれはふだんのエレナーの写真がほしいんだ」

パークのお母さんはふたりいっしょの写真も撮ろうと言い張った。こっちは、パークも反対しなかった。パークはエレナーに腕を回した。

「また別のときにしない？」エレナーは言った。「休暇のときとか、記念になるような日に？」

「今夜を記念の日にしたいんだ」

パークはときどき最高にダサい。

楽しそうにしすぎてたにちがいない。家に帰ると、母親がずっとついてきた。まるでなにかにおうって感じで（幸せはパークのうちみたいなにおいがする。エイボンの化粧品と、栄養バランスの取れた食事のにおい）。

「お風呂に入る？」母親はきいた。

「え、うん」

「だれもこないように見張っててあげる」

エレナーはお湯を出すと、空っぽのバスタブに身を沈めた。裏口が近いせいでひどく寒くて、バスタブがいっぱいになる前からすでにお湯が冷めはじめる。いつもは急いで入るから、このくらいの時間にはお風呂に入り終わってる。

「今日、お店でアイリーン・ベンソンに会ったの」母親が言った。「教会にいたでしょ。覚えてる？」

「どうかな」エレナーは言った。エレナーの家族はもう三年、教会にいってない。

「あなたと同じ歳の娘がいるのよ。トレイシーって子」

「だったかも……」

「でね、子どもができちゃったの。アイリーンはすっかりショック受けちゃってね。近所の男の子とできちゃったらしいの。黒人の。だんなさんはかんかんよ」

「覚えてない」エレナーは言った。バスタブのお湯は、もう少しで髪をすすげるくらいになる。

「とにかく、それでね、ママはついてるって思ったの」

「黒人の子と関係を持たなかったから？」

「ちがうわよ。あなたの話をしてるの。あなたがそういうことにかけては賢くてよかったってこと」

「そういうわけじゃないけど」エレナーはすばやく髪をすすいで、立ちあがった。そして、タオルでからだを隠しながら、服を着た。

「男の子と距離を置くようにしてるでしょ。賢いわよ」

エレナーはお風呂の栓を抜いて、脱いだ服を注意深く拾い集めた。うしろのポケットにパークの写真が入ってるから、濡らしたくない。母親はずっとガスコンロの前に立って、エレナーを見ていた。

「あたしよりも賢いわ。勇気もある。あたしは、八年生のときはひとりじゃやっていけなかった」

エレナーは脱いだジーンズを胸に押しつけた。「女の子には二種類いるみたいな言い方。賢い子と、男の子に好かれる子と」

「あながちまちがいじゃないわ」母親は言って、エレナーの肩に手を置こうとした。エレナーはうしろに下がった。「今にわかるわよ。もう少し大人になるまで待ちなさい」

リッチーの車が入ってくる音がした。

エレナーは母親を押しのけて、子ども部屋へ走っていった。ベンとマウスもすぐうしろから入ってきた。

パークの写真を隠しておける場所を思いつかなかったので、学校のかばんのチャックのついたポケットの中にしまった。何度も、何度も、何度も、眺めたあとで。

第四十四章　エレナー

水曜日の夜は最低ってわけでもない。

パークはテコンドーだけど、それでもパークには会える。いたるところにある記憶の中で（パークが触れたところは、触れちゃいけないような気がする。パークが触れたところは、安全だって気がする）。

リッチーは残業だったので、母親はトティーノ印の冷凍ピザを買ってきて焼いてくれた。スーパーで安売りになってたにちがいない。冷凍庫はピザでいっぱいだった。

食べながら、『ハイウェイ・トゥ・ヘヴン』を見た。『大草原の小さな家』のお父さん役だったマイケル・ランドンが出てる。それからメイジーとリビングの床にすわって、マウスに手遊び歌の「ダウンダウンベイビー」を教えようとした。

ぜんぜんうまくいかない。歌詞も手をたたくのもろくに覚えられないのに、両方いっぺんにやるなんてぜったいむり。メイジーはむきになって「もう一度はじめから」ってやりつづけた。

「ベン、手伝ってよ」エレナーは言った。「四人のほうが簡単だから」

ダウン　ダウン　ベイビー

ローラーコースターでおりといで

スウィート　スウィート　ベイビー
もう離さない
踊ろう　踊ろう　ココアパフ
踊ろう……

ダウン　ダウン　ベイビー

「ああもう、マウスったら。右手が先。右が先！　いい？　もう一度はじめからね……」

「マウス！」

第四十五章　パーク

「料理をする気になれないのよ」母親は言った。

今夜は三人しかいなかった。パークと母親とエレナーは、ソファーにすわってクイズ番組の『ホイール・オブ・フォーチュン』を見ていた。父親は七面鳥狩りにいっていて、遅くまで帰ってこない。ジョシュは友だちの家へいっていた。

「ピザを温めようか？」パークが言った。

「ピザを買いにいくんでもいいわね」母親が言った。

パークはエレナーを見た。外出に関しては、どういうルールかわからなかったのだ。エレナーは目を見開いて、それから肩をすくめた。

「いいよ」パークは笑った。「ピザを買いにいこう」

「なにもかもめんどくさいのよ。エレナーとふたりで買ってきてくれる？」

「おれが運転しろってこと？」

「そう」母親は言った。「怖い？」

なんだよ、腰抜け扱いか？

「ううん、運転できるよ。〈ピザハット〉がいい？　先に電話しとこうか？」

「好きなところでいいわよ。お腹もそんなすいてないのよ。いってきて。食べてきなさい。ついでに、映画かなにか観てきたら」

パークとエレナーは目を丸くして母親を見た。

「ほんとに？」パークがたずねた。

「ほんとよ。ほら。わたしはめったに家でひとりになれないんだし」

母親は毎日、昼のあいだずっとひとりで家にいるけど、それについては言わないでおくことにした。パークとエレナーはそろそろと立ちあがった。母親が「二週間遅れのエイプリルフールでした！」とか言いだしそうな気がして。

「キーはフックにかかってるから。お財布とってくれる？」母親は財布を受け取ると、二十ドル出し、それからもう十ドル出した。

「ありがとう……」パークはまだためらっていた。「じゃあ、もういこうかな？」

「待って……」母親はエレナーの服を見て、眉をひそめた。「エレナーはそんなかっこうじゃダメよ」同じサイズだったら、今ごろむりやりストーンウォッシュのミニスカートをはかせてただろう。

「でも、いつもこんなだから」エレナーは軍の放出品を売ってる店で買ったパンツと、長袖の紫のTシャツに、半袖の男物のシャツをはおっていた。カッコいい、とパークは思ってた（本当はほれぼれするって言いたかったけど、そんな言葉を使ったら、エレナーに気持ち悪いって言われるに決まってる）。

「髪だけ直させて」母親は言って、エレナーを洗面所に引っぱっていくと、自分の髪にさしていたピンを抜きはじめた。「かがんで。低く、もっと低く」

パークはドアのところに寄りかかって見ていた。

「見られてるとヘンな気がする」エレナーが言った。

「もう何度も見てるし」と、パーク。

「結婚式の日、エレナーの髪をセットするのを、手伝ってもらうかもしれないしね」母親が言った。

パークとエレナーはふたりとも床を見つめた。「リビングで待ってるよ」パークは言った。

数分後、用意ができた。カールのひとつひとつがつやつやして、カールさせようとしてカールしてるのがわかる。唇もつやつやしたピンク色だった。ここからでも、きっとストロベリー味だってわかる。

「これでいいわ。いってらっしゃい。楽しんできて」母親は言った。

ふたりはインパラまでいって、パークがドアを開けた。「ドアくらい自分で開けられるわよ」

エレナーはそう言い、パークが運転席側に回るあいだに、身を乗り出して、運転席のドアを押し開けた。

「どこへいく？」パークはきいた。

「わからない」エレナーは座席に身を沈めた。「とにかくこのあたりから出ない？　ベルリンの壁を越えようとしてる気分だから」

「え、うん」パークは言った。「そうだね」パークは車を発進させ、エレナーのほうを見た。「姿勢を低くしてたほうがいい。エレナーの髪は暗闇でも目立つから」

「どうも」

「いい意味だよ」

パークは西へむかった。共同住宅地の東側は、川が流れているだけだ。

「線路沿いはやめて」

「え、なに？」

「そこ、右に曲がって」

「わかった……」パークはエレナーのほうを見た。床にかがんでる。パークは笑った。

「笑わないでよ」

「笑うよ。エレナーは床にうずくまって隠れてるし、おれが運転できるのは、父さんが町にいないからだし」

「お父さんは運転させたがってるんでしょ。マニュアル運転を覚えればいいだけじゃない」

「もう覚えてるよ」

「じゃあ、なにが問題なの？」

「おれだよ」パークはイライラして答えた。「ほら、もう地元からは出たよ。からだを起こしたら？」

「二十四番通りまでいったら、そうする」

二十四番通りに出ると、エレナーはからだを起こしたけど、四十二番通りに出るまで、一言もしゃべらなかった。

「どこいくの？」エレナーはきいた。

「わからない」パークは本当にわからなかった。学校と、ダウンタウンへの行き方は知ってるけど、それだけだ。「どこにいきたい？」

「わからない」エレナーも言った。

エレナー

エレナーは「いちゃつきポイント」にいきたかった。でも、そんなところはドラマの『ハッピーデイズ』の中にしか存在してないのかも。

それに、「ねえ、窓を曇らせたいときはみんな、どこいってるの？」なんてパークにききたくない。そんなことを言ったら、どう思われる？　それにもし、パークが知ってたら知ってたで……。

パークの運転技術にいちいちビクビクしないようにしたけど、車線変更したり、バックミラーをチェックするたびに、気が遠くなりかけた。タバコに火をつけたり、スコッチのロックを注文したりするのと、たぶん近い。なんだかパークが年上に見える……。

エレナーは仮免は持っていなかった。母親ですら、運転を禁止されてる。だから、エレナーの免許のことなんて、話題にものぼらなかった。

「どこかにいかなきゃいけないわけ？」エレナーは言った。

「そりゃ、どこかにはいかなきゃいけないだろ……」

「でも、しなきゃならないことがあるわけ？」

「どういう意味？」

「適当に、ふたりになれそうなところにいくだけじゃだめなの？　ふたりになりたいとき、ふつうどこにいくものなの？　別に車を降りてどこかにいったって……」

パークはエレナーのほうを見て、それからまた落ち着かなげに道路へ視線をもどした。「わかったよ」パークは言った。「ああ、わかった、じゃあ……」

パークは車を駐車場に入れ、エレナーのほうをふりかえった。

「ダウンタウンへいこう」

パーク

ふたりは車を降りた。いざダウンタウンにいってみると、パークはエレナーを〈ドラスティック・プラスティック〉や〈アンティアクアリウム〉みたいなレコードショップに連れていきたくなった。エレナーは、オールド・マーケットすらいったことがなかった。オマハで事実上、唯一の繁華街なのに。

ダウンタウンには、ほかにも大勢の子たちがいた。エレナーよりもヘンなかっこうの子もたくさんいる。パークは一番気に入っているピザの店にエレナーを連れていった。そのあとは、アイスクリームの店。それから、三番目に気に入っているコミックの店。

ずっと本物のデートをしてるふりをしてた。それから、実際に本物のデートだって気づいた。

エレナー

パークはずっとエレナーの手を握っていた。まるで彼氏みたいに。そうじゃなくて、実際彼氏じゃない、バカ！　何度も心の中で自分に言い聞かせる。

レコードショップで働いてる女の子はがっかりみたいだったけど。両方の耳にそれぞれ八個ずつ、ピアスの穴を開けてるその子が、パークのことをめちゃめちゃクールだと思ってるのはすぐわかった。そして、冗談でしょって感じでエレナーを見てきたので、エレナーも、だからなに？って目で見返してやった。

店が並んでる通りを片っ端から歩き、それから通りを渡って公園へいった。エレナーはそこに公園があることさえ、知らなかった（パークがふしぎな力で呼び出したように思えたくらい。パークのまわりでは、世界がよりよい姿に生まれ変わるのかも）。

パーク

セントラル・パークに出た。もちろん、セントラル・パークっていったって、ニューヨークのじゃない。エレナーはここにもきたことがなくて、じめじめして泥だらけでとにかく寒かったのに、すてき、すてきを連発していた。

「見て、白鳥がいる」

「ガチョウだろ」

「かもしれないけど、あんなきれいなガチョウ、初めてよ」

ふたりは公園のベンチにすわって、ガチョウが人工の湖の岸にあがってくるのを見ていた。エレナーに腕を回すと、エレナーが体重をかけてくるのがわかった。

「これからもこうしよう」

「こうしようって？」

「出かけよう」

「そうね」エレナーがマニュアル車の運転のことは言わなかったので、感謝した。

「プロムにいかなきゃ」パークは言った。

「え、なに？」エレナーは顔をあげた。

「プロムだよ。プロム」

「知ってるわよ、プロムくらい。でも、どうしてあたしたちが？」

エレナーがきれいなドレスを着ているのを見たいから。母親がエレナーの髪をセットするのを手伝いたいから。

「プロムだからさ」

「プロムなんてダサい」

「どうして？」

「だって、テーマソングが『アイ・ウォナ・ノウ』よ」

「そこまでひどい曲じゃないよ」

「酔っぱらってる？〈フォリナー〉よ？」

パークは肩をすくめて、エレナーのカールを引っぱった。「プロムがダサいってことはわかってる。でも、あとからもう一度経験するのはむりなものだろ。チャンスは一度きりしかない」

「一度じゃないわよ、三度はある……」

「もういいよ、とにかく来年おれとプロムにいってくれる？」

エレナーは笑いだした。「うん、いいわよ。来年ね。それなら、ネズミと小鳥たちが舞踏会にいくドレスを作ってくれる時間はたっぷりあるだろうし。いいわよ。答えはイエス。プロムにいくわ」

「そんなことありえないって思ってるだろ」パークは言った。「まあ、見てなよ。おれはずっとエレナーといる。どこにもいかない」

「マニュアル車の運転を覚えるまでは、どこにもいけないもんね」

エレナーはほんとに手加減しない。

エレナー

プロム。やっぱり。そうなるかもって思ってた。

母親に気づかれずにプロムにいくには、あらゆるごまかしが必要になる。それを考えただけで、頭がぼうっとなってくる。

でも、パークがいくって言ったら、いけるような気がしてきた。ティナといくって言えばきっと大丈夫（ティナ、サンキュー）。用意は、パークの家ですればいい。パークのお母さんは大喜びするだろうし。エレナーがなんとかしなきゃならないのは、ドレスだけ……。

でも、あたしのサイズのドレスなんてある？　でき婚の花嫁用コーナーにいかなきゃならないかも。それに、銀行強盗も必須。ああもう。空から百ドル降ってきたとしたって、プロムのドレスなんかに使う余裕はないのに。

新しい〈ヴァンズ〉の靴を買わなきゃならない。ちゃんとしたブラも。ステレオも……。

っていうか、たぶん母親に全額わたすだけ。

プロム。だから？

パーク

来年のプロムにいく約束をしたあと、エレナーはどんなパーティでもいくと言った。社交界デビューの舞踏会《コティヨン》にも、アカデミー賞のパーティにも。パークが招待状をもらったらね、って。

エレナーがあんまり笑うから。ガチョウたちがガアガア言いはじめた。

「ガアガアいってりゃいいわ」エレナーは言った。「白鳥みたいな姿でこっちを圧倒しようって魂胆かもしれないけど、残念、あたしはそういうタイプの女子じゃないから」

「じゃ、おれはついてた」と、パーク。

「どうしてついてるのよ？」

「まあ、いいじゃん」言わなければよかった。ジョークのつもりで、ちょっと卑下してみせただけなのに。どうしてエレナーが自分に惹かれてるのか、本気できく勇気はない。

エレナーは冷ややかな目でパークを見た。「ガチョウにバカにされたのは、パークのせいよ」

「あれ、ガチョウじゃなくてガンじゃない？」パークは言った。

「たしかに。まさに悪性腫瘍って感じ……で、どうしてついてたのよ？」

「それは……」まるで口にしみるかのように言葉をしぼりだす。

「それは……なによ？」

「それって、こっちのセリフじゃない？」

「あたしはパークになんでもきいていいんでしょ？　どうして？」

「おれは、ミスター・アメリカ代表って感じのルックスだからさ」パークは髪をかきあげ、足元の泥を見つめた。

「パークはかっこよくないってこと？」

「もうこの話はやめようよ」パークは首のうしろをつかんだ。「プロムの話にもどろう」

「あたしにすてきって言ってほしくて、そんなこと言ってるの？」

「ちがうよ」パークは言った。「事実だから言ってるだけ」

「事実なんかじゃない……」エレナーはすわったまま、パークのほうをむいて、手を引っぱってすわらせた。

「アジア系がかっこいいなんて言うやつ、いないよ」パークはようやく言った。エレナーのほうを見たままじゃ言えなかったから、思いきり顔をそらして。「ここじゃあね。アジアなら、そうじゃないだろうけど」

「そんなことないわよ。パークのお母さんとお父さんだって……」

「アジア系でも女の子はいいんだ。白人の男はそういうの、エキゾチックだって思うから」

「でも……」

「超かっこいいアジア系の男がいないか、考えようとしてるだろ？　おれがまちがってる証拠に？　いないよ。おれはむかしからずっと考えてきたんだから」

エレナーは腕を組んだ。パークは湖を見つめた。

「ほら、むかしのテレビ番組に出てくる人は？　カラテをやってる……」

「カンフーのこと？」

「そう」

「あの俳優は白人なんだよ、それに、あの役は坊さんだ」

「じゃあ……」

「いないんだって」パークは言った。「『M★A★S★H』だってそうだろ。舞台は韓国で、出てくる白人の医者はしょっちゅう韓国人の女の子といちゃついてる。だけど、白人の看護婦のほうは休みの日にソウルに繰り出して、韓国人の男をナンパしたりしないんだ。アジア系の女の子はエキゾチックなんだけど、そのエキゾチックさが、アジア系の男の場合、ただ女っぽくなるだけなんだよ」

ガンはまだガアガア鳴いていた。パークは溶けかけた雪のかたまりを拾うと、特に狙うわけでもなくガンのほうに投げつけた。どうしてもエレナーのほうが見られない。

「それとあたしのことと、どういう関係があるわけ？」

「おれだけの問題だよ」

「ちがう」エレナーはパークのあごの下に手を置いて、自分のほうをむかせた。「そうじゃない。そもそもパークが韓国人だと、どうだっていうわけ？」

「表面的なことよりもっと大切なものがあるってこと？」

「そう。そういうこと。もっと大切なことがある」

そして、エレナーはパークにキスをした。そうやってエレナーのほうからキスをされるのが、パークは好きだった。

エレナーはパークにもたれかかった。「パークを見てかっこいいと思うのは、パークがアジア系だからかどうかはわからない。でも、アジア系なのに、とは思わない。ただ、かっこいいと思うだけ。パーク、すごくかっこいい……」

そうやってエレナーに名前を呼ばれるのも好きだった。

「ほんとは韓国人の男の子が好みなのかも。で、それに気づいてないだけとか」

「オマハで唯一の韓国人男子でよかったよ」

「あたしがこのゴミみたいな街から出たことがなくて、よかったね」

寒くなってきた。たぶん時間も遅いだろう。パークは腕時計をしてきてなかった。

立ちあがって、エレナーを立たせた。ふたりは手をつないで、公園の中を通って駐車場までいった。

「自分でも、韓国人ってことにどういう意味があるかわかってないんだ……」パークは言った。

「それをいうなら、あたしだってデンマーク人とスコットランド人だってことに意味があるかなんて、わからない。でも、どうだっていいでしょ？」

「そうだね。たぶん、おれという人物を表わすのに、まずみんながそのことを言うからだと思う。おれのいちばんの特徴なんだ」

「あのね、パークのいちばんの特徴はかっこいいってことよ、あたしはそう思う。ほれぼれしちゃう」

ほれぼれする、って言葉はいやじゃなかった。

エレナー

駐車場は商店街の反対側だったから、もどったときには、ほとんど空になっていた。エレナーはまたどきどきして、大胆な気持ちになってきた。この車のせい……？ インパラの外見がエロティックとかそんなんじゃない。カーペットを敷き詰めた改造バンじゃあるまいし。でも、中は別。前の座席はエレナーのベッドくらいあるし、後部座席は今にもエリカ・ジョングの小説の世界が展開しそうに見える。

パークはドアを開け、それから反対側まで走って運転席に乗りこんだ。「思ったより遅くなかった」ダッシュボードの時計を見る。八時半だ。

「そうね……」エレナーはシートのふたりのあいだあたりに手を置いた。さりげなくしたつもりだけど、見え見えになってしまった。

パークがその上に手を重ねた。

今夜はそういう夜だった。パークのほうを見るたびに、パークもこっちを見る。キスしたいと思うたびに、パークはもう目を閉じようとしてる。

あたしの心を読んで。エレナーは念じた。

「お腹すいてる？」パークがたずねた。

「ううん」

「よかった」パークは手を離して、キーをイグニションに入れた。エレナーは手を伸ばして、パークがキーを回す前に袖をつかんだ。

パークはキーを離すと、そのまま一気にからだを回し、エレナーをすくうように抱きしめた。そう、本当にすくわれたみたいだった。パークはいつも、エレナーが思っているよりずっと強い。

今のふたりを見たら（実際、見える。窓はまだ曇ってない）、エレナーとパークはしょっちゅうこういうことをしてると思うだろう。本当はまだ二回目だけど。

今回はすでに前とはちがった。

このあいだみたいにヘンなステップで前へ出たり、顔をかたむけないでキスしたりもしなかった（だいたい同じ角度にするほうが、時間がかかる）。エレナーはパークのシャツをつたうようにして、上に乗った。パークも、これ以上くっつけなくなってもまだエレナーのことを引きよせようとした。

エレナーは、パークとハンドルのあいだにむりやり入るかっこうになった。パークが手を上に持ってこようとしたとき、エレナーは背中でクラクションを押してしまった。ふたりはびっくりして、パークはエレナーの舌を嚙んでしまった。

「大丈夫？」パークはきいた。

「うん」でも、パークが手を離そうとしなかったので、ほっとした。血は出ていないみたい。「パークは？」

「大丈夫……」パークの息づかいが荒い。それってすごい。あたしのせいなんだから。

「あのさ……」

「なに？」もうやめたほうがいいって思ってるのかも。でも、いや、やめたくない。やめようとしないで、パーク。

「あのさ……おれたち……ヘンなやつだとか思わないでよ。おれたち、うしろの座席に移ったほうがよくない？」

エレナーはパークをぐいと押して、うしろの座席に移った。ウソ、広い。最高。

一秒もたたないうちに、パークがエレナーの上にきた。

パーク

エレナーの上にいると、最高に気持ちよかった。思ってた以上に（きっと天国みたいだって想像してた。いや、それにさらに、解脱の境地と『夢のチョコレート工場』でチャーリーが飛ぶときの気分を足したみたいだろうって）。必死で呼吸しようとしても、ぜんぜん酸素が入ってこない。

エレナーも同じなんて、ありえない。でも、エレナーの表情は……プリンスのビデオに出てくる女の子みたいだ。エレナーも自分と同じ気持ちなら、やめる必要ないってことか？

パークはエレナーのシャツを頭から脱がせようとした。

「ブルース・リー」エレナーがささやいた。

「え？」どういうこと？　手が凍りついた。

「超カッコいいアジア系の男の人。ブルース・リーがいるじゃない」

「ああ……」パークは思わず笑いだした。「よし、じゃあ、ブルース・リー式で……」

エレナーはのけぞり、パークは目を閉じた。いくらいっしょにいても、まだ足りなかった。

第四十六章　エレナー

リッチーの車は家の前に止まっていた。でも、家自体は真っ暗だ。よかった。なにかでばれるんじゃないかと思った。髪。シャツ。唇。光を発してるような気がする。

エレナーとパークは車を路地に止めたまま、しばらくただ手を握り合っていた。ムチでたたかれたような痛みを感じる。少なくとも、エレナーにはそんなふうに思えた。ふたりの関係がいきすぎてしまったというわけではない。でも、エレナーが思っていたよりもはるかに先までいってしまった。ジュディ・ブルームの本からそのまま出てきたようなラブシーンなんて、予想してなかったのに。

パークも落ち着かない気持ちなのにちがいない。〈ボン・ジョヴィ〉が二曲続けて流れてるのに、ラジオに触ろうともしない。いつもだったら、ぜったい局を変えるのに。肩にはエレナーのつけた跡が残ってたけど、もううすれてる。

きっとママのせい。

男の子とふつうに付き合うのを許してもらってたら、最初からホームランを打たなきゃなんて気持ちにならなかったはず。後部座席に移るなんてことは。打席に入るのはこれが最初で最後なんて思わなかったはずだから（ついでにいうなら、野球に喩《たと》えるなんてバカっぽいこともしないはず）。

どっちにしろ、ホームランなんかじゃなかった。セカンドベースでとめたから（というか、たぶんあれはセカンドベースだと思う。段階については、いろんな説があるし）。だとしても……。すてきだった。

あんまりすてきで、もうなしでは生きていけないんじゃないかって思うくらい。

「帰らなきゃ」半時間かもう少したったころ、エレナーは言った。「ふだん、このくらいの時間には帰ってるから」

パークはうなずいたけど、うつむいたままだったし、手も離さなかった。

「大丈夫」エレナーは言った。「あたしたちは……大丈夫。ね？」

パークはようやく顔をあげた。髪はつぶれて、目の上にかかっている。不安そうな顔。「ああ。ああ、もちろん。おれはただ……」

エレナーは続きを待った。

パークは目を閉じて、首をふった。戸惑ったように。「ただ……どうしてもさよならを言いたくないってだけなんだ。もう二度と」

そして、目を開けると、まっすぐエレナーの目を見た。たぶんこれがサードベース。

エレナーはごくりとつばを飲みこんだ。「二度と言わなくていい。今夜だけ」

パークはにっこりした。そして、片方の眉をくいっとあげた。あたしもあれができればいいのに。

「今夜だけ……そしたら、もう言わなくていいの？」パークが言う。

エレナーはあきれたような顔をして見せた。あたしまで、まるでパークみたいなこと言ってる。バカみたい。路地が暗くて、赤くなってるのが見えないことを祈る。

「さよなら」エレナーは首をふった。「また明日ね」そして、インパラのドアを開けた。馬みたいに重く感じられる。それから、動きを止めて、パークのほうをふりかえった。「あたしたちは大丈夫、そうだよね？」

「なんの問題もない」パークはさっと身を乗り出すと、エレナーの頬にキスをした。「家に入るまで、見てる」

そっと家に入るとすぐに、けんかをしてる声が聞こえた。

リッチーがわめいてる。母親は泣いてる。エレナーはできるだけ音を立てないように子ども部屋へいった。

弟妹たちはみんな床の上にいた。メイジーまで。みんなこの騒ぎの中でも眠ってる。あたしも気づかずに眠ってたこと、何回くらいあるんだろう？　だれも踏みつけないように勢いをつけてベッドにあがったのに、ネコの上にのってしまった。ギャッと鳴いたネコを引っぱりあげてひざにのせ、「シィィィィ」小声で言って、首をかいてやった。

リッチーがまた大声をあげた。「おれの家だぞ！」エレナーとネコは同時に飛びあがった。なにかが脚の下でバリッと音を立てた。

手を伸ばして、脚の下から引っぱり出すと、くしゃくしゃになったコミックだった。年刊の『X－MEN』だ。ベンのやつ！　エレナーはひざの上でくしゃくしゃになったところを伸ばそうとしたけど、なにかべとべとしたものがくっついていた。毛布も濡れてる。ローションかなにか……ちがう、リキッドの化粧品だ。ガラスのかけらもある。エレナーはネコのしっぽから注意深くかけらをとると、脇へ置き、濡れた手をネコの毛皮で拭いた。脚に、カセットテープのつやつやした茶色のテープ部分が巻きついている。それも取ってやる。それから、ベッドの足元のほうへ目をやり、まばたきして、暗闇に慣れるのを待った……。

ページの破れたコミック。

パウダー。

グリーンのアイシャドウのしみ。

中身の引き出されたテープ。

ヘッドホンは半分に折れ、ベッドの端からぶらさがっている。グレープフルーツの箱はベッドの隅にあった。手に取る前から、ひどく軽いのがわかった。空っぽだ。ふたはほとんど真っぷたつに裂かれ、だれかが太い黒のペンでなにかを書いていた。エレナーのペンで。


おれをだませると思ってるのか？　これはおれの家だおれの目と鼻の先で男と遊びまわりやがっておまえがなにを考えてるのかおれにわからないとでも思ってるのか？　おまえの正体はわかってるもう終わりだ。


エレナーはふたをじっと見つめて、書きつけてある文字の意味を必死で理解しようとした。でも、それが、小文字だけで書かれていて、例の文字と同じだということ以外、なにも頭に入らなかった。

家のどこかで、母親の泣き声がいつまでもいつまでも続いていた。

第四十七章　エレナー

エレナーはどうすればいいか、考えようとした。

1……

第四十八章　エレナー

濡れてる？

エレナーは汚れた毛布をはがして、その下のきれいなシーツの上にネコを移してやった。それから、二段ベッドの下におりた。学校のかばんはドアの横に置いてある。下段のベッドからおりずにかばんを開けて、サイドポケットからパークの写真を取り出した。そして、窓から抜け出し、ポーチの上におりると、体育の授業でも走ったことがないくらい速く走り出した。

道路の次のブロックまできてようやくスピードを落とした。どこへいけばいいか、わからなかった。パークの家はすぐだ。でも、パークのところへはいけない。

もうヤッた？


「レッドじゃん？」

女の声をエレナーは無視して、通りのほうをふりかえる。だれかに窓から出る音を聞かれたかもしれない。もしリッチーが追いかけてきたら？　エレナーは舗道からだれかの家の庭に入り、木の陰に隠れた。

「ちょっと、エレナー」

エレナーはふりかえった。スティーヴの家だった。ガレージのシャッターはほとんど閉められ、隙間を野球のバットで押さえてある。中にだれかいるのが見える。ティナがビールを片手にこちらに歩いてきた。

「ねえ」ティナは小声で言った。あいかわらずいかにもいやそうにエレナーのことを見ている。また逃げようかと思ったけれど、脚がガクガクしてる。

「あんたの継父が探してたわよ」ティナは言った。「夜じゅう、車でこのへんを走りまわってた」

「あいつになにか言ったの？」エレナーは言った。ティナのしわざ？　ティナがリッチーに言ったの？

「あんたのアレと車とどっちが大きいの、って言っただけよ。なにも言ってないわ」

「パークのことは？」

ティナは目を細めた。それから、首をふった。「でも、だれかが話すかもね」

なめろ。


エレナーは通りをふりかえった。隠れなきゃ。リッチーから逃げなきゃ。

「いったいどうしたのよ？」ティナがきいた。

「なんでもない」通りの角でヘッドライトが止まった。エレナーは思わず頭を抱えた。

「おいでよ」ティナは、これまで聞いたことのない口調で言った。心配してるみたいな口調で。

「あんたの継父の頭が冷えるまで、隠れてたほうがいいよ」

エレナーはティナのあとについていって、シャッターをくぐり、ぼんやりとうす暗いガレージの中に入った。

「赤毛のデカ女じゃん」スティーヴがソファーにすわっていた。マイキーも床の上にすわってる。ほかにも、バスに乗ってる女の子が何人かいた。〈ブラック・サバス〉の曲がかかってる。悪魔、黒魔術系。ガレージの真ん中のブロックの上にある車から聞こえている。

「すわんなよ」ティナはソファーの空いているほうの端を指さした。

「面倒なことになってるぜ。おまえのおやじが探してる」スティーヴはにんまりと笑った。ライオンより大きな口。

「あれは継父よ」ティナが言った。

「継父！」スティーヴは大きな声でさけんで、ビールの缶をガレージの反対側へ投げつけた。

「継父のクソやろうってか？　おまえの代わりに殺してやろうか？　どうせティナの継父は殺してやるつもりだからな。同じ日に殺《や》ってやるよ。もうひとつ、おまけってことだ……」スティーヴはクックックッと笑った。「ひとつ買えば、今ならもうひとつおまけってやつだな……」

ティナはビールの缶を開けて、エレナーのひざの上に差し出した。エレナーは受け取った。なにかつかめるものが必要だったから。「飲みなよ」ティナが言った。

エレナーは言われるがままに一口すすった。ピリピリして黄色の味がした。

「コインゲームやろうぜ」スティーヴがろれつの回らない舌で言った。「レッド、二十五セント持ってるか？」

エレナーは首をふった。

ティナはスティーヴの横のひじかけ部分に腰かけると、タバコに火をつけた。「二十五セント玉はいっぱい持ってたけど、ビールに使ったの。忘れた？」

「二十五セントじゃなかっただろ。十ドル札だったじゃねえか」

ティナは目を閉じて、煙を天井へむかって吐き出した。

エレナーも目をつぶった。どうすればいいか考えようとしたけど、なにも浮かんでこない。カーラジオが〈サバス〉から〈AC／DC〉に、そして〈ツェッペリン〉に変わった。スティーヴがいっしょに歌ってる。びっくりするくらい明るい声だった。「ハングマン、ハングマン、よそ見しててくれ……」

エレナーはスティーヴが次から次へと歌うのを聞いていた。あたしのびしょ濡れの心臓が鼓動する音よりも大きな声で。手に持ったビールの缶が温まってくる。

ビッチでインランなヤリマン女

エレナーは立ちあがった。「いかなきゃ」

「ちょっと」ティナが言った。「落ち着きなよ。ここなら、見つからないから。今ごろもう、レイル亭で飲んだくれてるかもよ」

「それはない。あたしを殺す気だと思う」

そうなのだ、エレナーはあらためて気づいた。たとえその気じゃなくても、そうなる。

ティナの顔がこわばった。「でも、どこいくのよ?」

「遠くに……パークに言わなきゃ」

パーク

パークは眠れなかった。

今夜、インパラの運転席にもどる前に、エレナーの何枚も重ね着した服を脱がし、ブラの安全ピンも外した。それから、青いシートの上に横たえた。エレナーはまるで幻みたいだった。人魚のよう。闇の中にひんやりとした白い肌が浮きあがり、肩と頰に集中してるそばかすが、クリームみたいに浮かんでた。

エレナーの姿。まだまぶたの裏で輝いてる。

エレナーの服の下を知ってしまった今、これからは常に拷問みたいな気持ちを味わうんだろうか。しかも、次の機会はすぐには訪れない。今夜は偶然のなせるわざで、幸運で、天の恵みみたいなものだったのだから……。

「パーク」声がした。

パークはベッドから起きあがり、バカみたいにまわりを見まわした。

「パーク！」窓をコツコツとたたく音がしたので、あわててそっちへいって、カーテンを開けた。

スティーヴだった。窓ガラスのすぐむこうで、頭がやられたみたいにニヤニヤしてる。窓枠にぶらさがってたにちがいない。ふっと消えたかと思うと、地面にドサッと落ちる音がした。あのバカ。母さんに聞かれるじゃないか。

急いで窓を開けると、身を乗り出した。帰れ、と言おうとして、スティーヴの家の陰にエレナーがティナと立っているのが目に入った。

エレナーが人質になってる？

エレナーが持ってるのはビール？

エレナー

パークはエレナーに気づくとすぐに窓から出て、地面から一メートルちょっとくらいのところにぶらさがった。足首をねんざしたらどうしよう。エレナーはのどがふさがれるような気がした。

パークはスパイダーマンみたいにしゃがんだ姿勢で着地すると、エレナーのほうに走ってきた。

エレナーはビールの缶を芝生の上に落とした。

「ちょっと」ティナが言った。「かんべんしてよ、最後の一缶だったのに」

「よう、パーク。ビビったか？」スティーヴが言った。「フレディ・クルーガーかと思ったろ。『エルム街の悪夢』さ。『おれから逃げられると思ってるのか？』」

パークはエレナーのところへくると、腕を取った。「どうしたんだ？　なにがあった？」

エレナーは泣きはじめた。そう、堰《せき》を切ったみたいに。パークに触れられたとたん、また自分にもどれたみたいな気がした。怖かった。

「血が出てる」パークはエレナーの手をとった。

「車よ」ティナが小さな声で警告した。

エレナーはパークをガレージの陰に引っぱりこんで、ヘッドライトが通りすぎるのを待った。

「なにがあったんだ？」パークはもう一度きいた。

「ガレージにもどったほうがいいよ」ティナが言った。

パーク

スティーヴのガレージに入るのは小学校のとき以来だった。そのころ、ここでしょっちゅうテーブルサッカーゲームをしていた。今はブロックの上にカマロがあり、壁際に古いソファーが置いてある。

スティーヴはソファーの端にすわり、すぐにマリファナに火をつけた。そして、パークに差し出したけれど、パークを首をふった。ガレージはすでに千本分のマリファナのにおいを、千本分のビールのにおいで消したにおいがしていた。カマロが揺れていたが、スティーヴは蹴飛ばしてどなった。「暴れすぎだ、マイキー。カマロが落ちるだろ」

どこをどうやったらエレナーがここにくることになるのか、想像もつかなかった。でも事実上、パークを引っぱってきたのはエレナーで、今はパークにぴたりとくっついている。まだ、エレナーは誘拐されたのかもしれないという考えから離れられなかった。身代金を払えってことか？

「話して」パークはエレナーの頭のてっぺんにむかって言った。「どういうことなんだ？」

「エレナーの継父が探しまわってんのよ」ティナが言った。ソファーのひじかけにすわって、スティーヴのひざに脚をのせてる。そして、スティーヴからマリファナを取った。

「ほんとか？」パークはエレナーにきいた。エレナーはパークの胸に顔を押しつけたままうなずいた。顔を見ようにも、エレナーはパークから離れようとしない。

「継父って連中は、クズだな」スティーヴが言った。「あいつら全員、マザーファッカーだ」そして、ゲラゲラ笑いだした。「おい、マイキー、今の聞いたか？　最高のジョークだろ」スティーヴはカマロのドアを蹴った。「マイキー？」

「ここを出ないと」エレナーはささやいた。

助かった。パークはエレナーから離れ、手をとった。「スティーヴ、おれんちに連れていくよ」

「気をつけろよ。やつはクソの色した車でこのあたりを回ってるからな」

パークはかがんでガレージのシャッターをくぐった。すると、エレナーが足を止めて言った。

「ありがとう」ティナに。ティナに言ったのだ。

今夜はいったいどうなってるんだ？


パークはエレナーを連れて裏庭からおじいちゃんたちの家の裏へ回り、いつもさよならのキスをしているガレージの横を歩いていった。

そしてキャンピングカーまでいくと、手を伸ばして網戸を開けた。「入って。いつも鍵は開けっ放しだから」

パークとジョシュはよくここで遊んでいた。小型版の家みたいで、端っこにベッドがあり、反対側にキッチンもある。小型のコンロと冷蔵庫まであった。中に入ったのはひさしぶりだ。立つと、天井に頭がぶつかった。

壁際にチェス盤くらいの大きさのテーブルと椅子が二脚置いてあった。パークは片方の椅子に腰かけ、エレナーは向かいにすわった。手を伸ばして、エレナーの手を取る。右の手のひらには血がついていたが、痛みはないようだった。

「エレナー……なにがあったか、お願いだから教えて」パークは言った。

「ここを出なきゃ」エレナーは幽霊を見たような顔でテーブルのむこうを見つめてる。エレナー自身が幽霊になったみたいに。

「どうして？　今夜のこと？」パークの中では、なにもかもが今夜のことに関係してるように思えた。そうじゃなきゃ、あんなすばらしいことと、こんなおそろしいことが同じ夜に起こるはずがない。

「ううん」エレナーは涙をぬぐった。「そうじゃないの。あたしたちのこととは関係ない。つまり……」エレナーは小さな窓の外を見た。

「どうしてエレナーの継父はエレナーを探してるの？」

「バレちゃったから。あたしが逃げたから」

「どうして？」

「バレたからよ」声がのどにつかえる。「あいつだったの」

「え？」

「ああだめ。ここにくるべきじゃなかった。ますますひどいことになる。ごめんなさい」

パークはエレナーを揺さぶりたかった。揺さぶって、どういうことなのか聞きたい。なにを言ってるのかわからない。二時間前は、ふたりのあいだにはなにも問題がないように思えた。なのに今は……。そろそろうちにもどらないとならない。母親はまだ起きてる。父親もいつ帰ってきてもおかしくない。

パークはテーブルの上に身を乗り出すと、エレナーの肩をつかんだ。「最初から話して」パークは小声で言った。「いいね？　なんの話か、さっぱりわからないんだ」

エレナーは目を閉じて、くたびれたようにうなずいた。

そして、最初から話し出した。

すべてを。

半分も聞かないうちに、パークの手はブルブル震えだした。

「エレナーを傷つけるようなことはしないかもしれないよ」そうであることを祈りながら、パークは言った。「エレナーのことを脅そうとしてるだけかも。ほら――」パークは袖に手を引っこめて、エレナーの顔を拭いてやろうとした。

「ちがう」エレナーは言った。「パークは知らないのよ。パークにはわからない……あいつがどんな目であたしを見てるか」

第四十九章　エレナー

あいつがどんな目であたしを見てるか。

チャンスがくるのをずっと待ってる。

あたしを自分のものにしたいとかじゃない。最後に、あたしに取りかかるつもり。壊すものも、壊す相手も、なにもなくなったら。

あいつはずっと待ってる。

あたしをつけまわしてる。

いつも近くにいる。あたしが食べてるときも。本を読んでるときも。髪をとかしてるときも。

パークにはわからない。

あたしもわからないふりをしてたから。

第五十章　パーク

エレナーは顔にかかったカールをひとつひとつどけていった。自分の手で正気をとりもどそうとしてるみたいに。「いかなきゃ」

今では言っている意味もはっきりしてきたし、パークの目も見るようになってたけど、パークは、世界がひっくりかえされて揺さぶられてるような気がしていた。

「明日、エレナーのママに話せばいい。朝になれば、いろいろなことがちがって見えてくるかもしれない」

「教科書のあいつの落書きは見たでしょ」エレナーは冷静に言った。「あたしがあんなところにいてもいいの？」

「おれは……ただエレナーにどこへもいってほしくないだけなんだ。どこへいくつもりなんだ？　実のお父さんのところ？」

「ううん、あたしがきたらいやがる」

「でも、事情を説明すれば――」

「あの人はあたしにきてほしくないの」

「じゃあ……どこにいく？」

「わからない」エレナーは深く息を吸いこむと、肩をいからせた。「おじさんが夏休みにこないかって言ってくれてたの。少し早めにセントポールにきてもいいって言ってくれるかもしれない」

「セントポールってミネソタ州の？」

エレナーはうなずいた。

「でも……」パークはエレナーの目を見た。エレナーの手がテーブルの上にパタンと落ちた。

「わかってる」エレナーは泣いて、突っ伏した。「わかってる……」

となりにすわれるだけのスペースはなかったから、パークはひざをついて、エレナーをほこりだらけのリノリウムの床で抱きよせた。

エレナー

「いついく？」パークがきいた。パークは顔にかかった髪をうしろに撫でつけてくれた。

「今夜いく。家には帰れない」

「どうやっていくつもり？　おじさんには電話したの？」

「ううん。どうしよう。バスに乗るわ」

ヒッチハイクすればいい。

州間ハイウェイまでは歩いていけるだろう。そこからは、ヒッチハイクして、ステーションワゴンかミニバンみたいなファミリーカーに乗せてもらえばいい。それで、レイプされたり、殺されたり（白人奴隷として売り飛ばされたり）しないでデモインの町までいければ、おじさんにコレクトコールで電話をしよう。そうすれば、少なくとも迎えにきてくれるだろう。家に連れもどされるかもしれないけど。

「ひとりでバスなんてダメだよ」パークが言った。

「ほかに方法がないもの」

「おれが車で送ってく」

「バス停まで？」

「ミネソタまで」

「パーク、だめよ。ご両親が許してくれないわ」

「親には言わない」

「お父さんに殺されるわよ」

「大丈夫、外出禁止になるだけだよ」

「一生ね」

「おれが今、そんなこと気にしてると思う？」パークはエレナーの顔を両手ではさんだ。「エレナーのこと以外、どうでもいいに決まってるだろ」

第五十一章　エレナー

パークはお父さんが帰ってきて、両親がふたりとも寝たら、またくると言った。

「しばらくかかると思う。電気をつけたりしないで。いいね？」

「もちろん」

「インパラを見逃さないで」

「わかった」

パークのこんな真剣な表情を見るのは、スティーヴに一発食らわせたとき以来だ。もしかしたら、初めてバスに乗ったとき、すわれって言われたとき以来かも。パークがクソ《ファック》、みたいなスラングを口にするのを聞いたのは、あれが最初で最後。

パークはドアからキャンピングカーの中に身を乗り出すと、エレナーの頬に触れた。

「お願いだから、気をつけて」エレナーは言った。

そして、パークはいってしまった。

エレナーはふたたび腰をおろした。レースのカーテンのあいだからパークの家の私道が見える。ふいにどっと疲れが襲ってきた。横になりたい。もう真夜中すぎだった。パークがもどってくるまで、あと何時間かかるかわからない。

パークをこんなことに巻きこんで、本当なら申し訳なく思うべきなのかもしれない。でも、こうするしかなかった。パークの言ったとおりだ。最悪の場合でも（事故は別だけど）、パークは外出禁止になるだけだ。エレナーが捕まった場合と比べれば、パークの家にいなくちゃいけないのなんて、『値段当てクイズ《ザ・プライス・イズ・ライト》』で賞品を勝ち取るようなものだ。

置き手紙はどうしよう？　母親は警察に連絡するだろうか？（母親は大丈夫だろうか？　みんなは？　妹や弟たちが息をしているか、たしかめてくるべきだったかもしれない）

おじさんも、エレナーが家出をしたと知ったら、家に置いてくれないかもしれない……。

ああもう、考え出すと、うまくいくはずないって気になる。でも、今さら引きかえせない。今は、逃げることが先決だ。一番大切なのは、遠い場所にいくことなのだ。

遠くへ逃げて、それから次にどうするか考えよう。

それとも、もうその先なんて……。

遠くへ逃げて、それでそこでおしまいにすればいいのかもしれない。

これまで自殺なんて考えたこともなかった。一度だって。でも、おしまいにするってことなら、何度も考えた。逃げられなくなるまでひたすら逃げることなら。すごく高くて、永遠に底につかないところから飛びおりることなら。

リッチーはまだあたしを探してる？

メイジーとベンがパークのことを話すかもしれない。もうとっくに話してるかもしれないけど。リッチーのことが好きだからじゃない。ときどき、そうじゃないかって思えるときがある。でも、そうじゃなくて、リッチーに首輪をつけられてるから。エレナーがリッチーの家にもどった日に、メイジーがリッチーのひざの上にのってたときみたいに……。

サイテー。ほんとに……サイテー。

もう一度もどって、メイジーは連れ出さなきゃ。

本当なら、全員を連れていきたい。全員をポケットに入れる方法があるなら。でも、メイジーだけは連れ出さないと。いっしょに逃げなきゃ。どうしても……。

でも、そしたら、ジェフおじさんはふたりとも家へ送りかえすだろう。

母親も、目が覚めてメイジーがいなければ、警察に連絡するに決まってる。今でもめちゃくちゃなのに、メイジーを連れていったら、すべてがめちゃくちゃになる。

エレナーが本の主人公だったら、そう、『ボックスカーの家』シリーズの主人公だったら、『ダイシーズ・ソング』のダイシー・ティラマンだったら、なにか方法を考えついたかもしれない。

ああいう本の主人公たちみたいに勇敢でもっと立派だったら、なんとかしただろう。

でも、そうじゃない。エレナーは、そのどれでもない。ただこのひと晩を切り抜けることだけを考えていた。

パーク

音を立てないように裏口から家に入った。パークの家はだれも鍵をかけなかった。

両親の寝室のテレビはまだついていた。パークはまっすぐ風呂場へいって、シャワーを浴びた。あれこれ面倒なことになりそうなにおいが、からだに染みついていたからだ。

「パーク？」風呂場から出ると、母親の声がした。

「うん。寝るところ」

脱いだ服を洗濯カゴのいちばん下に突っこむと、靴下のひきだしから誕生日とクリスマスにもらった金の残りを出した。ぜんぶで六十ドルある。これで、ガソリン代は足りるだろう……たぶん。どのくらいか、よく知らなかった。

セントポールにさえたどり着ければ、エレナーのおじさんがなんとか考えてくれるかもしれない。家に置いてくれるかはわからないと言ってたけど、いい人だってことだし。「奥さんはボランティア派遣プログラムに登録してる」ってエレナーは言っていた。

両親への置き手紙はすでに書いていた。

母さん、父さん
エレナーを助けなきゃならない。明日、電話する。一日か二日でもどるから。叱られるのはわかってるけど、緊急事態なんだ。おれがなんとかしないと。パーク

母親は、いつもキーを同じ場所に置いている。プレートはキーの形で、しかも〈キー〉って書いてある。そこからキーをとって、台所のドアからこっそり外に出ればいい。そこが、両親の寝室から一番遠い。

父親は一時半頃に帰ってきた。キッチンで歩きまわってる音がする。それから、風呂場にいった。やがて両親の寝室のドアが開き、テレビの音が聞こえた。

パークはベッドの上に横になって、目を閉じた（眠ってしまう心配はゼロだ）。エレナーの姿はまだまぶたの裏で輝いていた。なんてきれいで、なんてやすらかなんだろう……いや、そうじゃなくて、なんていうか……落ち着ける。シャツを着てるときより脱いでるときのほうがくつろ

いでるみたいに。そっちのほうが幸せだというみたいに。

目を開けると、キャンピングカーの中に置いてきたエレナーの顔が見えた。こわばった、あきらめきった顔。ボロボロになって、目がすっかり光を失ってる。

ボロボロになって、もうパークのことなんて考えていない。

家が静まりかえるまで待った。そしてさらに二十分待ってから、リュックを持って、頭の中で練っていた計画どおりに行動した。

キッチンのドアの手前で足を止めた。父親の新しいライフル銃が、テーブルの上に出しっ放しになっている……明日の朝、手入れするつもりなんだろう。一瞬、持っていこうかと思った。でもいつ使うのか、思い浮かばない。街を出る途中で、リッチーに出くわすってことはないだろうし――どうか出くわしませんように。

ドアを開けて、外へ出ようとした瞬間、父親の声がした。

「パーク？」

逃げてもよかったが、たぶん、捕まっただろう。父親はいつだって、今がベスト・コンディションだと自慢してるから。

「どこへいくつもりだ？」父親は小声できいた。

「おれ……エレナーを助けないとならないんだ」

「夜中の二時にどんな助けが必要だっていうんだ？」

「エレナーは逃げようとしてるんだ」

「で、おまえもいっしょにいくのか？」

「そうじゃない。エレナーのおじさんの家まで車で送っていく」

「おじさんはどこに住んでるんだ？」

「ミネソタ」

「なんだって！　おい、パーク」父親はふだんと同じ大きさの声になって言った。「本気で言ってるのか？」

「父さん」パークは父親のほうへ足を踏み出し、必死になって言った。「エレナーはここにはいられないんだ。継父のせいで。エレナーの継父は……」

「エレナーに触ったのか？　もしそうなら、警察に連絡する」

「何度もいたずら書きを寄こしてる」

「どんな？」

パークはひたいをもんだ。そのことは考えるのもいやだった。「まともじゃないもの」

「エレナーは母親に話したのか？」

「エレナーのお母さんは……あんまりいい状態じゃないんだ。たぶん殴られてるんだと思う」

「あのクズめ……」父親は銃に目をやると、パークに視線をもどし、あごをこすった。「で、おまえはエレナーをおじさんの家まで送っていこうとしてるんだな？　おじさんはエレナーを受け入れてくれるのか？」

「エレナーはたぶん大丈夫って言ってる」

「はっきり言って、パーク、あまりに行き当たりばったりじゃないのか？」

「わかってる」

父親はため息をついて、首のうしろをかいた。「だが、ほかにいい案は思いつかないな」

パークはハッと顔をあげた。

「むこうに着いたら、電話しろ」父親は静かな声で言った。「デモインからはすぐだ。地図はあるか？」

「ガソリンスタンドで買うよ」

「疲れたら、サービスエリアで休むんだぞ。それから、どうしてもってとき以外、だれともしゃべるな。金は持ってるのか？」

「六十ドルある」

「ほら……」父親はクッキーの缶までいって、二十ドル札の束を取り出した。「うまくいかなくても、つまりエレナーのおじさんのところがだめでも、エレナーを家へ帰すな。ここに連れてこい。どうすればいいか、考えるから」

「わかった……ありがとう、父さん」

「感謝するのはまだ早い。ひとつ、条件がある」

アイライナーは使うな、だとパークは思った。

「ピックアップに乗っていけ」


父親は腕を組んで玄関の前に立って見ていた。もちろん、見てるに決まってる。テコンドーの試合の審判をしてるときみたいに。

パークは目を閉じた。エレナーはまだ見えた。エレナー。

エンジンをかけ、ギアをバックに入れて、道路に出る。ギアをローに入れ、それからエンジンをプスプスいわせずに前へ出す。

あたりまえだ、おれはマニュアル車の運転の仕方を知ってるんだから。

ああもうなんだよ。

第五十二章　パーク

「いい？」

エレナーはうなずいて、車に乗った。

「かがんでて」パークは言った。


最初の二時間は記憶がぼやけてる。

ピックアップの運転には慣れてなかったし、赤信号のとき、エンジンが何回か止まった。そのあと、ハイウェイを東でなく西へむかって走ってしまい、引きかえすのに二十分かかった。

エレナーはなにも言わなかった。ただじっと前を見つめ、シートベルトを両手で握りしめてる。パークはエレナーの脚に手を置いたが、それにも気づいてないようだった。

アイオワでハイウェイを一度おりて、ガソリンを入れ、地図を買うことにした。パークは店に入っていって、エレナーにコーラとサンドイッチを買い、もどると、エレナーは助手席のドアにもたれるようにして眠っていた。

よかった。パークは自分に言い聞かせた。エレナーは疲れ切ってたんだ。

運転席に乗って、二、三回荒い息を吐いた。それから、サンドイッチをダッシュボードの上にたたきつけるように置く。なんで寝られるんだよ？

今夜、すべてがうまくいったら、パークは次の朝、ひとりで家へ帰ることになる。たぶん、これからは好きなときに運転できるようになるだろうけど、エレナーがいないんじゃ、どこにもいきたくない。

いっしょにいられる最後の時間なのに、どうして眠れるんだ？

こんな姿勢でどうして眠れるんだよ？

おろした髪はくしゃくしゃで、うす暗い光の中でもワインレッド色をしていた。唇がわずかに開いてる。苺摘みの少女。エレナーに初めて会ったとき、どう思ったか思い出そうとした。どうしてこういうことになったのか、なぜエレナーが、会ったこともない女の子から、たったひとりの大切な人になったのか。

ある考えがふと浮かんだ……エレナーをおじさんの家へ連れていかなかったら、どうなるだろう？　このまま走りつづけたら？

どうして今、こんなことになるんだよ？

エレナーの人生が崩壊したのが来年だったら、もしくは再来年だったら、エレナーはパークのところに逃げてこられたはずだ。おれから去っていくんじゃなくて。遠くへいくんじゃなくて。

クソ。どうして目を覚まさないんだよ？

パークは、コーラと傷ついた心をエネルギーにしてさらに一時間ちょっと、走りつづけた。それから、とうとう夜の残骸が追いついてきた。サービスエリアがなかったので、パークは郡道におりると、路肩といえそうな砂利の上に車を止めた。

シートベルトを外し、エレナーのも外してやった。それからエレナーを抱きよせ、エレナーの頭に自分の頭をもたせかけた。エレナーはまだ昨日の夜のにおいがしていた。汗と甘い香りとインパラのにおい。エレナーの髪に顔を埋めて泣いてるうちに、パークは眠った。

エレナー

エレナーはパークの腕の中で目を覚ました。そして心臓が飛び出そうになった。

ふつうなら、これは夢だと思うところだけれど、エレナーの夢はいつもおそろしいものばかりだった（ナチスや、泣いてる赤ん坊が出てきたり、歯が腐って抜けたり）。こんないい夢は見たことがない。パークの夢なんて。眠ってるパーク、やわらかで温かくて……そう、芯まで温かい。いつか、だれかが毎朝、この腕の中で起きることになるんだ、とエレナーは思った。

パークの顔は眠ってると、いつもとはまたちがうきれいさがある。太陽の光を閉じこめたような琥珀《こはく》色の肌。大きくて平らな口、しっかりとアーチを描いた頬骨（エレナーには頬骨なんかぜんぜんない）。

エレナーは完全にふいを突かれ、立ち止まる間もなく、パークに恋してた。これ以上の人なんて存在しないみたいに……。

実際、存在しないかもしれない。

太陽が地平線のすぐ下まであがってきた。ピックアップの中が青みがかったピンク色に染まる。エレナーは、新しいパークの顔にキスをした。目のすぐ下の、鼻にぎりぎり触れない部分に。パークがほんの少し身じろぎし、エレナーと触れている部分がいっせいに動く。エレナーは鼻の先で眉をなぞり、まつげにキスをした。

パークのまぶたがピクッとした（こんなふうに動くのはまぶただけ。蝶みたい）。すると、腕が目を覚まし、エレナーを包みこんだ。「エレナー……」パークはため息をついた。

エレナーはパークのきれいな顔を手ではさみ、キスをした。これが世界の終わりだっていうみたいに。

パーク

もうこれからはいっしょのバスに乗ってくることもない。

国語の授業で、あきれたようにぐるりと目を回してみせることもない。

たいくつだからって、けんかをふっかけてくることもない。

パークの部屋で、パークにはどうしようもできないことで泣くこともない。

空全体が、エレナーの肌の色をしている。

エレナー

パークはひとりしかいない。そして今、ここにいる。

パークは、あたしが好きになる曲を、聴く前から知ってる。あたしがオチを言う前から笑う。

パークの胸の、のどのすぐ下あたりを見ると、あたしはドアを開けてほしくなってしまう。

パークはひとりしかいない。

パーク

両親はふたりの出会いについて話してくれたことはなかったけど、幼いころ、よく想像しようとした。ふたりが深く愛し合っているのが、パークは好きだった。真夜中に怖くて目が覚めたとき、思うのはそのことだった。両親の自分に対する愛ではない。親なんだから、あたりまえだ。そうじゃなくて、ふたりが愛し合ってることを。それはあたりまえのことじゃない。

友だちの親で、今もいっしょに暮らしている夫婦はひとりもいない。友だちの人生がいろいろうまくいかない一番の原因は、それのような気がする。

でも、パークの両親は愛し合っていた。キスもいつも口にする。だれが見ていても。

そんな相手に巡り合うチャンスはどのくらいだろう？　いつまでも愛しつづけることができる相手、いつまでも愛してくれる相手に？　それに、もしそんな相手がいたとして、地球の裏側で生まれていたらどうすればいい？

確率はかぎりなく低いように思えた。両親はどうしてそんな幸運に恵まれたんだろう？

でも、そのときは幸運だなんて思っていたはずはない。父親のお兄さんはベトナムで亡くなったばかりだった。だから、父親は韓国へ送られたのだ。そして、結婚したあと、母親は愛していた人も物もすべて、置いてこなければならなかった。父親は母親のことを街で見かけたんだろうか？　道で？　レストランで働いてるところ？　どうやって知り合ったんだろう……。

このキスで、永遠に生きながらえなければならない。このキスで、家に帰る力を得なければ。

いつまでも覚えてなければならない。真夜中に怖くて目が覚めたときのために。

エレナー

初めてパークに手を握られたとき、あまりにもすてきで、いやなことはぜんぶ、からだの外へ押し出されてしまった。これまで傷ついたどんなことよりも、うれしかったから。

パーク

夜が明け、エレナーの髪が燃え立つように輝いた。目は黒くきらめいている。腕はエレナーをはっきりと感じてる。

初めてエレナーの手に触れたときから、わかってた。

エレナー

パークにはみっともないところがひとつもない。汚いものは、なにもない。なぜなら、パークは太陽だから。それが、思いつくかぎりいちばんいい説明だった。

パーク

「エレナー、だめだ、だめだよ」

「いや……」

「できないよ……」

「いやよ。やめないで、パーク」

「どうすればいいかも、よくわからないし……持ってないんだ」

「かまわない」

「でも、そのせいでエレナーが――」

「それでもいい」

「よくないよ。エレナー――」

「最後のチャンスなのよ」

「だめだ、だめだよ。できない……これが……だめだよ……これが最後のチャンスじゃないって信じたいんだ……エレナー？　聞いてる？　エレナーにもそう信じてもらいたいんだ」

第五十三章　パーク

エレナーはピックアップから降り、パークは用を足しにトウモロコシ畑の中に入っていった（恥ずかしかったけど、パンツを濡らすよりはマシだ）。

もどると、エレナーはピックアップのボンネットの上にすわってた。きれいで、荒々しくて、前にからだを乗り出していると、船首像のようだった。

パークも横にすわった。「どう？」

「うん」

パークはエレナーに肩を押しつけた。エレナーが頭をのせると、ほっとして泣きたくなった。今日はまた、きっと泣いてしまう。

「本当に信じてる？」エレナーがきいた。

「え？」

「その……これからもチャンスはあるって。これが最後じゃないって」

「ああ」

「なにがあっても、あたしはもう家にはもどらない」エレナーはきっぱりと言った。

「わかってる」

エレナーはなにも言わなかった。

「なにがあっても」パークは言った。「エレナーを愛してる」

エレナーがパークの腰に腕を巻きつけた。パークはエレナーの肩を抱いた。

「人生がおれたちにおたがいをあたえて、そしてただ取りあげるなんて、おれにはどうしても信じられないんだ」

「あたしには信じられる。人生なんてサイテーだもの」

パークはますますきつくエレナーを抱きしめ、エレナーの首元に顔を押しつけた。

「おれたち次第だ……」パークは小声で言った。「おれたち次第なんだ。失わずにすむかどうかは」

エレナー

目的地まで、パークにぴったりとくっついてすわった。シートベルトはないし、脚のあいだにギアをはさむことになるけど、それだって、リッチーのイスズの荷台にすわってるよりは、よっぽど安全だ。

もう一度サービスエリアによって、パークがチェリーコークとビーフジャーキーを買った。それから、パークは両親にコレクトコールをした。今回のことに両親も賛成したなんて、エレナーはいまだに信じられなかった。

「父さんはいいって言ってくれた。母さんはどうかなりそうになってると思うけど」

「連絡はあったって？　あたしのママか……だれかから？」

「ううん。少なくとも、そうは言ってなかった」

おじさんに電話する？　とパークがきいた。エレナーは首をふった。

「スティーヴのガレージのにおいがまだしてる。おじさんにドラッグディーラーだと思われるかも」

パークは笑った。「シャツにビールをこぼしたんだろ。アルコール依存症って思われるかもね」

エレナーはシャツを見た。ベッドのガラスを拾ったときに切った血のしみがある。肩にもなにかついてる。泣いたときの鼻水かも。

「ほら」パークはスウェットシャツを脱いだ。それからTシャツも脱いで、エレナーにわたしてくれた。グリーンでUKバンドの〈プリファブ・スプラウト〉のロゴが入ってる。

「もらえない」エレナーは、パークが裸の上半身にスウェットシャツを着るのを見ながら言った。

「新しいのに」それにきっとサイズが合わない。

「あとで返してくれればいいよ」

「目をつぶってて」

「もちろん」パークは小声で言って、反対側をむいた。

駐車場にはだれもいなかった。エレナーはかがんで、まずパークのＴシャツを、今着てるＴシャツの下に着ると、汚れたＴシャツのほうを引っぱって脱いだ。体育の授業のときもこうやって着がえる。パークのシャツは、体育着と同じくらいピチピチだった……でも、清潔なにおいがした。パークのにおい。

「もういいよ」エレナーは言った。

パークはふりかえった。笑みがちょっと変わった。「それ、あげるよ」パークは言った。


ミネアポリスに着くと、パークはガソリンスタンドで車を止めて、道をきいた。

「簡単そう？」パークがもどってくると、エレナーはたずねた。

「日曜の朝みたいに楽勝だよ」パークは言った。「もうすぐだ」

第五十四章　パーク

町なかに入ると、運転に気を取られるようになった。セントポールの町で運転するのは、オマハで運転するのとは、わけがちがう。

エレナーはパークの代わりに地図を見たけど、授業以外で地図を見るのは初めてだった。ふたりともそんななので、しょっちゅう曲がる角をまちがえた。

「ごめん」エレナーは何度も謝った。

「いいよ」パークは、エレナーがぴったりくっついてすわってるのがうれしかった。「急いでないし」

エレナーがパークの脚を手でぐっと押した。

「考えてたんだけど……」エレナーは口ごもった。

「なに？」

「おじさんの家に着いたら、パークにはいっしょにきてほしくないの」

「おじさんたちとはひとりで話したいってこと？」

「そうじゃないけど……うん、まあそうかも。なにを言いたいかって言うと……パークに待っててほしくないの」

パークはエレナーの顔を見ようとしたけど、また道をまちがえそうだったので、やめた。「え？だめだよ。もしおじさんたちに断られたらどうするんだ？」

「そしたら、おじさんたちが家に帰す方法を考えてくれると思う。それはおじさんたちの役目でしょ。そうしたら、いろんなことについて、おじさんたちと話す時間もできるかもしれないし」

「でも……」おれはまだ、エレナーの世話役を首になる覚悟ができてないのに。

「そうするほうが、いいに決まってる。パークだって、今すぐ出れば、暗くなる前に家に着けるでしょ」

「だけど、すぐに出たら……」声が低くなった。「すぐに離れることになる」

「どっちにしろ、さよならはしなきゃいけないんだし。それが今だろうが、数時間後だろうが、明日の朝だろうが、変わらないでしょ」

「本気で言ってる?」パークはエレナーのほうを見た。道をまちがえたくて。

「本気よ」

エレナー

「そっちのほうがいいに決まってる」エレナーは言った。そして唇を噛んだ。これを乗りきるには、意志の力で推し進めるしかない。

見覚えのある家並みが現われた。芝生が広がり、その奥に灰色や白の下見板張りの大きな家が並んでいる。父親が出ていってからは、毎年イースターになると、一家全員でここにきていた。おじさんとおじさんの奥さんは無神論者で、イースターを祝うわけじゃないけど、おじさんたちの家を訪ねるのは楽しかった。

おじさんたちに子どもはいなかった。たぶん、そうしたくてそうしたんだろう、とエレナーは思っていた。かわいらしい子どもも、いずれ問題山積のおそるべきティーンエイジャーになるとわかってたのかもしれない。

でも、ジェフおじさんはエレナーを招いてくれたのだ。

エレナーにきてほしいと言ってくれたのだ。少なくとも数ヶ月前は。今すぐすべてを話さなくてもすむかもしれない。ちょっと早くきただけだと、思ってくれるかもしれない。

「ここ？」

パークは、前庭に柳の木のある、ブルーグレーの家の前で車を止めた。

「うん」家は覚えてた。前に停めてあるおじさんのボルボも覚えてる。

パークがアクセルを踏んだ。

「どこいくの？」

「ただ……一周するだけ」

パーク

パークはあたりを一周した。でも、たいして役には立たなかった。それから、エレナーのおじさんの家の数軒手前で車を止めた。車から家が見える。エレナーは家をじっと見つめた。

エレナー

パークにさよならを言わなくては。今すぐ。でも、どうやって言えばいいの？

パーク

「おれの電話番号はちゃんと覚えてる？」

「８６７‐４５６２」

「まじめに言ってるんだ、エレナー」

「うん、まじめに言ってる。パークの電話番号は一生忘れない」

「かけられるようになったら、すぐにかけて。わかった？　今夜だ。コレクトコールで。それから、おじさんの電話番号を教えて。おじさんが電話を使わせたがらなかったら、手紙でいいから送って。一通目だ。これから何十、何百って書くんだから」

「家に送りかえされるかもしれない」

「だめだ」パークはギアレバーを離して、エレナーの手を握った。「あの家へはもどるな。もしおじさんが家に帰すって言ったら、うちにくるんだ。父さんたちがなんとかしてくれるから。今回くる前に、父さんにそう言われたんだ」

　エレナーはかくんと頭を前に垂らした。

「おじさんはエレナーを帰したりしないよ。きっと助けてくれる……」

　エレナーはおもむろに床にむかってうなずいた。

「それに、長距離電話だってかけさせてくれる、何度だって、ひとりきりで……」

　エレナーは動かない。

「ねえ」パークは言って、エレナーの顔をあげさせようとした。「エレナー」

エレナー

バカなアジア系の男子。

バカで、すてきな、アジア系の。

今、口を動かせないことが、ありがたかった。もし動かせたら、メロドラマみたいなくだらないセリフを言ってしまいそうだったから。

パークに命を救ってもらったことに、心から感謝していた。昨日だけじゃない。そう、出会ってから毎日って言ってもいい。そのせいで、自分がバカで弱い女の子だって思うようになった。自分の命も守れない人間に、救う価値なんてある？

ハンサムな王子さまなんていやしない、エレナーは自分に言い聞かせた。

いつまでも幸せに暮らしました、なんてありえない。

パークを見あげる。ゴールデングリーンの目を。

パークは命の恩人よ、エレナーはそう伝えようとした。でも、永遠じゃない。いつまでも、じゃない。たぶん、ほんのいっときだけ。でも、パークは命を救ってくれたし、今はあたしはパークのもの。今のあたし、このあたしは、パークのもの。どんなときでも。

パーク

「どうやってさよならを言えばいいか、わからない」と、エレナーは言った。

パークはエレナーの顔にかかった髪をそっとどけた。こんなに清らかなエレナーは初めてだ。

「なら、言うな」

「でも、いかなきゃ……」

「なら、いけ」パークは両手でエレナーの顔をはさんだ。「だけど、さよならは言うな。これはさよならじゃない」

エレナーは目を丸くしてみせ、首をふった。「今のはぜんぜんカッコよくない」

「本気？　五分間くらいダサいこと言わせてくれよ」

「これはさよならじゃない、なんて、本当はどう思ってるか、考えたくないときに言うセリフだもの。明日また会えるわけじゃない。今度、いつ会えるかわからない。なのに、これはさよならじゃない、なんて、ぜんぜんちがう」

「本当はどう思ってるか考えたくないなんて、思ってない」パークは言った。

「パークのことじゃない」エレナーの声がかすれた。「あたしが思ってるの」

「エレナー」

パークはエレナーに腕を回し、ぜったいこれを最後にしたりしないと誓った。

「エレナーは世界一勇気のある人間だよ」

エレナーはまた首をふった。涙をふり払おうとするように。

「さよならのキスをして」エレナーはささやいた。

今日だけのさよならだ。パークは心に刻んだ。永遠じゃない。

エレナー

相手を強く抱きしめていれば、距離が近くなるような気がする。ぎゅっと抱きしめていれば、相手を感じられるし、離れたあとも、相手の痕跡をからだに刻める。

パークからからだを離すたびに、エレナーはパークを失う痛みにあえいだ。

とうとう車を降りたのは、もうこれ以上、パークと触れたり離れたりをくりかえすことに耐えられないと思ったから。あともう一度、離れようとしたら、皮膚がはがれてしまうだろう。

パークがいっしょに降りようとしたので、エレナーは止めた。

「だめ。降りないで」エレナーは不安な気持ちでおじさんの家を見あげた。

「うまくいくよ」パークは言った。

エレナーはうなずいた。「わかってる」

「おれがエレナーを愛してるから」

エレナーは笑った。「それが理由？」

「そう、それが理由」

「さよなら」エレナーは言った。「さよなら、パーク」

「さよなら、エレナー。そう、今夜までのあいだ、さよならだ。電話をくれるときまで」

「おじさんたちが家にいなかったら？　最悪の幕切れ」

「最高だよ」

「もう！」エレナーは言って、最後に残った笑みをむりやり浮かべた。そして、一歩下がって、ドアを閉めた。

愛してる。パークは声に出さずに言った。でも、もしかしたら、声に出してたかもしれない。エレナーにはもう、届かないから。

第五十五章　パーク

パークはもうバスには乗らない。乗る必要がない。父親が新しいトーラスを買って、母親がインパラをくれたからだ……。

パークはもうバスには乗らない。一台をぜんぶ独り占めできるから。

学校に早く着いた朝は、駐車場で、ハンドルに頭をつけ、エレナーの残していったものが押しよせてくるままに任せる。息ができなくなるまで。

校舎に入っても、同じようなものだ。

ロッカーにエレナーの姿はもうない。教室にも。ステッスマン先生はエレナーがいないのに『マクベス』を朗読してもしょうがないと言った。そして、マクベス夫人の悲嘆に充ちたセリフを読みあげた。「ああ、あなた、ああ！」

もうエレナーが夕食を食べていくこともない。テレビを見るとき、寄りかかってくることもない。

パークはほとんどの夜をベッドに寝っ転がって過ごした。そこだけが、エレナーが触れたことのない場所だったから。

ベッドの上に横になり、ステレオをつけることはなかった。

エレナー

エレナーはもうバスには乗らない。おじさんの車で学校にいくからだ。休みに入るまであと四週間しかなかったけど、おじさんは通いなさいと言った。ほかの子はみんな、期末試験の勉強に入っていた。

新しい学校には、アジア系の子はいなかった。黒人の子もいなかった。

おじさんはオマハへいくとき、エレナーはこなくていいと言った。三日たって帰ってきたとき、クローゼットに入っていた黒いゴミ袋を持って帰ってきてくれた。エレナーはもう、新しい服を持ってる。新しい本棚とステレオも。空のカセットテープの六本パックも。

パーク

さよならを言ったその夜、エレナーは電話をかけてこなかった。

かけると言ってたわけじゃない。あらためて思い出す。手紙を書くとも言ってなかった。でも、口に出さなかっただけだと思ってた。あまりにもとうぜんだと思ってたから。

エレナーが車を降りたあと、しばらくおじさんの家の前で待っていた。

玄関のドアが開いたら、すぐに帰る約束だった。家にだれかいるのが確認できたら。

でも、そんなふうにエレナーを置いていくことなんてできなかった。

ドアを開けた女の人がエレナーを抱きしめるのが見えた。それから、ドアは閉まり、ふたりの姿は見えなくなった。パークは待った。エレナーの気が変わるかもしれないから。やっぱりパークにもきてほしいと思うかもしれないから。

でも、ドアは閉まったままだった。パークは約束を思い出し、その場を走り去った。早く家に帰れば、それだけ早くエレナーの声を聞ける、そう思った。

最初のサービスエリアで、エレナーに絵はがきを送った。〈一〇〇〇〇の湖の州、ミネソタへようこそ〉

家に着くと、母親が走ってきて、抱きしめた。

「うまくいったか？」父親がたずねた。

「うん」パークは答えた。

「ピックアップはどうだ？」

「大丈夫だよ」

父親はたしかめに外へ出ていった。

「パーク」母親は言った。「本当に心配したのよ」

「大丈夫だよ、母さん。疲れただけ」

「エレナーは？　エレナーは大丈夫？」

「そう思う。電話はあった？」

「いいえ、だれからもないわ」

母親がようやく離してくれると、パークは部屋へいって、エレナーに手紙を書いた。

エレナー

スーザンおばさんがドアを開けたとき、エレナーはすでに泣いていた。

「エレナー」スーザンおばさんは何度も名前を呼んだ。「まあ、エレナー。どうしてここへ?」

エレナーは、なにも問題ないと言おうとした。そんなの、本当のはずなかったけど――なにも問題がないのなら、ここにいるはずがないのだから。でも、だれかが死んだわけじゃない。だから、言った。「だれも死んではいません」

「まあ! ジェフリー!」スーザンおばさんは大声でおじさんを呼んだ。「ここで待っていて。ジェフリー……」

ひとりで残されて、パークにすぐに帰ってなんて言わなければよかったと後悔した。

そんな心の準備はできてなかった。

玄関を開けて、外へ飛び出した。パークはいなかった――エレナーは左右の道を見た。

そして、ふりかえると、おばさんとおじさんがポーチでエレナーを待っていた。


電話。それから、ペパーミントティー。エレナーがベッドに入ったあとも、おじさんとおばさんは長いあいだキッチンで話していた。

「サブリナ……」

「五人の子たち」

「ああジェフリー、あの家から連れ出してやらないと……」

「もしウソをついてたら？」

エレナーはうしろのポケットからパークの写真を取り出すと、ベッドカバーの上で平らに伸ばした。写真のパークは、パークっぽくなかった。十月は、はるかむかしに思えた。今日の午後もすでにむかしのことのようだった。世界は猛烈な勢いで回っていて、もはや自分がどこにいるのかもわからなかった。

おばさんはパジャマを貸してくれた――ほとんど同じサイズだった――でも、エレナーはシャワーから出るとすぐにパークのシャツを着た。

パークのにおいがする。パークの家の、ポプリのにおい。石けんのにおい。男の子のにおい。幸せの香り。

ばったりとベッドに倒れこみ、腹にぽっかりとあいた穴を押さえる。

だれもエレナーを信じてくれないだろう。


エレナーは母親に手紙を書いた。

この半年間言いたかったことをすべて書いた。

そして、ごめんなさいと書いた。

お願いだからベンとマウスのことを考えてほしいと書いた。そして、メイジーのことを。

じゃないと、警察に連絡すると警告した。

スーザンおばさんが切手をくれた。「小物を入れてるひきだしにあるから、好きなだけとってね」おばさんは言ってくれた。

パーク

部屋にいるのに飽きると――まわりから、ヴァニラの香りのするものが消え去ると――パークはエレナーの家の近くまでいってみた。

車が止まってるときもあった。止まってないときもあった。ロットワイラー犬がポーチで寝てるときもあった。でも、壊れたおもちゃは消え、庭で遊んでいたストロベリーブロンドの髪の子どもたちもいなくなった。

ジョシュから、エレナーの弟が学校にこなくなったと聞いた。「みんな、引っ越したって言ってるよ、家族全員」

「よかった」パークの母親は言った。「あのきれいなお母さんはやっと目を覚ましたのよ、ひどい状況だって。エレナーのためにもよかった」

パークはだまってうなずいた。

手紙は届いているんだろうか、と思った。どこかにいるエレナーのもとに。

エレナー

お客用の寝室がエレナーの寝室になった。赤いダイヤル式の電話がある。バットマンのバットフォンそっくりだから、電話が鳴るたびに、「どうした、ゴードン総監?」って出たい衝動に駆られる。

ひとりで家にいるときに、電話をベッドまで持っていって、発信音をじっと聞くこともある。
ダイヤルに指をすべらせ、パークの電話番号を回してみることもある。発信音が止まったあと、パークがささやいてるつもりになってみることも。

「ボーイフレンドはいた?」ダニがきいた。ダニは同じ演劇キャンプに参加している友だちだった。ふたりで、ステージの上にすわってオーケストラ席の上で脚をぶらぶらさせながら、お昼ご飯を食べていたときだ。

「ううん」エレナーは言った。

パークはボーイフレンドじゃない。最高の人だから。

だから、別れることなんてない。飽きることもない。自然消滅もない（高校時代のありがちな恋愛なんかじゃない）。

ただここで止《と》める、それだけ。

ピックアップの中でそう決めたのだ。ミネソタのアルバート・リーで。パークと結婚しないなら――ふたりの関係が永遠でないなら――それはただ「時間」の問題だって。

ただ止《と》めるだけなんだって。

パークはきっと、さよならを言ったあの日よりもエレナーを愛することはない。

パークの愛が少しでも減るなんて、考えるだけで耐えられなかった。

パーク

自分にうんざりすると、エレナーの前の家にいった。車が止まってるときもあった。止まってないときもあった。そしてときどき、舗道の端に立って、その家が表わすものすべてを憎んだ。

第五十六章　エレナー

手紙や葉書や小包が、カセットテープをステレオに入れるときみたいに郵便受けを鳴らした。ガチャッ、ガチャッ、ガチャッ。どれも開封されず、どれも読まれなかった。

「パークへ」エレナーは真っ白い便せんに書いた。

「パークへ」説明しようとした。

でも、説明は手の中でバラバラに崩れ落ちた。本当のことを書くのは、あまりにも難しかった。パークの存在は、失うにはあまりにも大きかった。パークへの気持ちは、触れるにはあまりに熱かった。

「ごめんなさい」エレナーは書いた。そして、消した。

「ただ……」もう一度書こうとした。

そして、書きかけの手紙を捨てた。封を閉じたままの封筒は、ひきだしの底に放りこんだ。

「パークへ」エレナーはささやいた。鏡台の前で頭を垂れる。「お願い、ここで止《と》めて」

父親が、夏休みはバイトをしてガソリン代を払えと言った。

パークがどこにも出かけてないことは、ふたりとも口にしなかった。パークが親指でアイライナーをつけるようになったことも。自分の目を塗りつぶすために。

その壊れた感じが、〈ドラスティック・プラスティック〉でバイトをするのにちょうどよかった。パークを雇った女の子は、両耳に穴を二列あけていた。

母親は郵便受けから手紙をとってくるのをやめてしまった。パークに手紙がきてないと伝えるのがつらいから。だから今では、毎晩バイトから帰ってくると、自分で手紙をとって帰った。毎晩、雨が降ることを祈りながら。

パンク・ミュージックはいくらでも聴けたし、どんなに聴いてもまだ足りなかった。「こんなとこじゃ、自分の頭の中の声も聞こえやしない」父親はパークの部屋に入ってきて、ボリュームを下げた。

まさにそのためだから。エレナーならそう言っただろう。

これで、三回目だった。

エレナーは新学期に学校へこなかった。少なくとも、パークの学校にはこなかった。

三年生になって体育がなくなっても、喜ぶこともなかったし、勤労感謝の日にスティーヴとティナが家出しても、「最低の組み合わせね、バットマン」とは言わなかった。

そうしたことすべてを、パークは手紙に書いた。エレナーがいなくなってから、どんなことがあったか、どんなことがなかったか、すべて書き送った。

そして、何ヶ月も手紙を書きつづけたあと、手紙を送るのをやめた。新年には、「すべてがエレナーの望んでいたとおりになるように祈ってる」と書いた。そして、ベッドの下の箱に放りこんだ。

第五十七章　パーク

エレナーを呼びもどそうとするのはやめた。

エレナーは気がむいたときだけ、もどってきた。夢や、ウソや、粉々になったデジャヴの中で。例えば、車でバイト先にいく途中、街中で赤毛の女の子を見かけることがあった。とたんに息が詰まりそうになり、エレナーにちがいないと思う。ほんの一瞬だけ。

まだ暗いうちに目が覚めて、外でエレナーが待ってるにちがいないと思うときもある。エレナーが呼んでるって。

でも、自分からエレナーを呼び出すことはできなかった。エレナーの姿が思い出せないときもあった。写真を見てるときでさえ（あまりにも何度も見すぎたせいかもしれない）。

エレナーを呼びもどそうとするのはやめたのだ。

なのに、どうしてここにきてしまうんだろう？　このボロボロの家に……。

エレナーはここにはいない。もうここにもどることはない。もうずっといったきりなのだから。

もうすぐ一年になるのだから。

　パークは背中をむけて、歩き出した。そのとき、小さな茶色のトラックがものすごいスピードで入ってきて、縁石に乗りあげ、危うくパークをひっかけそうになった。パークは舗道で足を止めた。運転席側のドアが勢いよく開いた。

　もしかしたら、そう、もしかしたら、このために、今日、おれはここにきたのかもしれない。エレナーの継父のリッチーが、かがむようにしてゆっくりと降りてきた。前に一度だけ見たことがあるから、すぐにわかった。『ウォッチメン』の二巻を届けにいったときだ。あのとき、ドアを開けたのが、こいつだった……。

　エレナーが去って数ヶ月後に、『ウォッチメン』の最終巻が出た。エレナーは読んだだろうか。オジマンディアスのことを悪党だと思っただろうか。ドクター・マンハッタンが最後に「終わりなどない」と言ったとき、どういう意味だと思っただろう？　今でも、常にエレナーはどう考えるだろうって考えてしまう。

　エレナーの継父は最初パークに気づかなかった。おぼつかない足取りでのろのろと歩いてくる。そしてパークに気づくと、本物かどうかさだかでないような顔つきでじっとパークを見た。

「だれだ？」リッチーはどなった。

　パークは答えなかった。リッチーはよろめきながら向きを変えると、パークのほうへ迫ってきた。「なんの用だ？」数メートル離れたところからでも、酸っぱいにおいがした。ビールみたいな、地下室みたいなにおい。

　パークは地面を踏みしめた。

　おまえを殺してやりたい。そして気づいた。おれには殺すことができる。殺さなければならない。

リッチーの背は、パークとたいして変わらなかった。それに、酔っぱらって、ろくに頭が回ってないようだ。しかも、こっちはリッチーを痛めつけてやりたいと強烈に願っているが、リッチーはそんなふうに思っていない。

武器さえ持ってなければ。運が敵に回らなければ。パークは勝てる。

リッチーはよろよろしながら近づいてきた。「なんの用だ?」リッチーは大声でくりかえした。そして、自分の声の勢いにバランスを崩して、ばったりと倒れた。パークはあわててうしろに下がった。

「クソ」リッチーはひざをつくと、ふらふらしながらからからだを支えた。

おまえを殺してやりたい。パークは思った。

おれには殺すことができる。

だれかが殺さなければ。

自分のスティールのつま先のついたブーツを見おろす。バイト先で買ったばかりだ(従業員割引で)。リッチーの頭を見る。革袋みたいに首からだらりと垂れている頭を。

こいつが憎い。これほど人を憎めるとは思わなかった。これほど強い感情を抱けるとは思わなかった……。

こんなにも。

パークは足をあげ、リッチーの顔の前の地面を蹴りつけた。霜と泥と砂利が、リッチーの開いた口の中に飛びこんだ。リッチーは激しく咳きこんで、地面の上でからだを丸めた。

起きあがるのを待ったが、リッチーは地面に転がったまま、ののしって砂利を目になすりつけるだけだった。

こいつは死んでない。だが、起きあがれもしない。

パークは待った。

それから、家へ帰った。

エレナー

手紙や葉書や黄色い小包が、抱えた腕の中で音を立てていた。どれも開封されず、どれも読まれていなかった。

毎日手紙がくるのは、つらかった。でも、こなくなったのは、もっとつらかった。

ときどき、タロットカードのようにカーペットの上に広げてみた。〈ウォンカ〉のチョコバーみたいに。もう手遅れだろうか？

第五十八章　パーク

エレナーはプロムにいっしょにこなかった。

キャットがきた。

バイト先で知り合った子だ。痩せていて、髪が黒くて、目はミントブレスの粒みたいに青くて表情がなかった。手を握ると、マネキンと手を握ってるみたいだった。キスをすると、ほっとした。プロムの夜は、タキシードのズボンと、新バンドの〈フガジ〉のロゴ入りTシャツのまま眠った。

次の朝、シャツの上に明るい光が落ちて、目が覚めた。目を開けると、父親が立っていた。

「郵便だぞ」父親は言った。やさしい、といってもいい声で。パークは胸に手をあてた。

エレナーは手紙を送ってこなかった。

送ってきたのは、葉書だった。〈一〇〇〇〇の湖の州からごあいさつ〉表にはそうあった。ひっくりかえすと、見慣れた雑な字が並んでいた。頭の中が歌詞でいっぱいになる。

パークは起きあがった。にっこりほほえむ。胸から重たいものが飛び去っていった。

エレナーは手紙を送ってこなかった。送ってきたのは葉書だった。

たった五文字の。

謝辞

わたしがこの本を完成させるのに手を貸してくれた人、
そして、この本がわたしを完成させるのを手伝ってくれた人に、この場を借りて感謝を。

まず、八年生のとき落第しないようにと言ってくれたコリーン・アイケルマンに。

それから、わたしが生きていけるようにしてくれたベント家とハントレー家のみんなに。

わたしが姉だからという理由だけでなにも言わないと約束してくれた弟のフォレストに。

気が強くてたよりになるニコラ・バー、サラ・オキーフ、ナタリー・ブレインに。

三人は大西洋を消してくれたし、なによりもエレナーの味方になってくれた。

オリオン社とセント・マーティンズ出版のみなさん、ありがとう。

バスでとなりにすわった瞬間から、全幅の信頼を寄せた
サラ・グッドマンの、するどい洞察力と温かい心には特別の感謝を。

大切な友人のクリストファー・シェリングと最高のシナリオに。

そして、最後に、カイとラディとロージーの愛と忍耐に感謝を！

（これまでも、これからも、大好きよ）

訳者あとがき

　エレナーは、大柄で赤毛のさえない転入生の女の子。一方のパークは、むかしから地元で暮らしていて、友だちもそれなりにいる。でも、韓国人のハーフで、ＵＫロックやコミックが好きなこともあり、高校ではちょっと外れた存在。こんな二人の恋を描いた『エレナーとパーク』は、アメリカで発表されたとたん、ベストセラーのトップに躍り出た。ニューヨークタイムズのベストセラーリストに十二週連続でランクイン、マイケル・Ｌ・プリンツ賞のオナーに選ばれ、ボストングローブ・ホーンブック賞を受賞、ドリームワークスによる映画化も決定している。

　スクールバスで席が見つからずに立ち往生するエレナーをしぶしぶとなりにすわらせたパーク。しかし、いつの間にか、エレナーのことが気になってしかたなくなる。どうしてこんなヘンな服を着てくるんだ？　なんでいつも怒ってるみたいにふるまうんだろう？　ウォークマンを貸そうとすると、電池だけ持ってかえったり、授業でシェイクスピアはロミオとジュリエットをバカにしてるって言ってみたり。
　でも、辛らつなジョークは的を射ていて面白いし、授業での朗読は最高にクール。

ヘンだと思ったファッションだって個性的だし、音楽やコミックに対する意見もはっきり言うし、すごくいい匂いがするし……そう、パークは恋していた。

そして、エレナーもパークに恋していた。フットボールの話と下品なジョークばかりの、ほかの男子とはちがう。みんなが聴かないパンクロックやUKミュージックに夢中で、スーパーヒーロー物のコミックの大ファン。アラン・ムーア（『ウォッチメン』など人気コミックの作者）や、『X－MEN』シリーズについて熱く語る。かと思えば、繊細で、ちょっとナイーヴで、エレナーの一挙一動にうろたえたりする。それに、ハチミツ色の肌も、額にかかった髪も、黒でまとめたファッションも、最高にかっこいい……。

YAの人気作家ジョン・グリーンは、本書を読むと、「若いということ、女の子と恋に落ちるということを思い出す」と言っている。たしかに、二人の恋の描写には思わず引きこまれてしまう。学校で会えない週末は最悪だし（「土曜日は最悪だ。日曜日は、一日じゅう、もうすぐ月曜日だと思っていられる。でも、土曜日は十年くらい続くように思える」）、別々の教室にいくだけで、「またしばらくエレナーとお別れだ」と言ってみたり。彼に腰に手を回されて思わずぐっとお腹を引っこめたり。彼女に触れられて、もっと背が高くて、肩幅ががっしりしてたらって願ったり。

「ねえ、ちょっと見せたいものがあるんだ」パークはエレナーを、松の木とキャンピングカーのあいだの私道に引っぱっていった。

「パーク、ここ、人んちでしょ」

「ちがうよ。うちのおばあちゃんたちの家だよ」

「見せたいものってなに?」

「ほんとは、そんなのないんだ。ちょっとでいいから、二人きりになりたかっただけ」(中略)

「ウソでしょ? それ、ダサすぎる」

「わかってる」パークはエレナーのほうにむき直った。「今度からこう言うよ、『エレナーいっしょにうす暗い路地にいこう。キスしたいから』って」


けれども、二人の恋はバラ色ではない。なぜエレナーが電池を持って帰ったのか、なぜおかしな服を着てくるのか、なぜ週末にデートできないのか。パークはそれを知るにつれ、なんとかエレナーを助けたいと思うが、高校生のパークにできることには限界がある。エレナーにも、それはわかりすぎるほどわかっている。二人の恋はどこへ向かうのか……。

物語の舞台は、八〇年代のネブラスカ州オマハの町。「U2のボノが結婚相手に出会ったのは、十五の時だった」なんてセリフが飛び出したり、二人の会話が『特捜刑事マイアミ・バイス』のこと、どう思う?」とか「どうしてX-MENは女のテレパスがふたり必要なわけ?」だったり、〈ヴァンズ〉のスニーカーやスパイラルパーマの髪型が出てきたり。とうぜんスマホはないから、電話で話すときは(家族を気にしつつ)家電《イエデン》だし、CDもiTunesもないから、パークはエレナーのためにレコードから編集したテープを作る。ある年代より上の世代にはおなじみのアイテムだし、それより下の読者には新鮮に映るかもしれない。

作者のレインボー・ローウェルは、作品の映画化を喜びつつ、「エレナー役を、すでに売れている（美人でスリムな）ハリウッド女優にはしないでほしい」と言っている。これは、スター同士の恋物語ではないし、内気でさえない女子や男子が、かっこいい男子や女子に「見初められる」話でもない。外見や、学校や、家庭や、将来に対して、大小さまざまな悩みを抱えた二人の物語なのだ。そんな『エレナーとパーク』を少しでも多くの方に楽しんでほしい。

最後に、訳者の質問に快く答えてくださったローウェルさんに心から感謝を！

二〇一六年一月

三辺律子

エレナーとパーク

二〇一六年二月一日　初版第一刷発行

著者　レインボー・ローウェル

訳者　三辺律子

発行人　廣瀬和二

発行所　辰巳出版株式会社

〒一六〇－〇〇二二　東京都新宿区新宿二－一五－一四　辰巳ビル

電話　〇三－五三六〇－八九五六（編集部）

〇三－五三六〇－八〇六四（販売部）

http://www.TG-NET.co.jp

編集協力　日本ユニ・エージェンシー

印刷・製本　図書印刷株式会社

本書へのご感想をお寄せ下さい。また、内容に関するお問い合わせは、お手紙かメール（otayori@tatsumi-publishing.co.jp）にて承ります。恐縮ですが、電話でのお問い合わせはご遠慮ください。

ISBN978-4-7778-1618-7 C0098 Printed in Japan